시대의 소음

THE NOISE OF TIME

다산책방

일러두기

1. 주석은 모두 옮긴이 주다.
2. 본문 중 고딕체는 원문에서 이탤릭이나 대문자로 강조된 부분이다.
3. 책 제목은 겹낫표(『 』)로 표시했고 단편, 시, 노래, 영화, 연극, 오페라, 신문 기사 제목은 홑낫표(「 」)로 표시했으며 잡지나 신문 이름은 겹화살괄호(≪ ≫)로 표시했다.
4. 러시아 이름 특성상 동일 인물이 여러 명칭으로 표현된 경우가 있다.
   독자의 이해를 돕기 위해 아래 그 인물들을 정리해 소개한다.

   드미트리 드미트리예비치 쇼스타코비치; 드미트리 드미트리예비치; 미탸
   니타; 니나 바자르; 니나 바실리예브나
   타냐; 타탸냐 글리벤코
   갈리야; 갈리나
   스탈린; 이오시프 비사리오노비치
   세르게이 세르게예비치 프로코피예프; 세르게이 세르게예비치; 프로코피예프
   니키타 흐루쇼프; 니키타; 니키타 세르게예비치
   포스펠로프; 표트르 니콜라예비치

팻에게

듣는 자
기억하는 자
그리고 술 마시는 자

_ 옛 이야기 중에서

차례

그 일은 전쟁이 한창이던 때, 주위를 둘러싼 끝없는 평원과 다르지 않게 흙먼지가 날리는 평지였던 기차역에서 일어났다. 느린 열차는 모스크바에서 이틀 전 출발해 동쪽으로 향하고 있었고, 석탄과 병력 이동 상황에 따라 이삼일은 더 가야 했다. 이제 막 동이 트기 시작했지만 그 남자—실제로는 반쪽뿐인 남자—는 벌써 나무 바퀴가 달린 나지막한 수레를 타고 객차 쪽으로 가고 있었다. 수레를 원하는 방향으로 움직이려면 앞쪽을 옆으로 홱 비트는 수밖에 없다. 균형을 잃고 쓰러지지 않도록 밧줄을 수레 밑으로 둘러 바지 위쪽에 매듭지어 묶어 놓았다. 시커먼 천 쪼가리로 동여맨 손은 거리와 역에서 구걸하느라고 거칠어져 있었다.

그의 아버지는 이전 전쟁에서 살아남은 생존자였다. 그는 마을 신부의 축복을 받고 고향과 차르를 위해 싸우러 떠났다. 돌아왔을 때에는 신부도 차르도 이제 없고 고향도 예전 같지 않았다. 그의 아내는 전쟁이 남편에게 해놓은 짓을 보고 비명을 질렀다. 이제 또 다른 전쟁이 일어났고, 이름만 바뀌었을 뿐 똑같은 침략자가 다시 돌아왔다. 양쪽 다 이름만 바뀌었다. 그 밖에는 바뀐 것이 하나도 없었다. 젊은이들은 여전히 총에 맞아 갈가리 찢어졌다가 외과의들의 손에 거칠게 난도질을 당했다. 그의 다리는 부러진 나무들 한가운데 있는 야전병원에서 제거됐다. 이전 시대에도 그랬듯 다 대의명분이 있었다. 그는 그따위 것에는 아무 관심도 없었다. 남들이 그런 것을 놓고 떠들든 말든, 그의 관심사는 오로지 하루하루를 마치는 것이었다. 그는 생존의 기술자가 되었다. 어떤 면에서는 모든 이들이 그렇게 되었다. 생존을 위한 기술자들.

먼지 자욱한 공기라도 마시려고 승객 두엇이 내렸다. 다른 이들은 차창에 얼굴을 갖다 댔다. 거지가 다가오더니 음란한 막사의 노래를 고래고래 부르기 시작했다. 어떤 승객들은 노래를 불러준 대가로 그에게 동전 한두 푼을 던져주었고, 또 어떤 이들은 그냥 지나가라고 돈을 주기도 했다. 어떤 이들은 일부러 동전을 바닥에 굴려 거지가 콘크리트로 된 승강장을 주먹으로 기며 굴러가는 동전을 쫓는 모습에 웃음을 터뜨렸다. 그 모습에 동정심에서인지 수치심에서인지 돈을 손에 직접 건네주는 사람들도 있었다. 그는 손가락, 동전, 외투 소맷자락만 보았다. 그는 모욕에 둔감했다. 이 사람이 술 마시는 자였다.

삼등석을 타고 여행 중인 두 남자가 창가에서 여기가 어디인지, 얼마 동안이나 정차해 있을지 추측해 보려 했다. 몇 분, 몇 시간, 어쩌면 종일이 될 수도 있었다. 아무 정보도 듣지 못했고, 물어볼 수도 없다는 것을 알고 있었다. 기차의 이동에 대해 캐물었다가는—기차 승객이라 할지라도—사보타주 주동자로 찍힐 수 있었다. 남자들은 30대로, 그 정도는 충분히 알 만한 나이들이었다. 이야기를 듣는 쪽은 안경을 쓴, 마르고 신경질적으로 보이는 남자였다. 그는 목과 손목에 마늘 부적을 걸고 있었다. 그의 여행 동반자는 기억하는 자였으나 그의 이름은 역사 속에서 사라졌다.

반쪽짜리 남자를 실은 수레가 덜컹거리며 그들 쪽으로 왔다. 어떤 마을을 강간한 내용을 담은 활기찬 노래가 그들 쪽으로 울려 퍼졌다. 노래 부르던 이는 잠시 멈추고 먹는 시늉을 했다. 안경 낀 남자가 보드카 병을 들어 응답했다. 그런 공손한 몸짓은 굳이 필요치 않았다. 어느 거지가 보드카를 마다하겠는가? 이내 두 승객은 승강장에서 그와 합세했다.

그렇게 그들은 전통적으로 보드카를 마시는 패거리의 숫자인 셋이 되었다. 안경 낀 남자는 아직도 병을 들고 있었고, 그의 동행은 잔 세 개를 들었다. 잔을 대충 채우고서 두 여행자는 허리를 숙이고 으레 하는 건강을 위한 건배사를 외쳤다. 그들이 잔을 부딪칠 때 불안한 기색의 남자가 고개를 한쪽으로 돌리고—새벽 해가 그의 안경에서 잠깐 번쩍였다—뭐라 중얼거렸다. 친구가 웃음을 터뜨렸다. 그러고 그들은 보드카를 단숨에 들이켰다. 거지가 더 달라고 잔을 쳐들었다. 그들은 거지에게 한 잔을 더 따라준 다음 잔을 받아들고 다시 열차에 올랐다. 거지는 잘려나간 몸속으로 확 퍼지는 술기운에 기대어 다음 승객들 쪽으로 바퀴를 굴려 갔다. 두 남자가 다시 좌석에 앉았을 때 듣는 자는 이미 자기가 한 말을 거의 잊어버렸다. 그러나 기억하는 자는 이제 막 기억하기 시작했을 따름이었다.

1: 층계참에서

그가 아는 것은 그때가 최악의 시기였다는 것뿐이다.

그는 세 시간 동안 승강기 옆에 내내 서 있었다. 줄담배를 다섯 대 피웠고, 마음은 어지러웠다.

얼굴들, 이름들, 기억들. 그의 손을 짓누르는 토탄 조각. 머리 위를 스쳐가는 스웨덴 물새들. 해바라기 밭. 카네이션 기름 냄새. 테니스 코트에서 풍겨오는 니타의 따듯하고 달콤한 냄새. 이마의 V형 머리 선에서 스며 나오는 땀. 얼굴들, 이름들.

죽은 자들의 얼굴과 이름도.

아파트에서 의자를 가져올 수도 있었다. 그러나 의자가 있더라도 초조해서 서 있을 수밖에 없었을 것이다. 앉아서 승강기를 기다리는 모습은 누가 보아도 이상하게 보일 테니까.

그의 상황은 갑작스럽게 닥친 것이었지만, 완벽하게 논리적이었다. 남은 삶처럼. 예를 들자면 성욕처럼. 그것은 갑작스럽게 닥쳐왔지만 완벽하게 논리적이었다.

그는 니타에게로 생각을 모으려 했으나 뜻대로 되지 않았다. 그의 마음은 청파리처럼 시끄럽고 제멋대로였다. 당연하게도 마음은 타냐에게 내려앉았다. 그러나 그다음에는 그 소녀, 로잘리아에게로 넘어갔다. 그녀를 떠올리며 얼굴을 붉혔을까, 아니면 남몰래 그 별난 사건을 자랑스러워했을까?

대원수의 후원—역시 갑작스러웠으나 완벽하게 논리적이었다. 대원수의 운명에 대해서도 같은 말을 할 수 있었을까?

위르겐센의 턱수염이 난 상냥한 얼굴. 그 얼굴과 함께 그의 손목을 움켜쥔 어머니의 사나운, 성난 손가락의 기억. 그리고 그의 아버지, 피아노 옆에 서서 「정원의 국화는 시든 지 오래라네」를 부르던, 다정하고 매력적이면서 세상 물정에는 어두

웠던 아버지.

그의 머릿속에서 소리들이 이루는 불협화음. 아버지의 목소리, 니타에게 구애하면서 연주했던 왈츠와 폴카, 네 차례 울려 퍼지던 올림 바 음의 공장 사이렌, 불안정한 바순 연주자를 향해 짖어대던 개들, 쇠테를 두른 정부 인사석 아래 타악기와 금관악기의 소란.

현실 세계에서 뭔가가 이 소음들 속으로 끼어들었다. 승강기 기계의 갑작스러운 웅 소리와 우르릉거리는 소리. 지금 재빨리 움직이며 종아리에 기댄 작은 여행 가방을 툭 친 건 그의 발이었다. 순간 모든 기억이 확 사라졌고, 두려움에 사로잡힌 채 그는 기다렸다. 그때 저층에서 승강기가 멈추었고 그의 기능들이 되돌아왔다. 그는 여행 가방을 들면서 안에 든 물건들이 부드럽게 움직이는 것을 느꼈다. 프로코피예프의 잠옷 이야기가 문득 생각나게 하는 것들.

아니, 청파리와는 달랐다. 그보다는 아나파의 그 모기들에 더 가까웠다. 어디에나 내려앉아 피를 빨아먹던.

그는 거기 서서 자기 마음은 자기 것이라고 생각했다. 그러나 밤에 홀로 있으면 그의 마음이 그를 지배하는 것 같았다. 시인이 단언했듯이, 자신의 운명을 피할 길은 없다. 그리고 자기 마음을 피할 길도 없다.

그는 맹장을 떼어내기 전날 밤의 고통을 기억했다. 스물두 번을 토하고, 간호사에게 아는 욕이란 욕은 죄다 퍼붓고, 친구에게 제발 민병대원을 불러와 자신을 쏘아 죽여 이 고통을 끝내게 해달라고 애걸했다. 그를 불러들여 나를 쏘아 고통을 끝내달라고 애원했다. 그러나 친구는 도와주지 않았다.

이제는 친구도 민병대원도 필요 없었다. 이미 자원자는 충분했다.

그는 자신의 마음에게 1936년 1월 28일 아침 아르한겔스크 기차역, 바로 그곳에서 모든 것이 시작되었다고 말했다. 그의 마음이 대답했다. 아니, 그런 식으로, 어떤 날짜에 어떤 장소에서 시작되는 일은 아무것도 없다. 여러 장소에서, 여러 시간에, 당신이 태어나기도 전에, 다른 나라들에서, 다른 이들의 마음속에서 시작되는 것이다.

그리고 나중에, 다음에 어떤 일이 일어나건 간에, 다른 장소에서, 다른 이들의 마음속에서 똑같은 식으로 계속될 것이다.

그는 담배를 생각했다. 카즈베크, 벨로모르, 헤르체고비나 플로르 갑. 파이프에 담배 여섯 개를 뜯어 쑤셔 넣고 책상 위에는 마분지 대롱과 종잇조각만 남긴 남자의 것.

이 최후의 단계에서라도 고쳐서 제자리에 돌려놓고 다시 시작할 수 있을까? 그는 답을 알고 있었다. 의사가 '코'의 복원에 대해 했던 말. "물론 제자리에 돌려놓을 수는 있겠지만, 장담하건대 최악의 경우가 될 겁니다."*

그는 자크렙스키와 빅 하우스,** 그리고 거기에서 누가 그를 대신할 수도 있었을지 생각했다. 누군가가 그렇게 했을 것이다. 이 세계에서는 자크렙스키 같은 자가 부족할 일은 결코 없었다. 어쩌면 거의 정확히 2천억 년 뒤 천국이 오면, 그때는 자크렙스키들이 더는 존재할 필요가 없게 될지도 모른다.

* 고골의 단편 「코」에 나오는 대목.

** 러시아 연방 보안국 상트페테르부르크(레닌그라드) 지부 본부, 내무부가 있는 건물의 비공식 명칭. 러시아어로 볼쇼이 돔이라 불렸으며 스탈린 시대에 악명을 떨쳤다.

때때로 그의 마음은 지금 일어나고 있는 일을 믿지 않으려 했다. 소령이 기린을 언제 봤는지 말했어도, 그런 일은 있을 수 없으므로 그럴 리가 없다. 그러나 그럴 수도 있었고, 정말로 그랬다.

운명. 그것은 전혀 손쓸 수 없는 어떤 일에 대해 쓰는 거창한 단어일 뿐이었다. 삶이 당신에게 "그래서"라고 말했을 때, 당신은 고개를 끄덕이고 그것을 운명이라 불렀다. 그래서, 드미트리 드미트리예비치로 불리게 되는 것이 그의 운명이었다. 그는 거기에 대해 아무것도 할 수가 없었다. 당연히 그는 세례를 기억하지 못하지만, 그 이야기의 진실을 의심할 이유는 없었다. 아버지의 서재에 휴대용 세례반을 둘러싸고 온 가족이 모였다. 신부가 도착했고, 부모님에게 갓난아기의 이름을 생각해 두었는지 물었다. 그들은 야로슬라프라고 대답했다. 야로슬라프? 신부는 이름이 마음에 들지 않았다. 들어본 중에 제일 희한한 이름이라고 했다. 신부는 희한한 이름을 가진 아이들은 학교에서 놀림과 비웃음을 당한다고 말했다. 아니, 아니, 아들한테 야로슬라프라고 이름을 붙여주면 안 됩니다. 그의 아버지와 어머니는 이렇게 노골적인 반대에 당황했지만 신부의 심기를 거스르고 싶지는 않았다. 그럼 어떤 이름이 좋을까요? 그들이 물었다. 신부가 말했다. 평범한 이름을 붙여주세요. 예를 들자면 드미트리라든가. 그의 아버지는 벌써 본인 이름이 드미트리고, 야로슬라프 드미트리예비치가 드미트리 드미트리예비치보다는 훨씬 듣기 좋다고 말했다. 그러나 신부는 동의하지 않았다. 그래서 그는 드미트리 드미트리예비치가 되었다.

이름이 뭐가 중요한가? 그는 상트페테르부르크에서 태어나 페트로그라드에서 자라 레닌그라드에서 성년이 되었다. 그가 때로는 상트레닌스부르크라고 부르곤 하는 곳. 이름이 뭐가 중요한가?

그는 서른한 살이었다. 아내 니타는 딸 갈리나와 함께 몇 미터 떨어진 곳에 누워 있었다. 갈리야는 한 살이었다. 최근에 그는 삶에 안정을 찾은 듯 보였다. 그는 절대로 매사를 단순하게 보질 못했고, 강렬한 감정들을 느끼기는 해도 그런 것들을 표현하는 데는 결코 익숙해지지 못했다. 축구 경기에서조차 남들처럼 고함을 지르며 푹 빠져드는 일이 드물었다. 그저 선수들의 기술이나 기술 부족에 대해 차분히 논평을 하는 데 만족했다. 또는 그마저도 하지 않았다. 어떤 이들은 레닌그라드 출신답게 과묵하고 격식을 차리는 태도라고 생각했지만, 그것만이 아니라 — 혹은 그보다는 — 그는 자신이 수줍음 많고 걱정 많은 사람이라는 것을 알고 있었다. 그리고 여자들과 있을 때면 평소의 수줍음을 잃고 터무니없는 열정과 비틀거리는 절망 사이를 오갔다. 마치 언제나 메트로놈을 잘못 맞춰 놓은 것 같았다.

그렇기는 해도 그의 삶은 결국 어느 정도 규칙성을 찾았다. 정확한 박자와 함께. 그런데 이제 다시 모든 것이 불안정해진 것이다. 불안정함. 에둘러 한 표현이 아니었다.

종아리에 기대놓은 작은 여행 가방을 보니 집에서 도망치려 하던 시절이 떠올랐다. 그때가 몇 살이었을까? 일고여덟 살 정도일 것이다. 조그만 여행 가방을 가지고 있었던가? 아마 아니었을 것이다 — 그의 어머니가 분노를 터뜨리기 직전이었을 것이다. 이리노브카에서의 어느 여름이었다. 그의 아버지는 거기에서 총지배인으로 일했다. 위르겐센은 그 영지의 잡역부였다. 물건들을 만들고 고쳐준 사람, 어린아이가 이해할 수 있는 방식으로 문제를 해결해 준 사람. 절대 아무것도 가르쳐주지 않고 그저 나무토막이 단검이나 호루라기로 바뀌는 모습을 가만히 지켜보게 해주었던 사람. 막 파낸 토탄 조각을 주고 냄새 맡아보게 해주었던 사람.

그는 위르겐센을 아주 좋아하게 되었다. 그래서 마음에 안 드는 일이 생기면, 그런 일이 자주 있었지만, 이렇게 말하곤 했다. "그럼 좋아, 난 위르겐센 아저씨한테 가서 살래." 어느 날 아침에도 잠자리에 누운 채로 그날 처음으로 이 협박인지 장담인지 모를 말을 했다. 그러나 그의 어머니에게는 이미 한 번으로도 족했다. 어머니가 대답했다. 옷 입고 나오면 데려다 주마. 그는 어머니의 도전을 받아들였다 — 아니, 짐 쌀 시간도 없었다 — 소피야 바실리예브나는 그의 손목을 꽉 붙잡고, 밭을 가로질러 위르겐센이 사는 곳으로 걸어가기 시작했다. 처음에 그는 자신의 협박에 대담해져 어머니 옆에서 성큼성큼 걸었다. 그러나 점점 발꿈치가 질질 끌리고, 손목이, 다음에는 손이 어머니의 손아귀에서 빠져나오려 했다. 그 당시에는 자기 쪽에서 몸을 뺐다고 생각했지만, 이제 와 생각해 보면 어머니가 한 손가락씩 풀어서 놓아주었던 것이다. 그는 위르겐센과 같이 살러 마음껏 뛰어가기는커녕, 울음보를 터뜨리며 집으로 꽁무니를 빼고 달아나고 말았다.

손, 미끄러지는 손, 꽉 잡는 손. 어릴 때는 죽은 자들이 무서웠다 — 그들이 무덤에서 일어나 그를 붙잡고 차갑고 컴컴한

땅속으로 끌고 들어가 입과 눈을 흙으로 가득 채울까 무서웠다. 이러한 공포는 살아 있는 사람들의 손이 더 무섭다는 사실을 깨닫게 되면서 서서히 사라졌다. 페트로그라드의 창녀들은 그의 젊음과 순진함 따위는 안중에도 없었다. 힘든 시기일수록 움켜쥐는 손들은 더 그악스러워진다. 당신의 불알, 당신의 빵, 당신의 친구들, 당신의 가족, 당신의 생계, 당신의 존재. 창녀들뿐 아니라 수위들도 두려웠다. 물론 경찰도. 그들이 스스로를 어떤 이름으로 부르기로 했건 상관없이.

그러나 그때는 그 반대의 두려움도 있었다. 당신을 안전하게 지켜주는 손에서 빠져나가는 데 대한 두려움.

투하쳅스키 대원수*는 그를 안전하게 지켜주었다. 여러 해 동안. 대원수의 머리 선을 타고 땀방울이 흘러내리는 모습을 본 그날까지는. 큼지막한 흰색 손수건이 펄럭이며 땀을 닦았고, 그는 자신이 더 이상 안전하지 않다는 것을 알았다.

* 1893~1937. 러시아의 군인·대원수(大元帥). 10월혁명 후 적군에 지원, 공산당에 입당했고 천재적인 조직 능력과 규모가 웅대한 작전을 펴는 군인으로 유명했다. 적군의 근대화와 군사 기술 재편의 공로로 레닌상을 수상했으나 반스탈린 쿠데타의 주모자로 지목돼 처형되었다.

대원수는 그가 이제껏 만나본 사람들 중 가장 세련된 인물이었다. 그는 러시아에서 가장 유명한 군사 전략가였다. 신문에서는 그를 '붉은 나폴레옹'이라 불렀다. 또한 음악 애호가이자 아마추어 바이올린 제작자이기도 했다. 소설을 놓고 토론하기를 즐기는, 호기심 많고 열린 정신의 소유자였다. 투하쳅스키와 알고 지낸 10년 동안, 그가 해 진 뒤 대원수의 제복 차림으로 반은 일 때문에, 반은 노느라고 정치와 쾌락을 뒤섞어가며 모스크바와 레닌그라드를 휩쓸고 다니는 모습을 자주 보았다. 그는 이야기를 하고 논쟁을 하고, 먹고 마시는 와중에도 발레리나한테서 눈을 떼지 않았다. 또 예전에 프랑스인들한테서 숙취에 시달리지 않고 샴페인을 마실 수 있는 비법을 배웠다며 설명해 주곤 했다.

그는 결코 그렇게 세속적인 인간이 되지 못할 것이다. 그에게는 자신감이 부족했다. 관심도 부족할지 몰랐다. 그는 복잡한 요리를 싫어했고, 술이 약했다. 학생 시절, 당이 전권을 장악하기 이전, 모든 것이 다시 생각되고 다시 만들어지던 때, 그는 자기가 잘 알지도 못하는 궤변을 늘어놓았다. 예를 들어 낡은 방식들은 영원히 사라졌으므로 섹스 문제도 다시 생각해야 한다고 했다. 누군가 '물잔' 이론을 내놓았다. 젊은 척척박사는 섹스 행위는 잔의 물을 마시는 것과 같다고 주장했다.

목이 마르면 마신다. 욕구를 느끼면 섹스를 한다. 그러려면 여자들 또한 자신들의 욕구를 자유롭게 표현해야 한다 해도, 그는 이런 시스템에 반대하지 않았다. 그런 여자들도 있고 그렇지 않은 여자들도 있었다. 그러나 비유는 당신을 그 정도까지만 데려가줄 뿐이었다. 물잔은 마음을 사로잡지는 못했다.

게다가 그때 이미 타냐가 그의 삶 속에 들어와 있었다.

그가 위르겐센과 살러 가겠다고 입버릇처럼 말하던 때, 그의 부모님은 그가 가족이라는 구속—어린 시절의 구속 자체도—에 짜증을 느끼고 있다고 생각했을지도 모르겠다. 지금 생각해 봐도 확실치가 않았다. 이리노브카의 영지에 있던 그들의 여름 별장에는 뭔가 이상한 것—크게 잘못된 것—이 있었다. 여느 아이처럼 그는 다른 이야기를 듣기 전까지는 다 문제가 없다고만 여겼다. 그래서 어른들이 그 이야기를 하면서 웃을 때에야 비로소 그 집에 관련된 모든 것이 얼마나 아귀가 안 맞는지 깨달았다. 방들은 널찍했지만 창문은 아주 작았다. 그래서 50제곱미터 크기의 방에 작은 창문 딱 한 개밖에 없는 경우도 있었다. 어른들은 건축업자가 치수를 잘못 잡아서 미터를 센티미터로 착각했거나 혹은 그 반대였을 거라고 여겼다. 그러나 일단 그 사실을 알아차리고 나니 소년에게 그 효과는 놀라웠다. 그것은 꿈 중에서도 가장 어두운 꿈을 위해 준비된 집 같았다. 어쩌면 그는 바로 그 집으로부터 도망쳐왔던 것일지도 모른다.

그들은 언제나 오밤중에 데리러 왔다. 그래서 잠옷 바람으로 아파트에서 끌려 나가거나 거만하게 무표정한 얼굴을 한 NKVD* 요원 앞에서 옷을 입게 되느니, 그는 옷을 다 차려입고 담요에 누워 벌써 다 꾸린 작은 여행 가방을 옆쪽 바닥에 두고서 잠을 청했다. 그는 거의 잠을 자지 못하고 상상할 수 있는 최악의 일들을 상상했다. 그의 불안은 니타도 잠들지 못하게 했다. 각자 자리에 누운 채 상대의 공포를 듣지도, 냄새 맡지도 못하는 척했다. 끈질기게 잠을 깨우는 악몽 하나는 NKVD가 갈리야를 붙잡아 — 그녀가 운이 좋다면 — 국가의 적들이 낳은 아이들을 위한 특별 고아원으로 보내버리는 것이었다. 거기에서 그녀는 새로운 이름과 새로운 인격을 부여받게 될 것이다. 모범적인 소비에트 시민, 스탈린이라 부르는 위대한 태양을 향해 얼굴을 쳐드는 작은 해바라기가 될 것이다. 그래서 그는 승강기 옆 층계참에서 결코 잠들지 못할 시

* 내무인민위원회. 소비에트 연방의 정부 기관이자 비밀경찰 역할을 했다.

간들을 보내겠다고 했다. 니타는 마지막 밤이 될지도 모르니 함께 나란히 누워 보내고 싶다는 뜻을 꺾지 않았다. 그러나 이번 논쟁에서는 드물게도 그가 이겼다.

승강기 옆에서 보낸 첫날 밤, 그는 담배를 피우지 않기로 결심했다. 그의 여행용 트렁크 속에는 카즈베크가 세 갑 있었다. 심문을 받게 되면 필요할 것이다. 그리고 심문을 받은 뒤에는 구금될 것이다. 그는 처음 이틀 내내 이러한 굳은 결심을 지켰다. 그러다가 문득 생각이 하나 떠올랐다. 빅 하우스에 닿자마자 그들이 담배를 압수해 버리면 어떡하나? 아니면 심문이 없거나, 아주 짧게 이루어진다면? 그의 앞에 종이 한 장만 내놓고 서명하라고 명령할 수도 있다. 만약에 그러면…… 그의 생각은 거기에서 멎었다. 그러나 어떤 경우건 그의 담배는 쓸모가 없어질 것이다.

그래서 그는 담배를 피우지 말아야 할 이유를 생각해 낼 수가 없었다.

그래서 그는 담배를 피웠다.

그는 손가락 사이에 끼워진 담배를 보았다. 말코가 언젠가 그의 손이 작고 '피아니스트 같지 않다'고 동정하며 진심으로 감탄하는 투로 말한 적이 있었다. 말코는 또 그보다는 덜 감탄조로 그가 연습을 충분히 하지 않는다는 말도 했다. 그것은 '충분히'가 의미하는 바에 따라 달랐다. 그는 필요한 만큼은 연습을 했다. 말코는 그의 악보와 지휘봉을 따라야 한다.

열여섯 살 때 그는 크림반도에 있는 요양원에서 지내며 결핵을 치유하고 있었다. 타냐와 그는 동갑이었고 생일도 사소한 차이 하나만 빼면 똑같았다. 그는 신력으로 9월 25일생이고 그녀는 구력으로 9월 25일생이었다. 이러한 사실상의 동시성이 그들의 관계를 지지해 주었다. 달리 표현하자면, 그들은 서로를 위해 만들어졌던 것이다. 짧게 친 머리에, 그 못지않게 삶에 대한 열망으로 가득 찬 타탸나 글리벤코. 그것은 어느 모로 보나 두말할 것도 없이, 운명적인 첫사랑이었다. 그의 보호자 노릇을 하던 누나 마루샤가 어머니에게 귀띔했다. 소피야 바실리예브나에게서 곧바로 아들에게 이 정체불명의 소녀에 대해, 이 관계에 대해—실은 어느 관계든—경고하는 답장이 왔다. 그는 답장에 열여섯 살다운 허세를 모두 담아 어머니에게 자유연애의 원칙을 설파했다. 모두가 원하는 대로 자유로이 사랑할 수 있어야 하며, 육체적 사랑은 짧은 시간밖에는 지속되지 않고 남녀는 완전히 평등하다. 결혼은 제도로서는 폐지되어야 마땅하지만, 실제로 지속된다면 여성이 원하는 대로 할 모든 권리를 가지며, 여성이 이혼을 원할 경우에 남자는 이를 받아들이고 책임을 떠맡아야 한다. 하지만 이 모든 것에서, 누가 뭐라 해도, 아이들은 신성하다.

어머니는 그가 자기만 옳은 척 거들먹거리며 늘어놓은 인생론에는 답장을 하지 않았다. 그리고 어찌 되었건 그와 타냐는 만나자마자 헤어져야 할 처지였다. 그녀는 모스크바로 돌아갔다. 그와 마루샤는 페트로그라드로 돌아왔다. 그러나 그는 그녀에게 계속해서 편지를 썼고, 둘은 서로를 방문했다. 그는 그녀에게 첫 번째 피아노 삼중주를 바쳤다. 그의 어머니는 여전히 허락하지 않았다. 그런 채로 3년이 지나서 그들은 마침내 캅카스에서 몇 주를 함께 보냈다. 그들은 열아홉 살이었고 동행자 없이 왔다. 그는 하르키우에서 콘서트를 열어 300루블을 벌었다. 아나파에서 함께 보낸 그 시간이…… 아득히 먼 옛날 일처럼 느껴졌다. 그의 삶에서 3분의 1도 더 지난 옛날의 일이었다.

그래서 1936년 1월 28일 아침, 바로 그때 아르한겔스크에서 모든 것이 시작되었다. 그는 빅토르 쿠바츠키가 이끄는 지역 오케스트라와 함께 생애 첫 피아노 콘서트를 해달라는 초청을 받았다. 단원 중 두 사람이 그의 새 첼로 소나타도 연주했다. 잘 끝났다. 다음 날 아침 그는 《프라우다》를 사러 기차역에 갔다. 잠깐 1면을 보고 다음 면을 펼쳤다. 나중에야 알게 되었지만, 그의 삶에서 가장 기억할 만한 날이었다. 그리고 그가 죽을 때까지 해마다 표시해두게 될 날짜였다.

그의 마음이 고집스럽게 반박했듯이, 그것 하나를 제외하고는 어느 것도 정확히 그런 식으로 시작되지는 않는다. 파국은 다른 장소에서, 다른 마음에서 시작되었다. 진짜 시발점은 그의 명성이었을 수도 있다. 아니면 그의 오페라. 아니면 절대무오류의 존재이므로 모든 것에 다 책임이 있는 사람, 스탈린이었을 수도 있다. 아니면 오케스트라의 배치처럼 단순한 것에서 촉발되었을 수도 있다. 정말이지 결국 이게 그 일을 가장 정확히 바라본 것일 수도 있다. 오케스트라의 배치 하나 때문에 처음에는 비난과 모욕을 받고, 나중에는 체포되어 총살된 작곡가.

모든 것이 어딘가 다른 곳에서, 다른 이들의 마음속에서 시작되었다면, 그는 「맥베스」를 쓴 셰익스피어를 비난할 수도 있을 것이다. 그 작품을 「므첸스크의 맥베스 부인」이라고 러시아식으로 번안한 레스코프나. 아니, 다 아니다. 누가 뭐래도 그 작품을 작곡한 그의 잘못이다. 국외에서나 국내에서나 대성공을 거두어 크렘린의 호기심을 자극한 그의 오페라가 저지른 잘못이다. 《프라우다》 사설에 영감을 주고 승인을 했을 테니까 — 어쩌면 그가 직접 썼을 수도 있다 — 스탈린의 잘못이다. 문법상 오류가 많은 점으로 보아 실수를 절대 교정해줄 수 없는 사람이 썼을 가능성이 있다. 우선 자신을 예술의 후원자이자 감식가로 여기게 만들었으니 스탈린의 잘못이기도 하다. 스탈린은 볼쇼이에서 「보리스 고두노프」 공연을 절대 놓치지 않는다고 알려져 있었다. 「이고르 왕자」와 림스키코르사코프의 「삿코」에 열광하기까지 했다. 그러니 스탈린이 이 갈채를 받는 새 오페라, 「므첸스크의 맥베스 부인」을 듣고 싶어 한 것도 당연한 일이 아니겠는가?

그래서 작곡가는 1936년 1월 26일, 자기 작품의 공연에 참석하라는 지시를 받았다. 스탈린 동지도 참석할 예정이었다. 몰로토프, 미코얀, 즈다노프도 오기로 했다. 그들은 정부 인사석에 자리를 잡았다. 불행히도 그 자리는 하필 타악기와 금관악기 바로 위였다. 「므첸스크의 맥베스 부인」 악보에 온건하고 겸손하게 연주하라는 표시가 없는 부분이었다.

그는 지휘석에서 맞은편의 스탈린이 앉은 정부 인사석을 보았던 기억을 떠올렸다. 스탈린은 작은 커튼 뒤에 가려져 있었다. 자기들 역시 관찰당하고 있음을 아는 다른 유명한 동지들이 아부하는 자세로 몸을 돌려서 보는 부재의 존재였다. 경우가 경우인 만큼 지휘자와 오케스트라 모두 당연히 긴장하고 있었다. 카테리나의 결혼식 전의 막간극에서 목관악기와 금관악기가 웬일인지 그가 악보에 써놓은 것보다 제멋대로 더 크게 연주되었다. 그 뒤부터는 각 섹션에 바이러스가 퍼져 나가는 것 같았다. 지휘자가 알아차렸다 해도 손쓸 도리가 없었다. 오케스트라의 소리는 점점 더 커졌다. 타악기와 금관악기가 그들 아래에서 포르티시모로 울려 퍼질 때마다 — 창틀이 흔들리도록 크게 — 미코얀과 즈다노프 동지는 과장되게 몸서리를 치면서 커튼 뒤의 인물에게 고개를 돌리고 뭔가를 조롱하듯 말했다. 4막 시작 부분에 청중이 정부 인사석을 올려다봤을 때 그곳은 이미 비어 있었다.

공연이 끝난 뒤 그는 서류 가방을 챙겨 곧장 북역으로 가서 아르한겔스크행 열차를 탔다. 그는 정부 인사석이 암살 시도로부터 자리 주인을 보호하기 위해 특별히 철판으로 보강되어 있다는 사실을 떠올렸다. 그러나 지휘석에는 그런 것이 없었다. 그는 아직 서른이 채 안 되었고 그의 아내는 당시 임신

5개월째였다.

1936년: 그는 언제나 윤년에 대한 미신을 믿었다. 많은 이들처럼, 윤년에는 악운이 든다고 믿었다.

승강기 기계음이 다시 한번 울렸다. 그는 승강기가 4층을 지나쳤음을 깨닫고 가방을 들어 옆구리에 꼈다. 그는 문이 열리기를, 제복 입은 이가 나타나 고갯짓으로 알은체하기를, 자신을 향해 손을 내뻗기를, 손목에 수갑을 채우기를 기다렸다. 그들과 동행해 그들을 그 건물로부터, 아내와 아이로부터 멀리 데려가고 싶어 안달이 난 그의 심정을 생각하면 수갑 따위는 전혀 필요하지 않을 것이다.

승강기 문이 열리고, 이웃이 아무런 의도도—이렇게 늦은 시간에 그가 나와 있는 모습을 본 데 대한 놀라움조차—드러내지 않고, 다른 종류의 고갯짓으로 알은체를 했다. 그는 대답 삼아 고개를 숙이고 승강기에 올라타 아무 버튼이나 누르고 두어 층을 내려가서 잠시 기다리다가, 다시 5층으로 돌아와 승강기에서 내린 뒤 기다림을 재개했다. 전에도 이런 일이 똑같은 식으로 있었다. 말은 위험했으므로 한 마디도 주고받지 않았다. 그는 망신스럽게 매일 밤 아내한테 쫓겨난 남자처럼 보였을지 모른다. 아니면 매일 밤 아내를 떠나려다 우유부단하게 다시 되돌아가는 남자든가. 하지만 아마도 정확히 지금 처지 그대로 보였을 것이다. 그것은 바로 도시 전역에서 매일 밤 체포되기를 기다리는 수백 명의 다른 사람들과 같은 모습이었다.

지난 세기의, 여러 생애 이전같이 오래전 옛날, 이르쿠츠크 귀족 여성 학교에 다닐 때 그의 어머니는 소녀 둘과 함께 당시 왕세자였던 니콜라이 2세 앞에서 「차르에게 바친 목숨」에 맞춰 마주르카 춤을 추었다. 글린카의 오페라는 그 주제—위대한 지도자를 위해 생명을 바친 가난한 농부의 도덕적 교훈을 담은 이야기—가 스탈린의 공감을 얻었다 해도 물론 소련에서는 공연할 수 없었다. 「차르에게 바친 목숨」. 그는 자크렙스키가 그 사실을 알고 있었을까 궁금했다. 옛날에는 어린아이가 아버지나 어머니의 잘못에 대해 죗값을 치르기도 했다. 요즘 전 세계의 가장 진보한 사회에서는 삼촌, 숙모, 사촌, 친인척, 동료, 친구, 심지어는 새벽 3시에 승강기에서 내리는 그에게 별 생각 없이 미소를 지어준 사람까지 부모와 함께 줄줄이 아이의 죗값을 치른다. 응징의 체계는 엄청나게 개선되어 왔고, 이제는 예전과는 비교할 수도 없이 포괄적이 되었다.

아들과의 결혼에서 니나 바실리예브나가 그랬듯이 그의 어머니도 자신의 결혼 생활에서 주도권을 쥐었다. 그의 아버지 드미트리 볼레슬라보비치는 열심히 일하고 봉급은 담뱃값 약간만 제하고 봉투째 아내에게 갖다 바치는, 순하고 욕심 없는 사람이었다. 그는 훌륭한 테너 목소리를 지녔고 피아노 연탄곡을 연주했다. 집시 로맨스인 「아, 내가 그토록 열렬히 사랑하는 이는 그대가 아니라네」와 「정원의 국화는 시든 지 오래라네」를 불렀다. 그는 장난감과 게임, 탐정소설을 좋아했다. 최신식 담배 라이터나 와이어 퍼즐*을 보면 시간 가는 줄 몰랐다. 그는 직접적으로 삶에 뛰어들지 않았다. 아버지는 특별한 고무도장을 만들어서 서재의 모든 물건에 수수께끼 같은 글을 찍어놓았다. '이 책은 D. B. 쇼스타코비치에게서 훔친 것입니다.'

창의적 프로세스를 연구하는 정신과 의사가 언젠가 그에게 드미트리 볼레슬라보비치에 대해 물은 적이 있었다. 그는 아버지가 '완벽하게 정상적인 인간'이라고 대답했다. 그것은 아버지를 낮추어 한 말이 아니었다. 완벽하게 정상적인 인간이 되어, 아침마다 미소를 지으며 잠자리에서 일어나는 것이

* 장난감의 종류 중 하나로 철사로 된 퍼즐.

야말로 부러워할 만한 재주다. 또한 그의 아버지는 젊은 나이에 죽었다—40대 후반이었다. 가족에게, 그를 사랑했던 이들에게는 재앙이었지만, 아마도 드미트리 볼레슬라보비치 본인에게는 재앙이 아니었을 것이다. 그가 조금이라도 더 오래 살았더라면 혁명이 시큼해지면서 피해망상증에 찌들고 육식성으로 변하는 모습을 지켜보게 되었을 것이다. 그가 혁명에 대단한 관심이 있어서가 아니었다. 이것은 그의 또 다른 장점이었다.

그가 죽자 과부가 된 어머니는 수입은 끊어지고 딸 둘과 일찍부터 음악에 재능을 보인 열다섯 살의 아들만 남았다. 소피야 바실리예브나는 자식들을 부양하기 위해 닥치는 대로 일을 했다. 그녀는 계량청에서 타자수로 일했고, 밥벌이를 위해 피아노 레슨을 했다. 가끔씩 그는 아버지의 죽음과 함께 자신의 모든 근심이 시작되었을지 모른다는 생각을 했다. 그러나 그렇게 생각하면 드미트리 볼레슬라보비치를 탓하는 쪽으로 기울게 될 테니 그 사실을 믿지 않는 편이 더 좋았다. 그러니 아마도 자신의 모든 근심이 그때부터 두 배가 되었다고 말하는 편이 더 옳을 것이다. 엄숙한 격려의 말에 얼마나 동감하며 고개를 끄덕였던가. "이제 가족 중에서 남자는 너뿐이다." 그들은 그에게 감당할 준비가 안 된 기대와 의무감을 지웠다.

그리고 그는 항상 몸이 약했다. 의사의 촉진하는 손, 두드려보고 소리 듣기, 탐침, 칼, 요양원이 그에게는 너무나도 익숙했다. 그는 약속된 남자다움이 자신의 안에서 자라나기만을 계속 기다렸다. 그러나 자신이 쉽게 다른 데 정신을 빼앗긴다는 것을 알게 되었다. 또한 늘 변함없이 확신에 찬 모습이기보다는 제 고집대로였다. 그러니 위르겐센과 함께 집안을 일으키려는 시도는 실패로 돌아갈 수밖에 없었다.

그의 어머니는 흔들리지 않는 여자였다. 타고난 기질도 그랬지만 그렇게 될 수밖에 없기도 했다. 그녀는 그를 보호해주고, 그를 위해 일하고, 그에게 모든 희망을 걸었다. 물론 그 역시 어머니를 사랑했다—어찌 그러지 않을 수 있겠는가?—그러나…… 어려움이 있었다. 강자들은 맞서지만 그만큼 강하지 못한 자들은 회피하는 수밖에 없다. 그의 아버지는 항상 어려움을 피했고, 자신의 삶과 아내 둘 다의 앞에서 유머와 에둘러 피하는 법을 연마했다. 그래서 그의 아들은 자신이 드미트리 볼레슬라보비치보다는 결단력이 있다는 것을 알고 있으면서도 어머니의 권위에 맞서본 적이 거의 없었다.

그러나 그는 어머니가 자기 일기를 읽곤 한다는 것을 알았다. 그래서 일부러 일기장 몇 주 앞의 날짜에 '자살'이라고 썼다. 가끔은 '결혼'이라고 쓰기도 했다.

그녀 역시 나름대로 협박하는 방법이 있었다. 그가 집을 떠나려 할 때마다 소피야 바실리예브나는 다른 이들에게뿐만 아니라 그의 앞에서도 이렇게 말했다. “내 아들은 먼저 내 시체를 밟고 넘어가야 할걸.”

그들 둘 다 상대방이 얼마나 진심인지는 확신하지 못했다.

그는 음악원의 소강당 무대 뒤에서 책망받는 기분을 느끼며 풀이 죽어 있었다. 그는 아직 학생이었고 모스크바에서의 첫 번째 대중 공연은 성과가 좋지 않았다. 청중은 분명히 셰발린의 작품을 더 좋아했다. 그때 제복 입은 남자가 그의 옆에 나타나 위로의 말을 건넸다. 그렇게 투하쳅스키 대원수와의 우정이 시작되었다. 대원수는 그의 후원자로 나서서 레닌그라드 지구 군사령관으로부터 재정적 원조를 얻어주었다. 기꺼이 그에게 도움을 주었고 진실했다. 아주 최근에는 모든 이에게 「므첸스크의 맥베스 부인」은 자신이 보기에 최초의 고전 소비에트 오페라가 될 것이라고 말하고 다녔다.

지금까지 그는 딱 한 번 실패했다. 투하쳅스키는 모스크바로 옮겨가면 자신의 피보호자 앞에 출셋길이 활짝 열릴 거라 믿고 옮겨주겠노라고 약속했다. 소피야 바실리예브나는 물론 반대하고 나섰다. 아들은 너무 연약하고 여렸다. 어머니가 하지 않으면 아이가 우유를 마셨는지, 죽을 먹었는지 누가 확인해 주겠는가? 투하쳅스키에게는 힘과 영향력, 재정적 자원이 있었다. 그러나 소피야 바실리예브나 역시 그의 영혼을 움직일 열쇠를 쥐고 있었다. 그래서 그는 레닌그라드에 남았다.

누이들과 마찬가지로 그 역시 아홉 살 때 처음 건반 앞에 앉았다. 그리고 바로 그때부터 그에게 세계가 명확해졌다. 적어도 세계의 일부라도 — 그가 살아가도록 지탱해 줄 만큼은. 피아노와 음악은 쉽게 이해가 되었다. 적어도 다른 것들을 이해하는 데 비하면 그랬다. 그리고 그는 열심히 일하는 게 쉽게 느껴졌기에 열심히 일했다. 그러니까 이 운명에서 벗어날 길은 없었다. 세월이 흐르면서 그에게 어머니와 누이들을 부양할 방법을 마련해 주었기 때문에 그 일이 더욱 기적처럼 여겨졌다. 그는 일반적인 남자가 아니었고, 그들의 가족 또한 일반적인 가족이 아니었어도 그러했다. 가끔 콘서트를 성공적으로 마치고 나서 박수갈채와 돈을 받을 때면 그는 도달하기 어려웠던, 집안의 가장이 될 수 있을 것 같은 기분을 느꼈다. 비록 다른 때에는, 집을 떠나 결혼을 하고 한 아이의 아버지가 된 후조차도, 여전히 길 잃은 아이 같은 기분을 느낄 수 있었지만.

그를 모르는 이들, 멀리서 음악만을 듣는 이들은 아마도 이것이 그의 첫 번째 좌절이었다고 여겼을 것이다. 자신의 교향곡 1번을 잽싸게 브루노 월터가, 이어서 토스카니니와 클렘페러가 맡았던 그 뛰어난 열아홉 살짜리는 1926년의 그 초연 이후로 10년간 완벽하고 깔끔한 성공밖에는 몰랐다고. 그리고 명성이 허영과 자만으로 빠지는 경우가 흔하다는 것을 알고 있을 법한 이런 사람들은 《프라우다》를 펼치고 작곡가들이 툭하면 대중이 듣고 싶어 하는 음악에서 벗어나곤 한다는 데 동의할 것이다. 더 나아가, 모든 작곡가는 국가에 고용되었으므로, 그들이 의무를 다하지 못한다면 국가가 개입해 청중과 더 큰 조화를 이루도록 그들을 이끄는 것이 국가의 의무라는 점에도. 전적으로 말이 되는 얘기였다. 그렇지 않은가?

그들이 처음부터 그의 영혼을 노리고 발톱을 갈고 있었다는 점만 제외하면 그렇다. 그는 여전히 음악원에 있었지만, 좌파 학생 그룹은 그를 내치고 그의 수입을 없애버리려고 했다. 러시아 프롤레타리아 음악가 협회와 비슷한 문화 조직들이 처음부터 그가 상징하는 바에 맞서 반대하는 운동을 펼쳤다는 점을 제외하면. 그보다는 그가 상징한다고 그들이 생각했던 바에 대해서. 그들은 예술에서 부르주아의 방해를 분쇄하기로 단단히 마음먹었다. 그래서 노동자들은 작곡가가 되도록 훈련을 받아야 하며, 모든 음악은 대중이 바로 이해하고 즐길 수 있어야 한다. 차이콥스키는 데카당이었고, 실험적인 기미가 조금이라도 보였다가는 '형식주의'로 비난을 받았다.

이미 1929년에 그가 공식적으로 고발을 당했고, 그의 음악이 '소비에트 예술의 큰길에서 벗어났다'는 비난과 함께 안무기술 대학에서 해임당했다는 사실만 제외하면. 같은 해 그가 교향곡 1번을 헌정한 대상인 미샤 크바드리가 그의 친구이자 동료들 중에서 최초로 체포되어 총살되었다는 점만 제외하면.

1932년 당이 독립 조직들을 해산하고 모든 문화적 문제를 맡게 되면서, 그 결과로 오만과 편협, 무지가 완화되기보다는 체계적으로 집중되었다는 점을 제외하면. 그리고 노동자를 채탄 막장에서 데려와 교향곡 작곡가로 바꾼다는 계획이 정확히 실행되지는 않았다 해도, 그 반대에 해당하는 일이 벌어졌다. 작곡가는 탄광 광부처럼 생산량을 늘려야만 했고, 그의 음악은 광부의 석탄이 몸을 덥혀주듯이 마음을 덥혀주어야 했다. 관료들은 다른 범주의 생산량을 평가하듯 음악 생산량을 평가했다. 즉, 정해진 기준 생산고를 채우든가 그렇지 못하든가 둘 중 하나였다.

그는 아르한겔스크 기차역에서 곱은 손가락으로 《프라우

다》를 펼치고 3면에서 일탈을 밝히고 비난하는 머리기사를 발견했다. 「음악이 아니라 혼돈」. 그는 즉시 모스크바를 경유해 집으로 돌아가기로 결심했다. 모스크바에서 조언을 구할 생각이었다. 얼어붙은 풍경들이 지나가는 동안 기차에서 그는 그 기사를 대여섯 번 다시 읽었다. 처음에는 자기 자신에 대해서만이 아니라 자신의 오페라 때문에도 충격을 받았다. 이러한 격한 비난을 받은 마당에 「므첸스크의 맥베스 부인」을 볼쇼이에 계속 올릴 수는 없을 것이다. 지난 2년 동안 그 작품은 곳곳에서 박수갈채를 받아왔다. 뉴욕에서 클리블랜드까지, 스웨덴에서 아르헨티나까지. 모스크바와 레닌그라드에서도 일반 대중과 비평가들뿐만 아니라 정치위원들까지 좋아했다. 제17차 당대회 때 그 공연은 모스크바 지구 공식 생산량의 일부로 등재되었고, 돈바스 탄광 광부들의 생산 할당량과 겨루는 것이 목표였다.

이제 그 모든 것이 아무런 의미도 없어졌다. 그의 오페라는 갑자기 요란하게 짖어대 주인의 기분을 거스른 개처럼 죽임을 당할 것이었다. 그는 되도록 맑은 정신으로 그 공격의 다른 요소들을 분석하려 했다. 첫째로 오페라의 성공 자체, 특히 해외에서의 성공이 독이 되었다. 바로 몇 달 전만 해도《프라우다》에서는 애국심에 넘쳐 메트로폴리탄 오페라 극장에서 미국 초연을 보도했다. 이제 똑같은 신문이 「므첸스크의 맥베스 부인」이 소련 밖에서 성공한 것은 단지 '비정치적이며 혼란스럽기' 때문이고, 그 작품이 '부산스럽고 신경과민적인 음악으로 부르주아들의 비뚤어진 취향을 만족시켜 주었기' 때문일 뿐이라는 사실을 알고 있었다.

다음으로, 그가 정부 인사석의 비판으로 생각했던 것, 즉 히죽거리는 웃음과 하품, 숨은 스탈린 쪽으로 아첨하듯 고개를 돌리는 표현들이 이 비난과 연관이 있었다. 그래서 그는 그의 음악이 '꽥꽥 꿀꿀 으르렁'대는 소리로 들리며, '신경질적이고, 돌발적으로 경련을 일으키는 듯한' 음악의 성격이 재즈에서 나왔고, 노래를 '날카로운 비명 소리'로 바꿔놓았다는 비판을 읽었다. 오페라는 음악에 대한 '건전한 취향'을 완전히 잃어버리고 '혼란스러운 소음의 흐름'을 선호하는 '약골들'을 즐겁게 해주기 위해 마구잡이로 작곡된 것이 분명했다. 오페라 대본으로 말하자면, 의도적으로 레스코프의 이야기 중에서도 가장 부도덕한 부분에 집중했다. 그 결과는 '조악하고 유치하며 천박'했다.

그러나 그의 죄는 또한 정치적인 것이기도 했다. 그래서 음악에 대해서 아는 것이라고는 쥐뿔도 없는 누군가가 내놓은 익명의 분석은 소부르주아, 형식주의자, 메이어홀드주의자,

좌파 등의 익숙하고 시큼한 꼬리표들로 장식되어 있었다. 작곡가는 음악을 고의로 뒤집어서 오페라가 아니라 반反오페라를 쓴 것이다. 그는 '그림, 교육, 과학에서 좌파주의적 왜곡'을 만들어낸 바로 그 유독한 근원을 들이마셨다. 만약의 경우를 위해 밝혀둘 필요가 있는데 — 늘 그렇다 — 좌파주의는 '진정한 예술, 진정한 과학, 진정한 문학'과 반대되었다.

'귀 있는 자는 들으시오.' 그는 늘 이렇게 말하고 싶었다. 그러나 꽉 막힌 귀머거리라도 '음악이 아니라 혼돈'이 무엇을 말하는지 듣지 않을 수 없을 것이고, 그 결과가 어찌 될지 짐작할 수 있을 것이다. 그의 이론적 몰이해뿐만 아니라 일신 자체를 겨냥한 세 가지 표현이 있었다. "작곡가는 소비에트 관객이 음악에서 무엇을 구하고 기대하는가의 문제는 안중에도 없었던 것이 분명하다." 그것만으로도 작곡가 조합 회원 자격을 박탈하기에 충분했다. "소비에트 음악에 이러한 경향이 미칠 위험은 명백하다." 그 말은 그에게서 작곡을 하고 공연을 할 능력을 빼앗기에 충분했다. 그리고 마지막으로, "이렇게 교활한 재주로 장난치는 행위는 끝이 대단히 안 좋을 수 있다." 그 말은 그의 목숨을 빼앗아가기에 충분했다.

그러나 그는 아직 젊고 자기 재능에 자신이 있었으며 사흘

전까지만 해도 성공 가도를 달리고 있었다. 그리고 그가 기질로 보나 적성으로 보나 정치인은 못 된다 해도 의지할 만한 사람들이 있었다. 그래서 그는 모스크바에서 먼저 예술 위원회 위원장인 플라톤 케르젠체프를 찾아갔다. 그는 열차에서 작성한 답변문을 설명하는 것으로 시작했다. 비판에 대한 반박문으로 오페라를 옹호하는 글을 써서 《프라우다》에 낼 생각이었다. 예를 들어…… 케르젠체프는 예의 바르고 정중하게 대했으나 그의 말을 끝까지 들어주지도 않았다. 그들이 지금 다루고 있는 것은 한 주 중 그날의 컨디션이나 소화 상태에 따라 의견이 달라질 수 있는, 한 비평가가 서명한 악평이 아니었다. 그것은 《프라우다》의 사설이었다. 반박할 수 있는 순간적 판단이 아니라, 최고위층으로부터 내려온 정책 강령이었다. 다시 말해서 성서나 마찬가지였다. 드리트리 드미트리예비치에게 허용된 유일한 행동 방침은 공개 사죄를 하고, 과오를 취소하고, 오페라를 작곡하면서 어리석은 젊음을 주체 못한 나머지 잘못된 길로 들어섰노라고 해명하는 것이었다. 그 외에도 진실하고, 대중적이며, 듣기 좋은 음악으로 방향을 바꿀 수 있도록 즉각 소련의 민속음악에 몰두하겠다는 뜻을 밝혀야 한다. 케르젠체프에 따르면, 그가 결국 호의를 되찾을 길은 그것뿐이었다.

그는 신자가 아니었다. 그러나 세례를 받았고, 가끔 교회를 지날 때면 가족을 위해 초를 켜곤 했다. 성경도 잘 알고 있었다. 그래서 죄의 개념에 익숙했다. 죄의 공적 메커니즘에도. 범죄, 범죄에 대한 고백, 그 문제에 대한 신부의 판단, 회개, 용서. 죄가 너무 커서 신부조차 용서할 수 없는 경우도 있기는 했지만. 그렇다, 교회가 무슨 이름으로 부르든 그는 공식과 규약을 알았다.

그가 두 번째로 찾은 사람은 투하쳅스키 대원수였다. 이 붉은 나폴레옹은 아직 40대의, 머리 선이 V형으로 파인 단호하고 잘생긴 남자였다. 그는 자초지종을 다 듣더니 피후견인의 상황을 설득력 있게 분석하고, 단순하면서도 대담하고 관대한 전략적 안을 제시했다. 그, 즉 투하쳅스키 대원수가 스탈린 동지에게 중재를 요청하는 서신을 개인적으로 쓸 것이다. 드미트리 드미트리예비치는 죽다가 살아난 기분이었다. 대원수가 책상 앞에 앉아 그의 앞에 종이 한 장을 펼쳐놓자 머리가 맑아지고 마음이 가벼워졌다. 그러나 대원수가 펜을 쥐고 쓰기 시작하자 그에게 변화가 일어났다. 그의 머리에서, V형 머리 선에서 이마로, 뒤통수에서 옷깃 속으로 땀이 비 오듯 쏟아지기 시작했다. 한 손은 손수건을 쥐고 허둥거리고, 펜을 쥔 한 손은 자꾸만 멈칫거렸다. 이러한 군인답지 않은 불안은 좋은 징조가 아니었다.

그들은 아나파에서도 땀을 쏟았다. 캅카스는 더웠고, 그는 늘 더위를 싫어했다. 그들은 낮은 만의 해변을 바라봤지만 수영을 해서 더위를 식히고 싶은 마음은 전혀 없었다. 그들은 마을 위쪽 그늘진 숲속을 걸었다. 그는 모기에 물어 뜯겼다. 그들은 개 떼에게 몰려 거의 산 채로 잡아먹힐 뻔했다. 이런 것은 다 중요하지 않았다. 리조트의 등대를 보면서도 타냐가 위로 고개를 쭉 빼고 있을 동안 그는 그녀의 목 아래쪽 피부가 사랑스럽게 접힌 부분에만 정신을 집중했다. 그들은 오토만 성채에서 유일하게 남은 오래된 돌문을 보러 갔지만 그는 그녀의 종아리, 종아리 근육이 걸을 때 어떻게 움직이는지만 생각하고 있었다. 그 몇 주 동안 그의 인생에는 오직 사랑과 음악, 모기 물린 자국 말고는 아무것도 없었다. 가슴속의 사랑, 머릿속의 음악, 피부의 모기 물린 자국. 천국조차 벌레로부터 자유롭지 않았다. 그러나 그는 벌레에게 화를 낼 수도 없었다. 벌레들은 교묘하게 그의 손이 닿지 않는 곳만 골라서 물었다. 로션은 카네이션 추출물로 만들었다. 모기 덕분에 그녀의 손가락이 그의 피부에 와 닿고 그에게서 카네이션 향이

나게 해주는데, 그가 어떻게 모기에게 손톱만큼이라도 불만을 품을 수 있었겠는가?

그들은 열아홉 살이었고 자유연애 신봉자였다. 리조트의 편의 시설보다는 서로의 몸을 여행하는 데 더 열중했다. 그들은 교회, 사회, 가족의 화석이 된 명령 따위는 내던져 버리고 남편과 아내가 아니면서도 남편과 아내로 살기 위해 떠났다. 이는 성행위 자체만큼이나 그들을 흥분시켰다. 어쩌면 성행위와 뗄 수 없는 것인지도 몰랐다.

그러나 그들이 침대에 함께 있지 않는 때가 늘 왔다. 자유연애가 중요한 문제는 해결해 줄 수 있을지 몰라도, 나머지 문제들까지 다 없애주지는 못했다. 물론 그들은 서로를 사랑했지만, 서로 늘 함께 있는 것은 — 그에게 300루블과 젊은 나이에 얻은 명성이 있어도 — 간단치가 않았다. 작곡을 할 때는 언제나 정확히 무엇을 해야 할지 알았다. 음악 — 그의 음악 — 에 필요한 것에 대해서는 올바른 결정을 내렸다. 그리고 지휘자나 독주자들이 공손하게 이게 낫지 않으냐 저게 낫지 않으냐 물으면 항상 이렇게 대답했다. "여러분 말씀이 옳습니다. 하지만 당분간은 그대로 놔둬봅시다. 다음번에는 그렇게 바꿔보도록 하죠." 그러면 그들은 만족했고 그 역시 만족했다. 그들의 제안대로 할 뜻이 전혀 없었기 때문이다. 그의 결정과 그의 본능이 옳았기 때문이다.

그러나 음악에서 벗어나면…… 전혀 달랐다. 그는 불안해지고, 마음속에서 모든 것이 흐릿해졌으며 때로는 자기가 무엇을 원하는지 알아서가 아니라 그저 문제를 해결해 버리고 싶은 마음에 결정을 내리기도 했다. 어쩌면 그의 예술적 조숙함은 그가 평범하게 성장하는 데 필요한 그 세월들을 피해왔음을 의미하는지도 몰랐다. 그러나 이유야 어찌 되었건, 그는 삶의 현실적인 면에는 젬병이었고, 물론 가슴의 현실성도 여기 포함되었다. 그래서 사랑의 기쁨과 섹스의 아찔한 자기만족과 함께, 아나파에서 그는 자신이 전혀 새로운 세계, 원치 않는 침묵과 잘못 해석된 암시들과 정신을 산만하게 하는 계획들로 가득한 세계로 들어서고 있음을 깨달았다.

그들은 다시 각자의 도시로, 그는 레닌그라드로, 그녀는 모스크바로 되돌아갔다. 그러나 그들은 서로를 만나러 가곤 했다. 어느 날 그가 한 곡을 끝내고 그녀에게 옆에 같이 앉아달라고 부탁했다. 그는 그녀가 옆에 있으면 안정감을 느꼈다. 잠시 후 그의 어머니가 들어왔다. 어머니는 타냐를 똑바로 쏘아보며 말했다.

"미트야가 작품을 끝내도록 나가 있으렴."

그러자 그가 대답했다. "아니에요, 타냐가 여기 있는 게 더 좋아요. 그게 저한테는 도움이 돼요."

그가 어머니에게 맞선 드문 경우였다. 어쩌면 좀 더 그렇게 했더라면 그의 삶이 달라졌을지도 모른다. 어쩌면 아니었을 수도—누가 알겠는가? 붉은 나폴레옹도 소피야 바실리예브나에게 노련하게 제압당한 마당에 그에게 무슨 수가 있었겠는가?

아나파에서 그들이 보낸 시간은 한 편의 목가와 같았다. 그러나 목가는 정의상 일단 끝이 나야 목가가 된다. 그는 사랑을 발견했다. 또한 사랑이 '현재의 그'를 만드는 게 아니라, 카네이션 기름처럼 그의 속 깊숙이까지 온통 퍼져드는 것이 아니라, 그를 수줍음 많고 우유부단한 사람으로 만든다는 사실도 알게 되었다. 그는 타냐로부터 멀리 떨어져 있을 때 가장 분명히 그녀를 사랑했다. 함께 있을 때에는 양쪽에 그가 확실히 알 수도, 응답할 수도 없는 기대가 있었다. 그래서 예를 들면 그들은 분명히 아내와 남편으로서가 아니라, 분명히 자유롭고 동등한 상대로서 캅카스에 갔다. 결국 진짜 남편과 진짜 아내로 끝나는 것이 이런 모험의 목적이었을까? 앞뒤가 맞지 않는 것 같았다.

아니, 이것은 정직하지 않았다. 그들의 어긋나는 점들 중 하나는—어느 한쪽에게 같은 말로 어떤 얘기를 하더라도—그녀가 그를 사랑하는 것보다 그가 그녀를 더 많이 사랑한다는 것이었다. 그는 다른 여자들과 어울린 일—진짜든 꾸며낸 것이든 유혹한 일조차도—을 늘어놓으며 그녀를 질투심에 빠뜨리려 했지만, 그녀는 질투하기보다는 화가 난 것 같았다. 또한 적어도 한 번은 자살하겠다고 협박하기도 했다. 발레 무용수와 결혼했다고 선언한 일까지 있었다. 진짜로 그럴 수도 있었다. 그러나 타냐는 웃어넘겼다. 그러고는 자기가 결혼을 해버렸다. 그래도 그는 그녀를 더욱 사랑하게 되었을 따름이었다. 그는 그녀에게 남편과 이혼하고 자기와 결혼해 달라고 애원했다. 또다시 자살하겠다고 협박했다. 무슨 짓을 해도 효과가 없었다.

일찍이 그녀는 그가 순수하고 솔직해서 끌렸노라고 부드럽게 말한 적이 있었다. 그러나 그런 점이 그가 그녀를 사랑하는 만큼 그녀가 그를 사랑하게 하지 못했다면, 그는 차라리 다른 식이기를 바랐다. 그가 순수하고 솔직하다고 느껴서가 아니었다. 그것들은 그를 상자 속에 가둬두려는 말처럼 들렸다.

그는 자기도 모르게 정직의 문제를 되새기고 있었다. 개인적인 정직성, 예술적인 정직성. 정말로 그것들이 연결되어 있다면 어떻게 연결되어 있는가. 그리고 이러한 미덕을 얼마나 지녔는가, 얼마 동안이나 지니고 있을 수 있는가. 그는 친구들에게 자신이 「므첸스크의 맥베스 부인」을 부인한다면 그들은 그가 정직성을 잃었다는 결론을 내리게 될 것이라고 말했다.

그는 스스로를 감정이 풍부하지만 잘 전달하지는 못하는 사람으로 생각했다. 그러나 그건 너무 쉽게 자신을 봐주려는 것이었다. 여전히 정직하지 않았다. 사실 그는 신경과민이었다. 그는 자신이 무엇을 원하는지 알고 있다고 생각했으며, 원하는 것을 가졌고, 그러고 나면 더는 원치 않았다. 그러다가 그것이 그에게서 떠나가면 다시 원했다. 그는 마마보이였고 1남 2녀 중 아들이었으므로 당연히 응석받이였다. 또한 예술가여서 '예술적 기질'을 지닌 것이 당연해 보였다. 게다가 성공했으니 하루아침에 명성을 얻은 이답게 오만하게 굴 수 있었다. 말코는 이미 그의 면전에서 '허영심이 심해진다'고 비난한 적이 있었다. 그러나 그의 마음속 밑바닥에는 심한 불안감이 깔려 있었다. 그는 지독한 신경과민증이었다. 아니, 그 정도가 아니라 히스테리 환자였다. 이런 기질이 어디서 나온 것일까?

아버지로부터는 아니다. 어머니로부터 물려받은 것도 아니었다. 어쨌든 자기 기질은 어쩔 수가 없다. 그것 또한 자기 운명의 일부였다.

그는 마음속으로 자신이 이상적으로 생각하는 사랑이 무엇인지 알고 있었다. 그러나 승강기는 3층을 지나쳐 4층까지 올라와 이제 그의 앞에서 멈췄다. 그는 가방을 들었다. 문이 열리고 모르는 남자가 「대안의 노래」를 휘파람으로 흥얼거리며 내렸다. 그 곡의 작곡가를 마주하자 휘파람은 중간에서 뚝 끊겼다.

그는 마음속으로 자신이 이상적으로 생각하는 사랑이 무엇인지 알고 있었다. 그것은 지중해 해안의 요새 마을 젊은 주둔군 사령관에 관한 모파상의 단편에 잘 표현되어 있었다. 앙티브, 바로 거기였다. 어쨌거나 그 장교는 마을 밖의 숲으로 산책을 가곤 했는데, 거기에서 그 동네 사업가 파리스 씨의 아내와 자꾸 마주쳤다. 당연한 얘기지만 그는 그녀에게 반해버렸다. 여자는 그의 관심을 거듭 물리치다가 어느 날 그에게 남편이 여행으로 집을 비운다고 알려주었다. 밀회 약속을 했지만 마지막 순간에 아내는 전보 한 통을 받았다. 남편의 일이 일찍 끝나 그날 저녁 집에 돌아온다는 내용이었다. 열정에 눈이 먼 주둔군 사령관은 군사상의 비상사태를 꾸며내 다음 날 아침까지 마을 성문을 폐쇄하게 했다. 돌아온 남편은 총검 끝에 내몰려 앙티브 기차역 대기실에서 그날 밤을 보내야 했다. 다 그 장교가 몇 시간 동안 사랑을 즐길 수 있게 하기 위해서였다.

사실 그는 흑해 연안의 나른한 온천 마을에 지은 다 허물어져 가는 오스만 제국 관문이라 할지라도 요새를 책임지는 자신을 상상할 수가 없었다. 그러나 원칙은 마찬가지로 적용되었다. 이것이 우리가 사랑해야 하는 방식이다—두려움 없이, 장벽 없이, 내일 따위는 생각지도 않고. 그리고 나중에도 후회 없이.

좋은 말. 좋은 감정. 그러나 이러한 행동은 그의 능력 밖이었다. 그는 젊은 투하쳅스키 대령이 주둔군 사령관이었다면 그렇게 해냈으리라 상상할 수 있었다. 눈먼 열정에 빠진 자신의 경우라면…… 전혀 다른 이야기가 나올 것이다. 그는 가우크와 함께 여행을 간 적이 있었다 — 가우크는 지휘자로서 나무랄 데가 없었지만, 뼛속까지 부르주아였다. 그들은 오데사에 있었다. 그가 니타와 결혼하기 2년 전이었다. 아직도 타냐를 질투하게 하려고 애를 쓰던 때였다. 아마 니타에게도 그랬을 것이다. 저녁 식사를 잘 하고 나서 그는 런던 호텔의 바로 돌아가 여자 둘을 유혹했다. 아니면 그들이 그를 유혹했든가. 하여간 그들은 합석을 했다. 둘 다 아주 예뻤고, 그는 로잘리야라는 여자에게 한눈에 끌렸다. 예술과 문학에 관한 대화를 나누면서 그는 그녀의 엉덩이를 애무했다. 그들을 마차로 집까지 바래다주었고, 친구는 그가 로잘리야를 더듬을 동안 눈길을 피했다. 그는 사랑에 빠졌고, 분명 그렇다고 여겼다. 두 여자는 다음 날 바투미에 증기선을 타고 갈 예정이었고, 그는 그들을 배웅하러 갔다. 그러나 여자들은 부두 너머로는 발도 들이지 못했고, 거기에서 로잘리야의 친구는 직업적으로 매춘을 한 죄로 체포되었다.

이 일은 그에게 충격이었다. 동시에 그는 로조츠카에게 무서울 정도의 애정을 느꼈다. 그는 벽에다 머리를 박고 머리카락을 쥐어뜯는 따위 짓을 했다. 형편없는 소설에 나오는 등장인물 같았다. 가우크는 그에게 둘 다 창녀에 상종 못 할 여자들이라며 두 여자에 대해 심한 말로 경고를 했다. 그러나 그런 말조차 그를 더욱 몸달게 할 뿐이었다 — 그런 게 다 재미있었다. 너무 재미있어서 로조츠카와 거의 결혼까지 할 뻔했다. 오데사의 등기소에 가서야 호텔에 신분 증명 서류를 놓고 온 것을 뒤늦게 발견하지만 않았다면. 그리고 그때 — 왜, 어떻게 그랬는지는 기억조차 나지 않지만 — 수후미에 이제 막 들어온 배에서 새벽 3시에 쏟아지는 폭우를 맞으며 도망가는 것으로 모든 게 끝났다. 그 모든 게 다 뭐였을까?

그러나 문제는 그가 그 일을 전혀 후회하지 않았다는 점이다. 어떤 장벽도 없이, 내일은 생각지도 않고서. 왜 그가 직업 창녀와 거의 결혼까지 갈 뻔했을까? 그는 상황 탓이라고, 감응성 정신병의 요소가 얼마간 있었다고 생각했다. 또한 그의 안에 자리한 모순되는 정신 때문이었다. "어머니, 제 처 로잘리야예요. 놀랍지는 않으시죠? '창녀와의 결혼'에 대해 제가 쓴 일기 읽어보셨겠지요? 여자가 직업을 갖는 건 좋은 일이잖아요. 그렇지 않나요?" 이혼도 할 수 있는데 안 될 게 뭐겠는가? 그는 그녀에게 그런 사랑을 느꼈고, 며칠 뒤 거의 결혼까지 할 뻔했고, 그로부터 며칠 뒤에는 빗속에서 그녀로부터 도망쳤다. 그럴 동안 노인 가우크는 런던 호텔의 레스토랑에 앉아 커틀릿을 하나 먹을지 두 개 먹을지 고심 중이었다. 무엇이 최선일지 누가 알겠는가? 나중에야 알게 되지만 이미 늦었다.

그는 외향적인 여자들에게 끌리는 내성적인 남자였다. 그것도 문제였을까?

그는 담배를 한 대 더 붙여 물었다. 예술과 사랑 사이, 압제자와 압제당하는 자 사이에는 늘 담배가 있었다. 그는 책상 뒤에 앉아 벨로모리 한 갑을 내미는 자크렙스키의 후임을 상상했다. 그는 거절하고 카즈베크 한 개비를 내밀 것이다. 심문자 쪽에서도 거절하고, 둘은 각자 책상 위에 자기가 고른 브랜드를 놓고 춤을 끝낼 것이다. 카즈베크는 예술가들이 피우는 담배로, 담뱃갑의 디자인부터 자유를 뜻했다. 카즈베크 산을 배경으로 질주하는 말과 기수가 그려져 있었다. 스탈린 자신도 개인적으로 그 그림을 괜찮게 보았다고 들었다. 위대한 지도자가 자기 브랜드인 헤르체고비나 플로르를 피운다 해도. 그것들은 상상할 수 있는 한 무시무시할 정도로 그대로 그를 위해 특별히 만들어졌다. 스탈린이 헤르체고비나 플로르를 그냥 입술 사이에 물기만 한 것은 아니었다. 아니, 그는 마분지 대롱을 뜯어서 파이프 속에 담배를 쑤셔 넣는 쪽을 더 좋아했다. 잘 아는 이들이 모르는 이들에게 말하기로는, 스탈린의 책상은 폐지와 마분지와 재로 엉망진창이었다. 그는 이것을 알고 있었다—아니, 여러 번 얘기를 들었다—스탈린에 대해서는 아무것도 가벼이 여기고 지나쳐버릴 수 없었기 때문이다.

아무도 스탈린의 면전에서 헤르체고비나 플로르를 피우지는 않을 것이다—한 대 피워보라고 받는다면 모를까. 그러면 사람들은 교묘하게 피우지 않고 놔두었다가 나중에 성스러운 유물처럼 과시할 것이다. 스탈린의 명령을 수행하는 이들은 벨로모리를 피우는 경향이 있다. NKVD는 벨로모리를 피웠다. 그 담뱃갑에는 러시아 지도가 그려져 있었다. 백해 운하가 붉은색으로 표시되어 있었는데, 담배 이름은 거기서 따온 것이었다. 1920년대부터 1930년대 초기의 위대한 소비에트의 업적은 죄수들의 노동으로 건설되었다. 특이하게도 그 사실이 많은 선전에 이용되었다. 운하를 건설하면서 죄수들이 국가의 발전에 이바지하고 있을 뿐 아니라 '스스로를 개조하고 있다'고 했다. 노동자 10만 명이 있었으니, 그들 중 도덕적으로 향상된 이들도 있을 법했다. 그러나 그들 중 4분의 1은 죽었다고 한다. 분명 그들은 개조되지 않았다. 그저 나무를 쪼갤 때 튀는 부스러기 같은 존재에 불과했다. 그리고 NKVD는 벨로모리에 불을 붙이고 피어오르는 담배 연기 속에서 도끼를 휘두르는 새로운 꿈을 그리곤 했다.

틀림없이 그는 니타가 그의 삶 속으로 들어온 그 순간에도 담배를 피우고 있었다. 바자르 가 세 딸 중 맏이인 니나 바자르가 웃음소리와 땀, 활기를 내뿜으며 테니스 코트에서 막 나오던 순간이었다. 탄탄한 몸매에 자신감이 넘치고 인기 있는 그녀는 진한 금발이라 눈까지도 금빛으로 보일 지경이었다. 유능한 물리학자에 자기 암실을 갖고 있는 뛰어난 사진작가이기도 했다. 가사에 관심이 많지 않은 것은 사실이었지만 그건 그 역시 마찬가지였다. 소설이라면 그의 삶에 대한 모든 불안, 강점과 약점의 혼합, 히스테리를 일으킬 잠재성—그 모든 것이 사랑의 소용돌이 속에서 휘몰아치며 결혼의 행복한 평온으로 향해 갔을 것이다. 그러나 삶에서 겪는 수많은 실망 가운데 하나는, 저자가 모파상이건 누구건 삶은 소설과는 전혀 딴판이라는 점이었다. 고골의 풍자적인 단편이라면 모를까.

그렇게 그는 니나와 만났고, 그들은 연인이 되었지만 그는 여전히 타냐를 남편에게서 빼앗으려 애쓰고 있었다. 그러다가 타냐가 임신을 했고 그와 니나는 결혼식 날짜를 정했지만, 식 직전에 그는 결혼까지 갈 수가 없어서 도망가 숨어버렸다. 그러나 여전히 그들은 인내심을 버리지 않았고, 몇 달 뒤 결혼을 했다. 그러다가 니나에게 애인이 생겼고, 그들은 자기들의 문제가 이혼을 해야 할 정도의 문제라고 판단했다. 그에게도 연인이 생겼고, 그들은 별거를 했고 신문에 이혼했다는 기사가 났다. 그러나 이혼이 마무리될 즈음 그들은 잘못을 저질렀다는 사실을 깨달았다. 그래서 이혼하고 한 달 반 뒤 다시 결혼했지만 여전히 문제를 해결하지는 못한 채였다. 그 와중에 그는 연인인 옐레나에게 편지를 썼다. "나는 너무 의지가 약해서 과연 행복을 얻을 수 있을는지 모르겠소."

그러다가 니타가 임신을 했고, 모든 것이 안정되었다. 니타가 임신 넉 달째로 접어들면서 1936년 윤년이 시작되었고, 스물여섯째 날에 스탈린이 오페라에 참석하기로 결정했던 것만 제외하면.

그가 《프라우다》 사설을 읽고 나서 제일 처음 한 일은 글리크만에게 전보를 치는 것이었다. 그는 친구에게 레닌그라드 중앙 우체국으로 가서 관련 신문 기사 발췌본을 모두 받을 수 있도록 구독 신청을 해달라고 부탁했다. 글리크만이 매일 그의 아파트로 기사들을 가져오면 함께 읽어볼 것이다. 그는 큰 스크랩북을 한 권 사서 첫 장에 「음악이 아니라 혼돈」 기사를 붙였다. 글리크만은 지나치게 자학적이라고 생각했지만, 이렇게 말했다. "그래, 그게 좋겠어, 그렇게 해야 해." 그는 그러고는 새로운 기사가 나올 때마다 빠짐없이 붙였다. 전에는 한 번도 비평을 모아둔 적이 없었지만, 이번만큼은 달랐다. 이제 그들은 그의 음악을 리뷰하고 있을 뿐만 아니라, 그의 존재에 대해 의견을 표명하고 있었다.

그는 지난 2년간 변함없이 「므첸스크의 맥베스 부인」을 칭찬하던 비평가들이 갑자기 그 작품에는 단 한 가지도 장점이 없음을 발견했다는 사실을 알았다. 어떤 이들은 《프라우다》 기사 덕분에 눈에 씌였던 콩깍지가 벗겨졌다면서 솔직하게 이전의 과오를 인정했다. 그들이 음악과 그 작곡가에게 얼마나 홀딱 속아 넘어갔던가! 드디어 그들은 형식주의와 세계주의와 좌파주의가 러시아 음악의 참된 본질에 얼마나 위험을 가하는가를 알게 된 것이다. 그는 또한 이제 어떤 음악가들이 그의 작품에 공공연히 반대 발언을 하고 있는지, 어떤 친구와 지인들이 그와 거리를 두기로 했는지도 알아차렸다. 변함없이 차분한 태도로 그는 평범한 대중들로부터 쏟아진 편지들을 읽었다. 편지 대부분은 이제 막 그의 집 주소를 알게 된 것들이었다. 그중 상당수는 그에게 제 구실도 못하는 귀를 잘라버리고, 그 김에 아예 머리통까지 자르라고 충고했다. 그리고 결코 돌이킬 수 없는 표현도 신문에 보이기 시작했다. 그것도 가장 평범한 문장으로 실렸다. 예를 들면 이런 식이었다. "오늘 인민의 적 쇼스타코비치의 작품을 연주하는 콘서트가 열릴 예정이다." 이런 말은 절대 우연히, 또는 최고위층의 승인 없이는 쓸 수 없는 말이었다.

그는 어째서 권력층이 이제 음악에, 그리고 그에게 주의를 돌리게 되었는지 궁금했다. 권력층은 항상 음보다는 말에 더 관심이 있었다. 작곡가가 아니라 작가들이 인간 영혼의 기술자로 선포되었다. 작가들은 《프라우다》 1면에서 단죄를 당했고, 작곡가들은 3면에서 비난을 받았다. 두 면은 따로따로였다. 그러나 별일 아니라고는 할 수 없었다. 죽음과 삶을 가를 수도 있었다.

인간 영혼의 기술자들: 냉랭하고 기계적인 표현이었다. 그러나…… 인간 영혼이 아니라면, 예술가가 무엇으로 일을 하겠는가? 예술가가 단순히 장식이나 부자와 권력자들의 애완견이 되고 싶은 것이 아니라면. 그 자신부터가 감정, 정치, 예술의 원칙에서 항상 반反귀족적이었다. 그런 낙관적인 시대에—정말로 불과 몇 년 전이었다—인류까지는 아니라도 온 나라의 미래가 다시 만들어지고 있던 시절에는, 모든 예술이 마침내 하나의 영광스러운 공동 프로젝트로 합쳐질 것처럼 보였다. 음악과 문학과 연극과 영화와 건축과 발레와 사진은 사회를 반영하거나 비판하거나 풍자할 뿐 아니라 사회를 만드는, 역동적인 동반자 관계를 이룰 것이다. 예술가들은 어떤 정치적 지시도 없이 오직 그들의 자유의지로 동료 인간들의 정신이 개발되고 꽃피우도록 도울 것이다.

왜 안 되겠는가? 그것은 예술가의 가장 오랜 꿈이었다. 혹은, 지금 생각해 보니 예술가의 가장 오랜 환상이었다. 정치 관료들이 곧 프로젝트를 장악하고, 자유와 상상력과 복잡성과 뉘앙스를 걸러내어 결국은 예술을 점차 망쳐놓게 되었으므로. "인간 영혼의 기술자들." 두 가지 큰 문제가 있었다. 첫 번째는 감사하게도 자기의 영혼이 조작되기를 원치 않는 사람들이 많았다는 것이다. 그들은 이 세상에 왔을 때 그대로 자기들의 영혼을 내버려 두기를 바랐다. 이런 사람들은 이끌려고 하면 저항했다. 이 무료 야외 콘서트에 오시오, 동지. 아, 정말로 꼭 참석해야 한다니까요. 그래요, 물론 자발적인 것이지만 얼굴을 내밀지 않는다면 당신 실수하는 거야…….

그리고 인간 영혼을 조작하는 데 관한 두 번째 문제는 더 근본적이었다. 바로 이런 문제였다. 기술자들은 누가 조작하는가?

그는 하르키우 공원에서 있었던 야외 콘서트를 기억했다. 그의 교향곡 1번에 인근 개들이 일제히 짖어댔다. 청중은 웃음을 터뜨렸고, 오케스트라는 더 크게 연주했다. 개들은 더 맹렬히 짖어댔고 관객의 웃음소리도 커졌다. 이제 그의 음악은 개들을 더 크게 짖게 만들었다. 역사가 반복되고 있었다. 처음에는 희극으로, 두 번째는 비극으로.

그는 스스로를 극적인 인물로 만들고 싶지 않았다. 그러나 가끔은 그의 마음이 잠시 동안 잽싸게 내달리면서 이런 생각을 했다. 그러니까 역사가 도달한 곳이 바로 여기로군. 그 모든 분투와 이상주의와 희망과 진보와 과학과 예술과 양심, 그 모든 것이 결국 담배와 속옷, 치약이 든 작은 가방을 발치에 놓고 승강기 옆에 선 한 남자와 함께 이런 식으로 끝난다니. 거기 서서 잡혀가기만 기다리면서.

그는 다른 여행 가방을 갖고 있던 다른 작곡가 쪽으로 억지로 마음을 돌렸다. 프로코피예프는 혁명 직후 러시아를 떠나 서구로 갔다. 그는 1927년 처음 돌아왔다. 그는 고급스러운 취향을 가진 세련된 남자, 세르게이 세르게예비치였다. 또한 크리스천사이언스 신자이기도 했다 — 이 이야기와는 관계가 없지만. 소비에트 국경의 세관 관리들은 세련된 이들이 아니었다. 게다가 그들의 머릿속에는 사보타주와 첩자와 반혁명에 대한 생각 밖에는 없었다. 그들은 프로코피예프의 여행 가방을 열었다가 맨 위에서 당황할 만한 물건을 발견했다. 바로 잠옷 한 벌이었다. 그들은 잠옷을 펼쳐들고 이리저리 뒤집어보며 놀라 서로의 얼굴을 쳐다보았다. 아마 세르게이 세르게예비치도 당황했을 것이다. 하여간 그는 아내에게 설명을 떠넘겼다. 그러나 프타시카는 망명한 지가 오래되어 잠옷을 러시아어로 뭐라고 하는지 잊어버렸다. 결국 손짓 발짓으로 문제를 해결했고 부부는 통과할 수 있었다. 그러나 어쨌든, 과연 프로코피예프다운 사건이었다.

그의 스크랩북. 스크랩북을 사서 자기 자신에 대한 모욕적인 기사들로 가득 채우는 사람은 어떤 사람일까? 미친 사람? 빈정대기 좋아하는 사람? 러시아인? 그는 거울 앞에 서서 가끔씩 혐오와 소외감을 담은 투로 자기 이름을 부르며 고골을 생각했다. 그에게는 이런 짓이 미친 사람의 행동 같지는 않았다.

그의 공식 지위는 '비당원 볼셰비키'였다. 스탈린은 볼셰비키의 가장 훌륭한 자질은 겸손함이라고 즐겨 말했다. 그렇다. 그리고 러시아는 코끼리들의 고향이었다.

갈리나가 태어났을 때 그와 니타는 딸에게 숨부리나라고 이름을 붙여주자고 농담을 하곤 했다. '작은 혼돈'이라는 뜻이었다. 혼돈 가족. 만약 그렇게 했더라면 아이러니한 허세였을 것이다. 아니, 자살 행위에 가까운 어리석음이었다.

투하쳅스키가 스탈린에게 보낸 편지에는 답장이 없었다. 드미트리 드미트리예비치 본인은 플라톤 케르젠체프의 충고를 따르지 않았다. 그는 공식 발언을 하지도, 젊음의 과한 행동에 사죄를 하지도, 취소하지도 않았다. 듣는 귀가 없는 이들에게는 틀림없이 꽥꽥 꿀꿀 으르렁 소리의 메들리로 들릴 교향곡 4번은 철회했지만. 그럴 동안 그의 모든 오페라와 발레곡들은 연주 목록에서 제외되었다. 그의 경력은 그대로 끝나버렸다.

그러던 중 1937년 봄, 그는 권력층과 첫 번째 대화를 했다. 물론 이전에도 권력층과 대화를 하거나, 권력층 쪽에서 대화를 청한 일이 있었다. 제안, 제의, 최후통첩을 가지고 온 장교들, 관료들, 정치가들과. 권력층은 신문을 통해 공개적으로 그에게 말을 걸고, 사적으로 그의 귀에 대고 속삭였다. 요즘 들어서는 그에게 굴욕을 주고, 생계 수단을 빼앗고, 회개할 것을 명령했다. 권력층은 그에게 그가 어떻게 일하기를 원하는지, 어떻게 살기를 원하는지 말해주었다. 생각해 보면 그가 더 이상 살아 있기를 원치 않는다는 암시일지도 몰랐다. 그런데 권력층이 그와 직접 대면하기로 결정한 것이다. 권력층의 이름은 자크렙스키였고, 레닌그라드에서 그와 같이 공공연히 알려진 권력층은 빅 하우스에 거주했다. 리테이니 대로의 빅 하우스로 들어간 이들 중 많은 사람이 다시는 나타나지 않았다.

토요일 아침 약속이 잡혔다. 그는 가족과 친구에게 당연히 형식상의 절차일 뿐이며, 아마도《프라우다》에 그에 대한 나쁜 기사가 계속 실린 데 응당 따를 결과라고 말했다. 그 말을 그 자신도 거의 믿지 않았고, 듣는 사람들도 그럴 거라 생각했다. 빅 하우스에 음악 이론을 토론하기 위해 호출되는 이들은 많지 않았다. 물론 그는 제시간에 도착했다. 그리고 권력층은 처음에는 예의 바르고 정중했다. 자크렙스키는 그의 일에 대해, 작업이 잘 진행되는지, 다음에는 어떤 곡을 작곡할 계획인지 물었다. 그는 거의 반사적으로 레닌을 주제로 교향곡을 준비하고 있다고 답했다—사실이 그랬을지도 모른다. 그런 다음 자신을 공격하는 여론이 일어나고 있다는 얘기를 하는 것이 좋겠다고 생각했고, 질문자가 의무적이다시피 이런 문제를 입에 올리지 않는 데 용기를 얻었다. 다음으로는 친구들에 대해, 규칙적으로 만나는 이들이 누구인지 질문을 받았다. 그는 이런 질문에 어떻게 대답하면 좋을지 몰랐다. 자크렙스키가 대답을 도와주었다.

"내가 알기로는, 투하첸스키 대원수님과 아는 사이라던데?"

"예, 그렇습니다."

"어떻게 알게 되었는지 좀 말해주시오."

그는 모스크바의 소강당 무대 뒤에서 있었던 만남을 회상했다. 그는 대원수가 유명한 음악 애호가로, 자신의 콘서트에도 자주 와주었고, 바이올린을 켤 줄 알며, 취미 삼아 바이올린을 제작하기까지 한다고 설명했다. 대원수가 그를 자기 아파트에 초대해 주었고, 그들은 함께 음악을 연주하기까지 했다. 그는 아마추어 바이올리니스트로서 상당한 실력을 갖추었다. 그가 '상당하다'고 했던가? 물론 잘했다. 그렇다, 더 나아질 소지가 있었다.

그러나 자크렙스키는 대원수의 운지법과 활 쓰는 기술이 얼마나 발전했는가에는 관심이 없었다.

"그의 집에 자주 갔소?"

"가끔 갔습니다, 예."

"자주 간 지가 몇 년이나 되었소? 8, 9, 10년?"

"예, 아마 그 정도일 겁니다."

"그러면 1년에 네댓 차례쯤 갔소? 도합 40, 50번쯤?"

"그보다는 적을 겁니다. 세어본 적은 없습니다. 하지만 그 정도까지는 안 됩니다."

"하지만 당신은 투하쳅스키 대원수와 가까운 친구 사이였지요?"

그는 잠시 생각을 가다듬었다. "아뇨, 가까운 친구는 아닙니다만 좋은 친구입니다."

그는 대원수가 자신을 위해 재정적 지원을 알선해 주었다는 말은 하지 않았다. 그에게 조언을 해주고, 그를 대신해 스탈린에게 편지를 썼다는 얘기도. 자크렙스키가 이 사실을 알고 있을지도 모르고, 아닐지도 모른다.

"그러면 당신의 좋은 친구의 집에 40, 50번을 찾아갔을 때 그 자리에 또 누가 있었소?"

"그리 많지는 않았습니다. 가족들뿐이었습니다."

"가족들뿐이었다고?" 질문자의 어조가 못 믿겠다는 투로 변했다.

"그리고 음악가들이 있었습니다. 음악학자들도 있었고요."

"혹시 정치인들은 없었소?"

"아뇨, 정치인들은 없었습니다."

"확실하오?"

"저, 가끔은 많이들 모일 때도 있었습니다. 확실치는 않습니다……. 사실 저는 종종 피아노 연주를 했습니다……."

"그리고 어떤 얘기를 했소?"

"음악에 대해서요."

"정치에 대해서도 했겠지."

"아닙니다."

"자, 자, 어떻게 투하쳅스키 대원수와 정치 얘기를 하는 사람이 하나도 없었을 수가 있단 말이오?"

"흔히 말하듯 사적인 자리였으니까요. 친구들과 음악가들과 함께하는 자리였습니다."

"그러면 다른 사적으로 온 정치인은 없었소?"

"예, 없었습니다. 제 앞에서 정치 얘기는 전혀 나온 적이 없습니다."

질문자는 한참 동안이나 그를 빤히 바라보았다. 그러더니 자신의 지위가 지닌 무게와 위협을 그에게 주지시키려는 듯이 목소리가 달라졌다.

"자, 기억을 좀 잘 더듬어보시오. 지난 10년 동안 투하쳅스키 대원수 집에 당신 표현대로 '좋은 친구'로서 규칙적으로 드나들면서 정치 얘기를 안 했을 리가 없어. 예를 들자면 스탈린 동지를 암살할 음모 같은 것 말이야. 그런 얘기에 대해 들은 거 없나?"

순간 그는 자신이 죽은 사람이라는 것을 깨달았다. "그리고 또 다른 이의 시간이 눈앞에 닥쳐온다"*—그리고 이번에는 그의 것이었다. 그는 할 수 있는 한 분명하게 투하쳅스키 대원수의 집에서 정치 얘기는 전혀 들은 바가 없다고 되풀이해 말했다. 순수하게 음악에 관해서만 얘기하며 보낸 저녁이었다. 나랏일은 모자와 외투와 함께 문가에 놔두었다. 이것이 제일 좋은 표현인지는 확신할 수 없었다. 그러나 자크렙스키는 거의 듣고 있지도 않았다.

"그러면 당신 좀 더 잘 생각해 보는 게 좋겠군." 질문자가 말했다. "다른 손님들 중에 이미 음모를 증언한 이들이 있어."

그는 투하쳅스키가 체포된 게 틀림없으며, 대원수의 경력은 끝장이 났고 그의 목숨 역시 끝났음을 깨달았다. 심문은 이제 막 시작에 불과하며, 대원수 주위의 모든 이가 곧 지상에서 사라지게 되리라는 것도. 자신이 결백하다 해도 아무 상관이 없었다. 그의 대답이 진짜인지도 상관없었다. 결정된 일은 결정된 것이다. 그리고 이제 막 발각되었거나 꾸며진 음모가 치명적일 만큼 널리 퍼져 있어서, 이 나라에서 가장 유명한—최근에 망신을 당하기는 했어도—작곡가까지도 연루되어 있음

* 마태복음 26장 45절 "이에 제자들에게 오사 이르시되 이제는 자고 쉬고 보라. 때가 가까이 왔으니 인자가 죄인의 손에 팔리느니라"를 "다른 이의 때가 가까이 왔다"로 패러디했다.

을 보여줄 필요가 있다면, 그들은 바로 그 사실을 보여줄 것이다. 면담이 거의 끝나가면서 자크렙스키의 어조에서 그것이 사실임이 드러났다.

"아주 좋아. 오늘이 토요일이지. 12시로군. 가도 좋소. 하지만 당신한테 48시간을 주겠소. 월요일 12시에 틀림없이 모든 것을 기억해 내게 될 거요. 스탈린 동지에 대한 음모에 관해 오간 이야기는 사소한 것까지 모조리 기억해 내야 해. 당신은 그 음모의 주요 증인 중 한 명이니까."

그는 죽은 사람이었다. 그는 니타에게 들은 대로 다 말해주었고, 자신을 안심시켜 주려 하면서도 그녀 또한 그를 죽은 사람으로 여기고 있음을 알았다. 그는 가까운 이들을 보호해야 한다고 생각했다. 그러려면 침착해야 했지만, 넋이 나갈 수밖에 없었다. 그는 꼬투리가 잡힐 만한 것은 죄다 불태웠다—하지만 일단 인민의 적이자 알려진 자객의 동료라는 딱지가 붙게 되면 주변의 모든 것이 다 꼬투리 잡힐 소지가 생긴다. 아예 아파트를 통째로 불태우는 편이 나을 것이다. 그는 니타, 어머니, 갈리야, 그의 집에 드나든 적이 있는 이들이 다 걱정되었다.

"운명은 피할 수 없는 법이지." 그러니까 그는 서른에 죽게 될 것이다. 페르골레시*보다는 늦은 나이지만 슈베르트보다도 젊은 나이다. 요절로 말하자면 푸시킨보다도 젊다. 그의 이름과 음악은 흔적도 없이 지워질 것이다. 그는 존재하지 않게 되는 정도가 아니라, 아예 처음부터 존재한 적도 없게 될 것이다. 그는 오류가 되어 재빨리 수정되었다. 다음번에 사진이 인화될 때에는 사진 속에서 사라진 얼굴. 미래의 어느 때에 누군가 그를 발굴해 낸들 무엇을 찾아내겠는가? 교향곡 네 곡, 피아노 콘체르토 한 곡, 관현악 모음곡 몇 곡, 두 곡이지만 한 곡은 다 완성하지도 못한 현악 사중주, 피아노 음악, 첼로 소나타 하나, 오페라 두 편, 영화와 발레 음악. 무엇으로 그가 기억될 것인가? 그에게 불명예를 안겨준 오페라, 그가 현명하게 철회한 교향곡? 어쩌면 그의 교향곡 1번이 운 좋게 그보다 오래 살아남은 작곡가들에 의해 원숙한 작품들의 콘서트에서 활기찬 서곡이 될지도 모른다.

그러나 그것조차 가짜 위안임을 깨달았다. 그가 무슨 생각을 하건 상관이 없었다. 미래가 무엇을 결정할지는 미래가 결정할 것이다. 예를 들어 그의 음악은 전혀 중요하지 않다는 것. 그가 허영심에서 국가 대원수에 맞서는 반역 음모에 연

* 1710~1736. 이탈리아의 작곡가.

루되지 않았더라면 성공했을지도 모른다는 것. 미래가 무엇을 믿을지 누가 알겠는가? 우리는 미래가 현재와 다투기를 바라면서 미래에 너무 많은 것을 기대한다. 그리고 그의 죽음이 가족에게 어떤 그림자를 드리울지도 알 수 없는 일이었다. 그는 갈리야가 부모님이 무정하게도 자기를 버렸다고 믿고, 아버지가 음악을 만들었다는 사실은 전혀 알지도 못한 채 열여섯 살에 시베리아의 고아원을 나서는 모습을 상상했다.

그에 대한 위협이 처음 시작되었을 때, 그는 친구들에게 "그들이 내 양손을 자른다 해도 나는 입에 펜을 물고서라도 작곡을 계속할 것이네"라고 말했다. 자기 자신을 포함해 모두의 사기를 드높이려는 뜻에서 나온 도전의 말이었다. 그러나 그들은 그의 손, 그의 작은 '피아니스트답지 않은' 손을 자를 생각은 없었다. 그를 고문하고 싶었을지도 모른다. 그는 고통을 견디는 능력이 없었으므로 그들이 입밖에 내자마자 뭐든지 다 동의했을 것이다. 그들 앞에서 이름을 불고, 모두 다 끌어들였을 것이다. 아니요, 그는 짧게 말했다가 이내 예, 예, 예로 바꾸었을 것이다. 예, 저도 대원수의 아파트에 그때 있었습니다. 예, 당신이 그가 말했으리라 암시한 얘기는 뭐든지 들었습니다. 예, 이 장군이랑 저 정치인도 음모에 연루되었습니다.

제가 다 직접 보고 들었습니다. 그러나 사무적으로 그의 뒤통수에 총알을 박을 뿐, 멜로드라마에서처럼 그의 손을 자르는 일은 없을 것이다.

그가 한 말은 잘해야 어리석은 허세였고, 최악의 경우라도 수사에 불과했다. 그리고 권력층은 수사에는 전혀 관심이 없었다. 권력층은 사실만을 알았고, 그들의 언어는 그 사실들을 공표하거나 감추고자 하는 표현들이나 완곡 어법들로 이루어져 있었다. 스탈린의 러시아에는 이 사이에 펜을 물고 작곡을 하는 작곡가 따위는 없었다. 이제부터는 두 종류의 작곡가만 있게 될 것이다. 겁에 질린 채 살아 있는 작곡가들과, 죽은 작곡가들.

최근 들어 그가 자기 안에서 젊음의 파괴할 수 없는 불멸성을 느껴본 적이 있었던가. 그뿐만 아니라—젊음의 타락하지 않는 결백성도. 그리고 그 너머에서, 그 밑에서, 그가 지닌 어떤 재능이든, 그가 만든 어떤 음악이든 그것들의 올바름과 진실함에 대한 확신도. 그 모든 것이 약해지는 게 아니었다. 이제 그냥 전혀 무관해졌다.

토요일 밤, 그리고 다시 일요일 밤, 그는 잠을 자기 위해 술을 마셨다. 복잡한 문제가 아니었다. 그는 술이 약해서 보드카 두어 잔만 마셔도 잠드는 데에는 충분했다. 이러한 약점 또한 장점이었다. 남들은 계속 술을 마실 동안에도 마시고 쉬면 되었다. 덕분에 다음 날 아침 상쾌한 기분으로 일어나 일을 더 잘할 수가 있었다.

아나파는 포도 요법의 중심지로 명성을 떨쳐왔다. 그는 언젠가 타냐에게 자기는 보드카 요법을 더 좋아한다고 농담을 했다. 그래서 이제 어쩌면 그의 인생에서 마지막 이틀 밤이 될지도 모를 때에, 그는 그 요법을 썼다.

월요일 아침, 그는 마지막으로 니타에게 키스하고, 갈리야를 안아주고 나서 버스를 타고 리테이니 대로의 음침한 회색 건물로 갔다. 그는 항상 시간을 정확히 지켰다. 죽으러 갈 때에도 시간을 지킬 것이다. 그는 네바 강을 잠깐 바라보았다. 그 강은 그들 전부가 죽고 없어진 뒤에도 여전히 그대로일 것이다. 빅 하우스에서 그는 접수처의 경비 앞에 섰다. 군인은 근무자 명단을 훑어보았지만 그 이름을 찾지 못했다. 군인이 다시 말해보라고 했다. 그렇게 했다. 군인은 다시 명단을 훑었다.

"무슨 용건입니까? 누구를 만나러 왔습니까?"

"자크렙스키 심문관을 만나러 왔습니다."

군인이 천천히 고개를 끄덕였다. 그러더니 고개를 들지도 않고 이렇게 말했다. "집에 돌아가도 좋습니다. 당신 이름은 명단에 없습니다. 자크렙스키는 오늘 출근하시지 않으니까, 당신을 받아줄 사람이 없습니다."

권력층과의 첫 번째 대화는 그렇게 끝이 났다.

그는 집으로 돌아왔다. 뭔가 함정이 있다고 생각했다—그를 돌려보내고 뒤를 밟아서 친구와 동료들을 체포하려는 술책인 것이다. 그러나 알고 보니 그의 삶에 갑자기 찾아온 행운이었다. 토요일에서 월요일 사이, 자크렙스키 자신이 의혹의 대상이 되었던 것이다. 그의 심문자가 심문당하는 신세가 되었다. 그를 체포한 자가 체포당했다.

그러나 빅 하우스에서 풀려난 것이 함정이 아니었다 해도, 관료제에서 일어나는 지연에 불과할 수도 있었다. 그들이 투하쳅스키의 뒤를 파는 일을 접을 리가 없었다. 그러니까 자크렙스키가 떠난 것은 일시적인 중지일 뿐이었다. 새로운 자크렙스키가 임명될 것이고 다시 그를 호출할 것이다.

대원수는 체포된 지 3주 뒤 붉은 군대의 엘리트들과 함께 총살당했다. 스탈린 동지를 암살하려던 장군의 음모가 아슬아

슬하게 제때 발각되었다. 체포되어 총살된 투하쳅스키의 최측근 중에는 그들 둘 다의 친구였던 유명한 음악학자 니콜라이 세르게예비치 질리아예프도 있었다. 어쩌면 음악학자들의 음모가 곧 발각되기를 기다리고 있고, 그다음에는 작곡가들의 음모, 트롬본 주자들의 음모가 줄줄이 뒤따를 것이다. 안 될 이유가 뭐겠는가? "세상에 온통 광기뿐."

그들이 니콜라예프 교수의 음악학자에 대한 정의에 모두 폭소를 터뜨린 것이 불과 얼마 전 같았다. 교수는 이렇게 말하곤 했다. 우리가 스크램블드 에그를 먹고 있다고 해봅시다. 우리 요리사인 파샤가 만들었고, 여러분과 내가 먹고 있어요. 그런데 한 사람이 그것을 만들지도 않았고, 먹고 있지도 않으면서 와서는 그 요리에 대해 모르는 게 없다는 듯이 떠들어대는 거요—그게 바로 음악학자지.

그러나 이제 음악학자들조차 총살을 당하는 마당이니 별로 재미있지 않았다. 니콜라이 세르게예비치 질리아예프의 죄목은 군주주의, 테러리즘, 간첩 행위로 붙여졌다.

그래서 그는 승강기 옆에서 다시 밤을 새우기 시작했다. 그만 그런 것이 아니었다. 도시 전역에서 사랑하는 사람들에게 체포되는 모습만은 보여주지 않으려고 똑같이 하고 있는 사람들이 있었다. 밤마다 그는 같은 일을 되풀이했다. 화장실을 다녀와서 잠든 딸에게 키스하고, 잠 못 이루는 아내에게 키스했다. 아내의 손에서 작은 가방을 받아 들고 대문을 닫는다. 마치 야간 근무를 하러 가는 사람 같았다. 어떤 면에서는 정말로 그랬다. 그런 다음 과거를 생각하며, 미래를 두려워하며, 짧은 현재의 시간 동안 담배를 피우면서 거기 서서 기다렸다. 종아리에 기대어 놓은 가방은 그를 안심시키고, 다른 사람들을 안심시키려는 것이었다. 실용적인 조치였다. 가방 덕분에 그는 상황의 희생자라기보다 오히려 주도자로 보였다. 전통적으로 손에 가방을 들고 떠난 사람들은 되돌아왔다. 잠옷 바람으로 잠자리에서 끌려간 사람들은 돌아오지 못하는 경우가 많았다. 사실인지 아닌지는 중요하지 않았다. 중요한 것은 바로 이것이었다. 그가 두려워하지 않는 것처럼 보였다는 점.

이것이 그의 머릿속을 맴도는 질문들 중 하나였다. 거기 서서 그들이 오기를 기다리는 것은 용감한 행동일까 비겁한 행동일까? 아니면 둘 다 아닌, 그저 합리적인 행동인가? 그는 답을 찾으리라는 기대는 하지 않았다.

자크렙스키의 후임도 자크렙스키가 했듯이 처음에는 정중

하게 시작했다가 태도가 딱딱해지면서 협박을 하고 명단을 들고 다시 돌아오라고 할까? 그러나 투하쳅스키가 벌써 재판을 받고, 선고를 받고, 처형을 당했다는 점을 고려하면 그를 공격할 증거가 더 필요할 이유가 있을까? 게다가 가까운 사람들에 대한 조사는 이미 끝났고, 대원수의 그 외 친구들에 대한 더 광범위한 조사의 일부일 공산이 컸다. 그는 정치적 신념, 가족, 직업상의 관계에 대해 질문을 받을 것이다. 그는 어린 시절 외투에 붉은 리본을 자랑스럽게 달고 니콜라예프스카야 가에 짓고 있는 아파트 건물 앞에 서 있다가 러시아로 귀환하는 레닌을 환영하려고 핀란드 역으로 학교 친구들과 함께 달려가던 자신의 모습을 기억할 수 있었다. 그의 공식적인 작품 1번이 나오기 전 최초의 작품들은 「혁명의 희생자들을 위한 장례 행진곡」과 「자유를 위한 찬가」였다.

그러나 그 이상 나아가면 사실들은 더는 사실이 아니라 얼마든지 다르게 해석할 수 있는 진술에 불과했다. 그러니까, 그는 케렌스키와 트로츠키의 아이들과 함께 학교를 다녔다. 처음에는 자랑스러워할 일이었고, 그다음에는 흥미로울 정도의 문제가 되었다가, 이제는 침묵해야 할 수치가 된 것 같았다. 그러니까, 1905년 혁명 때 시베리아로 추방된 늙은 볼셰비키인 그의 숙부 막심 라브렌티예비치 코스트리킨이 처음으로

조카가 혁명에 공감하도록 북돋아준 인물이었다. 그러나 한때는 자랑이자 축복이었던 늙은 볼셰비키들이 이제는 저주가 되는 경우가 더 흔했다.

그는 당에 들어간 적이 없었다—아마 앞으로도 없을 것이다. 사람을 죽이는 당에는 들어갈 수 없었다. 단순명쾌한 문제였다. 그러나 '비당원 볼셰비키'로서 남들 눈에 자신이 온 힘을 다 바쳐 당을 돕는 모습으로 비치도록 했다. 혁명과 혁명의 그 모든 업적을 찬양하는 영화와 발레와 오라토리오를 위한 음악을 만들었다. 그의 교향곡 2번은 혁명 10주년을 기념하는 칸타타였다. 그는 그 곡에 알렉산데르 베지멘스키가 쓴 구역질 나는 시를 넣었다. 집산화를 찬양하고 산업에서 사보타주를 맹비난하는 곡도 썼다. 생산을 늘릴 계획을 자발적으로 만들어내는 공장 노동자들에 관한 영화 「대안」에 넣기 위해 쓴 음악은 대성공을 거두었다. 「대안의 노래」는 나라 곳곳에서 휘파람과 콧노래로 울려 퍼졌고, 아직까지도 그랬다. 최근에—아마도 늘, 그리고 그럴 필요가 있는 한 확실히—그는 레닌을 기리기 위한 교향곡을 작업 중이었다.

그는 이중에 자크렙스키의 후임을 납득시킬 만한 것이 뭐라도 있을지 의심스러웠다. 그가 부분적으로라도 공산주의를 믿기는 했을까? 공산주의의 대안이 파시즘뿐이라면 당연히 믿는다. 그러나 그는 유토피아를, 인류가 완벽해질 가능성을, 인간 영혼의 개조를 믿지 않았다. 레닌의 신경제정책이 있고 5년 후, 그는 "2천억 년 뒤에 지상천국이 올 걸세"라고 친구에게 편지를 썼다. 그러나 지금 생각해 보니 그마저도 지나치게 낙관적이었다.

이론들은 깔끔하고 설득력 있으며 이해하기 쉬웠다. 삶은 혼돈이고 허튼소리로 가득했다. 그는 자유연애 이론을 첫 번째로 타냐와, 그다음에는 니타와 실천에 옮겼다. 실은 둘 다와 동시에 했다. 그의 마음속에는 두 사람이 겹쳐졌고, 때로는 지금도 여전히 그랬다. 사랑의 이론이 삶의 현실과 맞아떨어지지 않는다는 깨달음은 느리고도 고통스러운 것이었다. 작곡 안내서를 읽은 적이 있다고 교향곡을 쓸 수 있을 거라 기대하는 것이나 마찬가지였다. 게다가 그는 의지박약에 우유부단했다. 의지가 강하고 결단력이 있을 때를 제외하고는. 그러나 그때조차도 꼭 올바른 결정을 내리는 것은 아니었다. 그래서 그의 감정적인 삶은…… 어떻게 요약하면 가장 좋을까? 그는 혼자 서글픈 미소를 지었다. 맞아. 정말 그래. 음악이 아니라 혼돈.

그는 타냐를 원했지만 어머니가 반대했다. 니나를 원했지만 어머니가 반대했다. 그는 자기들의 첫 행복을 나쁜 감정으로 흐리고 싶지 않아서 몇 주 동안이나 어머니에게 결혼을 숨겼다. 살면서 가장 영웅적인 행동은 아니었다고 스스로도 인정했다. 그리고 그 소식을 털어놓자 어머니는 이미 다 알고 있었다는 듯한 반응을 보였다—어쩌면 등기소 일지를 읽었을지도 모른다—어머니로서는 찬성해야 할 이유가 전혀 없었다. 어머니가 니나에 대해 칭찬하는 말도 실은 헐뜯는 말이었다. 어쩌면 이제 머지않았을 그의 죽음 뒤에는 그들도 한 식구가 될지 모른다. 어머니, 며느리, 손녀, 그렇게 여자들 삼대로 이루어진 가족. 그런 가족이 요즘 러시아에 점점 흔해지고 있었다.

그가 일을 그르쳤을지도 몰랐다. 그러나 그는 바보가 아니었고, 순진하지도 않았다. 처음부터 카이사르의 것은 카이사르에게 바쳐야 한다는 것을 염두에 두고 있었다. 그런데 왜 카이사르가 그에게 화가 났을까? 그가 작품을 열심히 쓰지 않았다고 말할 사람은 아무도 없을 것이다. 그는 곡을 빨리 써냈고, 마감을 어긴 일이 거의 없었다. 한 달간 자신을 즐겁게 해주고 10년간 대중을 즐겁게 해줄 아름다운 음악을 효율적으로 만들어낼 수 있었다. 그러나 중요한 것은 정확히 그게 아니었다. 카이사르의 요구는 공물을 바치라는 데에서 끝나지 않았고, 공물을 무엇으로 치러야 할지까지 지정했다. 쇼스타코비치 동지, 어째서 동지가 새로 쓴 교향곡은 동지의 훌륭한 「대안의 노래」처럼 들리지 않소? 왜 제1주제에서 집으로 돌아가는 길에 지친 철강 노동자가 휘파람을 불지 않는 거요? 쇼스타코비치 동지, 우리는 동지가 대중을 즐겁게 해줄 음악을 쓸 능력을 충분히 갖추고 있다는 것을 알고 있소. 그런데 왜 여전히 콘서트홀을 휘두르는 우쭐한 부르주아들이 감탄하는 척만 하는 형식주의적인 꽥꽥 으르렁 소리를 고집하는 거요?

그렇다, 그는 카이사르에 대해 지나치게 순진했다. 아니면 시효가 지난 표본으로 작업을 하고 있었던 것이다. 옛날에는 카이사르가 공물로 돈을 요구했다. 그의 권력을 인정하는 금액이자 당신의 가치를 계산한 것에서 일정 비율이었다. 그러나 상황이 달라졌고 이제 새로운 크렘린의 카이사르는 시스템을 개정했다. 요즘의 공물은 당신 가치의 백 퍼센트로 계산되었다. 아니, 그럴 수만 있다면 그 이상으로.

학생 시절—활기와 희망, 불굴의 정신으로 가득했던 시절, 그는 영화 피아니스트로 3년간 혹사당했다. 넵스키 대로의 피카딜리 극장에서 상영하는 영화에 반주를 했고, 브라이트 릴 극장과 스플렌디드 팰리스 극장에서도 연주를 했다. 고되고 품위가 떨어지는 일이었다. 어떤 극장주들은 지독한 구두쇠여서 보수를 주기는커녕 해고하려 했다. 그러나 그는 브람스도 함부르크의 선원들이 찾는 매음굴에서 피아노를 연주한 적이 있다고 스스로를 다독이곤 했다. 그보다는 이 일이 더 재미있을 수도 있었다.

그는 자기 위의 스크린을 보면서 그에 맞는 음악을 연주하려 했다. 관객은 귀에 익은 옛날의 낭만적인 가락을 더 좋아했지만, 가끔씩 지겨워지면 그는 자기가 만든 곡을 연주하기도 했다. 반응이 그리 좋지는 않았다. 영화관은 콘서트홀과는 정반대였다. 관객들은 뭔가 마음에 들지 않으면 박수를 보냈다. 어느 날 저녁, 「스웨덴의 습지와 물새들」이라는 영화의 반주를 하던 중, 평소보다 더 꼬인 기분이 되었다. 처음에는 피아노로 새소리를 흉내내기 시작했는데, 습지와 물새들이 점점 더 높이 날아갈수록 피아노 연주도 열정적으로 변해갔다. 큰 박수갈채가 쏟아지자, 그는 순진하게도 그것을 우스꽝스러운 영화를 향한 것으로 받아들였다. 그래서 더 열과 성을 다해 연주했다. 나중에 관객이 영화관 관리인에게 항의를 했다. 피아니스트가 술에 취했던 것이 틀림없으며, 그가 연주한 것은 아예 음악이라고 할 수도 없다는 것이었다. 피아니스트가 아름다운 영화뿐 아니라 관객까지도 모독한 것이다. 관리인은 그를 해고했다.

그런저런 일들을 겪고서 그는 이제 자신의 그간 경력이 고된 일, 약간의 성공, 음악적 규범을 존중하는 데 대한 실패, 공식적인 비난, 급여 지급 중지, 해고로 요약된다는 것을 깨달았다. 다른 점이 있다면 그는 어른의 세계에 있으므로 해고가 훨씬 더 최종적인 것을 뜻한다는 사실이었다.

그는 자기 여자 친구들의 사진이 스크린에 비치는 영화관에 앉아 있는 어머니를 상상했다. 타냐—어머니가 박수를 친다. 니나—어머니가 박수를 친다. 로잘리야—어머니가 더 열렬히 박수를 친다. 클레오파트라, 밀로의 비너스, 시바의 여왕—어머니는 뭐가 나오건 개의치 않고 무뚝뚝한 얼굴로 계속해서 박수를 친다.

그는 열흘 동안 밤새 그 자리를 지켰다. 니타는—증거가 있어서가 아니라 낙관주의와 결단력으로—당장의 위험은 지나간 것 같다고 주장했다. 그들 둘 다 그렇게 믿지는 않았지만, 그는 내내 서서 승강기 기계장치가 윙 하며 돌아가는 소리를 기다리는 데에도 진력이 났다. 스스로의 공포에도 질려버렸다. 그래서 검은 옷을 다 차려입고, 침대 옆에 작은 여행 가방을 놓아둔 채 아내 곁에 누웠다. 그 옆에는 갈리야가 아기들이 그렇듯이 주위 사정은 알지도 못하고 잠들어 있었다.

그러던 어느 날 아침, 그는 가방을 들어 올려 열었다. 속옷을 옷장에 도로 넣고, 치약과 칫솔은 욕실에 가져다두고, 카즈베크 세 갑은 책상 위에 놓았다.

그리고 권력층이 다시 그와 대화를 시작하길 기다렸다. 그러나 다시는 빅 하우스로부터 아무 연락도 오지 않았다.

권력층이 나태해진 것은 아니었다. 그의 주변인들 중 많은 사람들이 사라지기 시작했다. 수용소에 보내진 사람도 있고 처형된 사람도 있었다. 그의 장모, 처남, 늙은 볼셰비키 숙부, 동료들, 예전 연인이었다. 그 운명의 월요일에 출근하지 않은 자크렙스키는 또 어떻게 된 것일까? 아무도 다시는 그의 소식을 듣지 못했다. 자크렙스키는 실은 아예 존재한 적도 없었을지 모른다.

그러나 운명을 피할 길은 없다. 당분간 그는 살아남을 운명임이 확실해 보였다. 살아서 일을 하는 것이었다. 휴식은 없을 것이다. “우리는 꿈꿀 때만 쉴 수 있다.” 시인 블로크가 한 말이다. 이번에는 대다수 사람들의 꿈이 평화롭지 않았지만. 그러나 삶은 계속되었다. 곧 니타는 다시 임신했고, 곧 그는 4번으로 끝날까 두려워했던 작품 번호를 추가하기 시작했다.

그해 여름에 작곡한 교향곡 5번은 1937년 11월 레닌그라드 필하모닉 홀에서 초연되었다. 한 늙은 문헌학자가 글리크만에게 살면서 이렇게 어마어마하고 긴 박수갈채를 본 것은 딱 한 번, 44년 전 차이콥스키가 교향곡 6번 초연을 했을 때뿐이었다고 말했다. 한 기자—어리석었나? 희망적이었나? 동정심이 많았나?—는 교향곡 5번이 ‘정당한 비판에 대한 소비에트 예술가의 창의적 답변’이라고 했다. 그는 그 표현을 절대 부인하지 않았다. 많은 이들이 그 말을 첫 장 맨 위에 그가 직접 쓴 악보가 발견되었다고 믿게 되었다. 이 말은 결국 그가 쓴 것—혹은 그보다는 쓴 적 없는 것—중에서 가장 유명한 말이 되었다. 그 말들이 그의 음악을 보호해 주었기 때문에 그는 그대로 놔두었다. 권력층이 말을 갖게 하라. 말이 음악을 더럽힐 수는 없으니까. 음악은 말로부터 도망간다. 그것이 음악의 목적이며, 음악의 장엄함이다.

그 표현은 또한 음악을 들을 줄 모르는 이들이 그의 교향곡에서 자기네가 듣고 싶은 것을 듣게 해주었다. 그들은 종결부의 낄낄거리는 아이러니를, 승리의 조롱을 알아차리지 못했다. 그들은 승리 그 자체만을, 소비에트 음악, 소비에트 음악학, 스탈린 체제의 태양 아래에서 살아가는 삶을 향한 충성스러운 지지만을 들었다. 그는 5번 교향곡을 포르티시모와 장조로 끝냈다. 그가 피아니시모에 단조로 끝냈다면 어땠을까? 이런 것에 한 생명이—여러 생명이—좌우될 수도 있다. "말도 안 되는 헛소리일 뿐."

교향곡 5번은 나오자마자 대성공을 거두었다. 당 관료들과 순종적인 음악학자들이 이에 맞춰 이러한 갑작스러운 현상을 분석했고, 소비에트 대중의 이해를 돕기 위해 작품에 대한 공식적인 설명을 내놓았다. 그들은 그의 교향곡 5번을 '낙관적인 비극'이라 불렀다.

2: 비행기에서

그가 아는 것은 지금이 최악의 시기라는 것뿐이었다.

하나의 못이 다른 것을 몰아내듯이, 하나의 두려움이 다른 두려움을 몰아낸다. 그래서 고도를 올리는 비행기가 단단한 공기층을 들이받는 듯한 와중에, 그는 눈앞의 부분적인 공포에만 정신을 집중했다. 희생 제물이 되고, 산산조각이 나고, 즉시 잊히는 데 대한 공포. 공포는 보통 다른 감정들까지도 모두 몰아낸다. 하지만 수치심만은 아니다. 공포와 수치는 그의 배 속에서 행복하게 같이 뒤섞여 빙빙 돌아갔다.

그는 아메리칸 오버시스 항공사 비행기의 날개와 돌아가는 프로펠러를 볼 수 있었다. 그리고 그것들이 향하고 있는 구름도. 더 좋은 자리에서 더 큰 호기심을 품고 가는 대표단의 다른 멤버들은 뉴욕의 스카이라인을 마지막으로 보려고 작은 창에 얼굴을 딱 붙이고 있었다. 듣자 하니 그들 여섯은 축하 분위기였고, 스튜어디스가 기내를 돌며 첫 번째 음료를 제공해 주기를 애타게 기다리고 있었다. 그들은 의회가 거둔 대성공에 건배를 들며, 전쟁광인 미 국무부가 그들의 비자를 취소하고 일찍 귀국시켜 버릴 정도로 그들이 평화의 대의를 강력히 제기한 덕분이라고 떠들어댔다. 그 또한 스튜어디스와 술을 애타게 기다렸지만 그들과는 다른 이유에서였다. 그는 지금까지 일어난 일을 전부 잊고 싶었다. 그는 기억을 덮으려는 듯이 창에 무늬 있는 커튼을 쳤다. 아무리 술을 퍼 마신다 해도 그럴 가망은 별로 없어 보였다.

"세상엔 좋은 보드카와 아주 좋은 보드카만 있을 뿐이다 — 나쁜 보드카 같은 건 없다." 이것이 모스크바에서 레닌그라드까지, 아르한겔스크에서 쿠이비셰프까지 통하는 지혜였다. 그러나 미국산 보드카도 있었고, 이제 막 그가 알게 된 대로 그 술에 과일 향을 더하고 레몬과 얼음, 토닉 워터를 넣으면 칵테일에 보드카가 가려지면서 맛이 한결 나아졌다. 그러니까 어쩌면 나쁜 보드카 같은 게 있을지도 몰랐다.

전쟁 동안, 긴 여행을 떠나기 전, 그는 불안에 사로잡혀 가끔씩 최면 요법을 받으러 가곤 했다. 비행기를 타고 떠나기 전에, 그리고 뉴욕에서 보낸 한 주 동안 매일, 그리고 돌아오는 여정에 오르기 전에 또 한 번 치료를 받았더라면 좋았을 것이다. 아니면 아예 사람들이 그를 일주일치 소시지와 보드카와 함께 나무 상자에 넣어 라구아르디아 공항에 부려놓고 귀국편 비행기에 실어버렸더라면 더 좋았을 것이다. 그래서, 드미트리 드리트리예비치, 여행은 어떠셨습니까? 좋았습니다, 감사합니다. 보고 싶었던 것은 다 보았고 동행들도 아주 좋았습니다.

비행기 출국편에서 그의 옆 좌석은 그의 공식적인 보호자이자 교도관이며 통역이자 24시간 전부터 가장 친한 새 친구가 된 인물이 차지하고 있었다. 그는 당연히 벨로모리 담배를 피웠다. 영어와 프랑스어로 된 메뉴판을 건네받자 그는 동행에게 번역을 부탁했다. 오른편에는 칵테일과 알코올 음료, 담배가 있었다. 왼쪽은 아마도 음식일 것이다. 아니, 음식 말고 그가 주문할 수 있는 것들이라는 대답이 돌아왔다. 관료의 손가락이 목록의 도미노, 체커, 주사위, 백개먼 게임을 훑어내렸다. 신문, 문구류, 잡지, 엽서도 있었다. 전기면도기, 얼음주머니, 바느질 도구, 구급상자, 껌, 칫솔, 크리넥스.

"그럼 저건요?" 그가 유일하게 번역되지 않은 물건을 가리키며 물었다.

스튜어디스가 불려오고 긴 설명이 이어졌다. 마침내 스튜어디스가 그에게 말했다.

"벤제드린* 흡입기입니다."

"벤제드린 흡입기라고요?"

"이착륙 시 바지에 실례를 하는 약물 중독자 자본주의자들을 위한 겁니다." 그의 새로운 제일 친한 친구가 이데올로기적 자부심을 품고 말했다.

그는 이착륙에 대한 비자본가적 공포를 겪고 있었다. 즉각 자신에 대한 공식 기록에 남으리라는 사실을 몰랐더라면 그 퇴폐적인 서구의 발명품을 시험해 봤을지도 모른다.

공포: 공포를 가하는 사람들은 무엇을 알고 있었는가? 그들은 공포가 먹힌다는 것을 알았고, 심지어 어떻게 먹히는지도 알았지만 공포가 어떤 느낌인지는 몰랐다. 흔히들 하는 말로, "늑대는 양의 공포에 대해 말할 수 없다." 그가 상트레닌스부르크의 빅 하우스에서 내려올 명령을 기다리고 있을 동

* 각성제의 일종.

안, 오이스트라흐는 모스크바에서 체포되기를 기다리고 있었다. 그 바이올리니스트는 그에게 매일 밤 그들이 자신의 아파트 건물로 누군가를 데리러 왔다고 설명해 주었다. 절대로 한꺼번에 잡아가는 법은 없었다. 희생자는 딱 한 명이었고, 이튿날 밤 또 한 명을 데려갔다 — 남은 자들, 한시적으로 살아남은 자들의 공포심을 가중시키는 시스템이었다. 결국 그의 아파트와 건너편 아파트에 있는 이들만 제외하고 모든 입주민이 끌려갔다. 이튿날 밤 경찰차가 다시 도착했고, 아래층 문이 쾅 여닫히는 소리와 복도를 따라 걷는 발자국 소리가 들렸다……. 그리고 그 발자국 소리는 다른 아파트로 갔다. 오이스트라흐는 바로 그 순간부터 줄곧 두려워하게 되었고, 죽을 때까지 두려워하게 되리라는 것을 알았다고 말했다.

이제 귀국하는 비행기에서 그의 경호원은 그를 혼자 내버려 두었다. 모스크바에 닿을 때까지 뉴펀들랜드, 레이캬비크, 프랑크푸르트, 베를린을 경유하니 서른 시간은 걸릴 터였다. 최소한 편안하기는 할 것이다. 좌석은 훌륭하고, 소음도 참을 만했으며, 스튜어디스들은 단정했다. 그들은 자기에 담긴 음식과 리넨 천에 싼 묵직한 커트러리를 날라 왔다. 새우 칵테일 소스 속에서 헤엄치는, 정치인처럼 살이 찌고 매끈한 엄청나게 큰 새우. 버섯과 감자, 껍질 콩을 곁들인, 폭과 두께가 거의 비슷할 정도의 스테이크, 과일 샐러드. 그는 먹기도 했지만 주로 마셨다. 이제는 젊은 시절처럼 술이 약하지 않았다. 스카치와 소다를 한 잔, 또 한 잔 마셨지만 그래도 의식을 잃지 않았다. 항공기 직원들도, 동행들도, 아무도 그를 말리지 않았다. 그들은 마실 만큼 마신 듯 신이 나서 큰 소리로 떠들어대고 있었다. 커피가 나온 뒤 기내는 더 더워지는 듯했고, 그를 포함해 모두 잠에 곯아떨어졌다.

그는 미국에 무엇을 바랐을까? 스트라빈스키를 만나고 싶었다. 그것이 꿈인 줄, 정말로 환상인 줄 알고 있었어도. 그는 언제나 스트라빈스키의 음악을 숭배했다. 마린스키 극장에서 열린 「페트루슈카」 공연은 거의 놓친 적이 없었다. 그는 「결혼」의 러시아 초연에서 제2피아노를 맡아 연주했고, 대중 앞에서 세레나데 A 장조를 공연했으며, 「시편 교향곡」을 연탄곡으로 편곡했다. 20세기 작곡가 중 위대하다고 해도 좋을 사람이 단 한 명 있다면, 그것은 스트라빈스키였다. 「시편 교향곡」은 음악사에서 가장 뛰어난 작품들 중 하나였다. 한 치의 의심이나 망설임도 없이 그는 사실이 그렇다고 선언할 수 있었다.

그러나 스트라빈스키는 그 자리에 없을 것이다. 그가 보내온 모욕적인 전보는 널리 소문이 났다. "이 나라를 찾아오신 소비에트 예술가들의 환영객들과 자리를 함께할 수 없게 되어 유감입니다. 그러나 저의 윤리적, 미학적 신념에 따라 그런 짓은 도저히 할 수가 없습니다."

그러면 그는 미국에서 무엇을 기대했을까? 물론 실크해트를 쓰고 성조기 무늬가 그려진 조끼 차림으로 굶주린 프롤레타리아트를 짓밟으며 5번가를 행진하는, 만화에 나오는 자본주의자들은 아니었다. 그가 기대한 것은 자유의 왕국이라 들은 것 그 이상이었다—그런 곳이 어딘가에 존재한다는 것이 의심스러웠다. 어쩌면 그는 기술적 진보와 사회적 순응, 진취적인 국가의 냉철한 태도가 조합되어 부를 향해 나아가는 모습을 상상했을지도 모른다. 일프와 페트로프는 미국을 횡단하는 장거리 자동차 여행을 하고 나서, 미국에 대해서 생각하면 자신들은 우울해지지만, 정작 미국인들은 정반대라고 썼다. 또한 미국인들은 견해부터 음식까지 모든 것이 그들을 위해 사전에 준비되어 있기 때문에, 자기네의 선전과는 달리 본질상 대단히 수동적이라고 말했다. 들판에 움직이지 않고 가만히 서 있는 소들조차 연유 광고처럼 보였다.

그가 첫 번째로 놀란 것은 미국 기자들의 행동이었다. 귀국길에 프랑크푸르트 공항에서 기자들 선발대가 잠복하고 기다리고 있었다. 그들은 큰 소리로 질문을 퍼부으며 카메라를 그의 얼굴에 들이댔다. 그들에게는 우월한 가치가 자기네 것이라는 확신에서 오는 활기찬 무례함이 있었다. 그들이 당신의 이름을 발음하지 못한다 해도 그건 그들 탓이 아니라 당신 이름 탓이었다. 그래서 그들은 이름을 줄였다.

"이봐요, 쇼스티, 이쪽 좀 봐요! 모자 좀 흔들어주세요!"

그것은 나중에 라구아디아 공항에서 있던 일이었다. 그는 의무적으로 대표단 동료들이 하듯 모자를 벗어 흔들었다.

"여기요, 쇼스티. 우리 쪽 보고 웃어주세요!"

"헤이, 쇼스티, 미국이 어때요?"

"헤이, 쇼스티, 금발이 좋아요, 갈색머리가 좋아요?"

그렇다, 그들은 그에게 그런 질문까지 했다. 고향에서는 벨로모리를 피우는 남자들에게 감시를 받았다면, 여기 미국에서는 언론의 감시를 받았다. 비행기가 착륙한 뒤 한 기자가 스튜어디스와 접촉하여 비행 중 소비에트 대표단이 어떻게 행동했는지 캐물었다. 그녀는 그들이 동료 승객들과 이야기를 나누고 드라이 마티니와 스카치, 소다를 즐겨 마셨다고 알려주었다. 그러자 이러한 정보는 재미있는 이야기라도 된다는 듯이 예상대로《뉴욕타임스》에 실렸다!

좋은 일부터 먼저. 그의 여행 가방에는 축음기 레코드판과 미국 담배가 가득했다. 그는 줄리어드 학생들이 연주하는 바르토크의 사중주 세 곡을 들었고, 나중에 무대 뒤에서 그들과 만났다. 파누프니크, 버질 톰슨,* 시벨리우스, 하차투리안,** 브람스의 프로그램은 스토코프스키***가 이끄는 뉴욕 필하모닉 연주로 들었다. 그 역시—작고 '피아니스트 같지 않은' 손으로—1만 5천 명의 사람들 앞에서 매디슨 스퀘어 가든에서 자신의 교향곡 5번 중 두 번째 장을 연주했다. 청중의 우레 같은 박수갈채가 끊일 줄 모르고 경쟁하듯 쏟아졌다. 미국은 경쟁의 나라니까 어쩌면 그들은 러시아 청중들보다 더 오래, 더 크게 박수 칠 수 있다는 것을 보여주고 싶었는지도 모른다. 그는 당황했고—누가 알겠는가?—어쩌면 미 국무부도 그랬을지 모른다. 그는 미국 예술가들을 몇 명 만났고 그들은 그를 더할 나위 없이 다정하게 맞아주었다. 애론 코플랜드, 클리포드 오데츠, 아서 밀러, 그리고 메일러라고 불리는 젊은 작

* 1896~1989. 미국의 작곡가.
** 1903~1978. 소련의 작곡가.
*** 1882~1997. 영국 태생 미국의 관현악 지휘자.

가였다. 그는 방문해 준 데 감사하는 내용으로, 아티 쇼부터 브루노 월터까지 마흔두 명의 음악인들이 서명한 긴 두루마리를 받았다. 좋은 일들은 여기까지였다. 이것들은 타르 통 속의 꿀 한 수저였다.

다른 일행들 수백 명 가운데 눈에 띄지 않게 숨어 있고 싶었지만, 실망스럽게도 그는 소비에트 대표단의 스타였다. 그는 금요일 밤에 짧은 연설을, 토요일 밤에는 긴 연설을 했다. 질문에 답하고 사진을 찍도록 포즈를 취해주었다. 그는 융숭한 대접을 받았다. 대중적인 성공이었다—또한 그의 인생 최대의 굴욕이었다. 그는 자기혐오와 스스로에 대한 경멸감 외에는 아무것도 느낄 수가 없었다. 그것은 완벽한 덫이었고, 두 부분이 연결되어 있지 않다는 점 때문에 더욱 그랬다. 한쪽 끝에는 공산주의자들, 반대편 끝에는 자본주의자들이 있고 그 중간에 그가 있었다. 문들이 그의 앞에서 잇달아 열리고 그가 지나가자마자 닫히듯이, 어떤 실험실의 환히 불 켜진 복도를 종종걸음 쳐 달려가는 수밖에 없었다.

스탈린이 오페라를 보러 갔던 또 다른 여행 때문에 그 모든 것이 다시 시작되었다. 얼마나 아이러니한가? 그의 오페라도 아니고 무라델리*의 것이었지만 끝에 가서는, 실은 처음부터, 아무 상관이 없었다. 굳이 말할 필요도 없지만 윤년인 1948년이었다.

독재가 온 세상을 엉망진창으로 뒤집어 놓았다는 것은 진부한 말이지만 사실이기도 했다. 1936년부터 1948년까지 12년간, 그는 '위대한 조국 해방 전쟁'** 때 말고는 안전하다고 느껴본 적이 한 번도 없었다. 흔히들 하는 말로 그 전쟁은 구원으로 가는 재앙이었다. 수백만 명에 더해 수백만 명이 죽었지만, 적어도 그때는 다들 너 나 없이 고통을 겪었고, 그 점이 일시적이나마 그에게는 구원이었다. 독재는 편집증적이었을지 몰라도 꼭 멍청하지만은 않았기 때문이다. 독재가 어리석기까지 했다면 버티지 못했을 것이다. 원칙이 있었다면 버티지 못했을 것이다. 독재는 대다수 사람들의 어떤 부분들—약한 부분—이 어떻게 움직이는지를 이해하고 있었다. 여러 해에 걸쳐 신부들을 죽이고 교회 문을 닫았지만, 군인들이 신부들의 축복을 받고서 더 굳세게 싸운다면 잠시 써먹기 위해서라도 신부들을 도로 데려올 것이다. 그리고 전시에 사람들

* 1908~1970. 러시아 작곡가.

** 러시아인들이 제2차 세계대전을 일컫는 표현.

의 사기를 진작시키기 위해 음악이 필요하다면, 작곡가들 또한 작업에 투입할 것이다.

국가가 양보를 했다면, 시민들 또한 그랬다. 그는 남들이 대신 써준 정치적 연설을 했지만—세상이 그렇게 엉망진창이 되었다—표현은 좀 마음에 안 들더라도 감정들은 진심으로 지지할 수 있는 연설들이었다. 그는 예술가들의 반파시스트 집회에서 '독일 반달리즘과 우리들의 거대한 전투'와 '갈색 역병에서 인류를 해방시킬 임무'에 대해 말했다. 그는 권력층들이 말하듯이 '모든 것을 전선으로' 보내자고 주장했다. 그는 자신감이 넘쳤고 막힘이 없었으며 확신에 차 있었다. "곧 더 행복한 시절이 올 것입니다." 그는 스탈린을 흉내내 동료 예술가들에게 약속했다.

갈색 역병에는 바그너도 포함되어 있었다—항상 권력층의 지시에 따라 일을 했던 작곡가였다. 그 당시의 정치 체제에 따라, 그 세기 내내 유행에 따라 부침을 거듭하면서. 몰로토프-리벤트로프 조약이 체결되었을 때, 어머니 러시아는 뒤늦게 찾아온 열정 탓인지 앞뒤 따지지 않고 그들의 새로운 파시스트 동맹을 중년 과부가 건장하고 젊은 이웃을 포옹하듯 끌어안았다. 바그너는 다시 위대한 작곡가가 되었고, 에이젠슈타인은 「발퀴레」를 볼쇼이 극장에서 지휘하라는 명령을 받았다. 채 2년이 지나지 않아 히틀러가 러시아를 침공했고, 바그너는 다시 용서할 수 없는 파시스트, 갈색 쓰레기가 되었다.

그 모든 것이 어두운 코미디였다. 더 중요한 질문을 모호하게 흐리는 것이기는 했지만. 푸시킨은 모차르트의 입을 빌려 이렇게 말했다.

천재와 악마
둘은 양립할 수 없다. 동의하는가?

그로 말하자면, 동의했다. 바그너는 비열한 영혼의 소유자였고, 그 사실을 증명했다. 그는 반유대주의와 다른 인종차별적 태도 면에서 사악했다. 그러므로 그는 불타오르듯 번쩍이는 그의 음악에도 불구하고 천재일 수는 없었다.

그는 전쟁 기간 동안 거의 쿠이비셰프에서 가족들과 함께 지냈다. 그곳은 안전했고, 어머니가 레닌그라드를 빠져나와 그들과 함께 지낼 수 있게 되자 더 마음이 놓였다. 또한 그의 영혼에 대고 발톱을 가는 고양이들도 더 적었다. 물론 작곡가 조합의 애국심 넘치는 일원으로서, 그는 종종 모스크바에 불려갔다. 그는 여행 기간 내내 버틸 수 있을 만큼의 마늘 소시지와 보드카를 꾸리곤 했다. "최고의 새는 소시지이다." 우크라이나에서 흔히들 하는 말이었다. 기차는 몇 시간씩, 때로는 며칠씩이나 멈춰 서곤 했다. 여행이 중지된 것이 갑작스러운 군대의 이동 탓인지 석탄 부족 때문인지도 알 수 없었다.

그는 삼등석으로 여행했는데, 일등석 객차는 잠재적인 장티푸스 환자 병동이나 다름없었으므로 차라리 그 편이 다행이었다. 감염을 막기 위해 그는 목과 양 손목에 마늘을 부적 삼아 걸고 다녔다. 그는 이렇게 설명하곤 했다. "냄새 때문에 여자들이 가까이 오지 않지만, 전시에 그 정도 희생이야 감수해야지."

한번은 모스크바에서 돌아오는 길이었다……. 아니, 기억이 잘 나지 않았다. 이틀을 달린 끝에 기차가 어느 길고 지저분한 승강장에 섰다. 그들은 창을 열고 고개를 내밀었다. 이른 아침 해가 보였고 거지가 거친 목소리로 요란하게 부르는 지저분한 노랫소리가 들려왔다. 거지에게 소시지를 좀 주었던가? 보드카였나? 동전 몇 푼? 왜 그 역, 다른 수많은 이들 중에서도 그 거지가 희미하게 떠오르는 것일까? 농담과 관계가 있었나? 그들 중 누군가가 농담을 했던가? 하지만 어떤 농담을? 아니, 아무 소용 없었다.

그는 군인 막사에 대한 그 거지의 외설적인 노래를 기억해 낼 수가 없었다. 대신 떠오른 것은 이전 세기부터 내려오는 병사의 노래였다. 곡조는 모르고, 투르게네프의 편지들을 훑어보다가 언젠가 발견한 가사뿐이었다.

러시아여, 소중한 어머니여,
아무것도 무력으로 빼앗아 가지 않는다네.
자진해서 내놓는 것만 취할 뿐이네.
당신 목에 칼을 들이대고서.

투르게네프는 그의 문학 취향에 맞지 않았다. 너무 세련됐고, 환상적인 면이 부족했다. 그는 푸시킨과 체호프를 더 좋아했고, 무엇보다도 고골이 제일 좋았다. 그러나 투르게네프조차, 과오는 좀 있다 해도, 진정한 러시아의 비관주의를 가지고 있었다. 정말로, 그는 러시아인이 된다는 것은 비관주의적이 되는 것임을 잘 알고 있었다. 또한 그는 러시아인은 아무리 박박 문질러 닦아도 언제나 러시아인이라고 적었다. 카를로—마를로와 그 후예들은 죽어도 이해하지 못했던 점이었다. 그들은 인간 영혼의 기술자가 되고 싶어 했다. 그러나 러시아인들은, 결점은 있다 해도 기계가 아니었다. 그래서 그들은 완전히 뜯어고치는 게 아니라 박박 닦는 정도밖에는 할 수가 없었다. 닦고, 닦고, 또 닦아보라. 그 모든 낡은 러시아적인 것들을 싹 다 씻어내고 반짝반짝 새로운 소비에트적인 것을 그 위에 칠해보라. 그러나 아무 소용도 없을 것이다—칠하자마자 페인트가 벗겨지기 시작할 테니까.

러시아인이 된다는 것은 비관주의자가 된다는 것이었고, 소비에트인이 된다는 것은 낙관주의자가 된다는 것이었다. 그래서 소비에트 러시아라는 말은 용어상 모순이었다. 권력층은 이 점을 전혀 이해하지 못했다. 인구 중에서 필요한 만큼을 죽여 없애고 나머지에게는 선전과 공포를 먹이면 그 결과로 낙관주의가 올 것이라 생각했다. 그러나 거기 어디에 논리가 있는가? 그들이 그에게 여러 가지 방식과 표현으로, 음악 관료들과 신문 사설을 통해 끊임없이 이야기했던 대로, 그들이 원했던 것은 '낙관적인 쇼스타코비치'였다. 용어상 또 하나의 모순이었다.

낙관주의와 비관주의가 행복하게 공존할 수 있었던 몇 안 되는 장소들 중 하나—정말로 생존하기 위해서는 둘 다 있어야 하는 곳—는 바로 가정이었다. 그래서 예를 들면 그는 니타를 사랑했지만(낙관주의) 자신이 좋은 남편인지는 알 수 없었다(비관주의). 그는 걱정이 많은 사람이었고, 걱정 많은 사람들은 자기중심적이고 좋은 친구가 되지 못한다는 사실을 알고 있었다. 니타가 일하러 갈 때면, 연구소에 도착하자마자 그에게서 집에 언제 오느냐고 묻는 전화가 걸려오곤 했다. 그는 그런 짓이 짜증나는 행동인 줄 알면서도 불안을 이기지 못했다.

그는 자기 아이들을 사랑했지만(낙관주의) 좋은 아버지인지에는 자신이 없었다(비관주의). 가끔씩 아이들에 대한 애정이 비정상적이다 못해 병적이라고 느꼈다. 삶은 흔히들 하는 말로 들판을 거니는 산책이 아니다.

갈리야와 막심은 절대 거짓말을 해서는 안 되고 늘 예의 바르게 행동해야 한다고 배웠다. 그는 예의범절을 강조했다. 막심에게 어릴 때부터 계단을 올라갈 때는 여자보다 앞서 올라가고, 내려갈 때는 뒤에서 따라가야 한다고 설명해 주었다. 두 아이가 자전거 타는 법을 배우게 되자 아이들에게 교통법규를 가르쳤고, 한적한 숲길에서 자전거를 탈 때조차 법규를 따르게 했다. 왼쪽으로 돌 때는 왼팔을 내밀어 신호를 하고, 오른쪽으로 돌 때는 오른팔을 내밀어 신호를 하는 식이었다. 그는 또한 쿠이비셰프에서 아침마다 아이들이 체조를 하도록 감독했다. 라디오를 켜고 셋이서 다 같이 고르데예프라는 인물이 쾌활한 목소리로 내리는 지시를 따라 운동을 하곤 했다. “그렇지요! 발을 어깨 너비로 벌리세요! 먼저……” 등등.

그는 부모로서 이러한 운동을 하는 외에는 체력 단련을 하지 않고 그냥 살았다. 한번은 친구가 그에게 인텔리겐치아를 위한 체조라고 부르는 것을 보여준 적이 있었다. 성냥갑을 들어 바닥에 내용물을 쏟은 다음 허리를 굽혀 하나씩 줍는 것이었다. 그는 처음엔 직접 시도해 봤지만 이내 인내심을 잃고 성냥을 한꺼번에 다 몰아 쥐었다. 다시 시도했지만, 허리를 구부리자마자 전화가 와서 곧 가야 했다. 그래서 성냥 줍는 일은 가정부의 몫이 되었다.

니타는 스키 타기와 등산을 좋아했다. 그는 스키 아래로 신뢰할 수 없는 눈을 느끼기가 무섭게 죽음의 공포에 사로잡혔다. 그녀는 권투 경기를 좋아했다. 그는 서로 상대를 죽도록 패는 모습을 참고 볼 수가 없었다. 자신의 예술과 가장 가까운 형태의 운동인 춤조차 완전히 익히지 못했다. 폴카 곡을 썼고 피아노로 명랑하게 연주할 수 있었지만, 댄스 플로어에 서면 발이 영 마음대로 움직여 주지 않았다.

그가 즐기는 것은 페이션스 게임*이었는데, 그 게임을 하면 차분해졌다. 친구들과 돈을 걸고 하는 카드 게임도 좋아했다. 또 운동을 할 만큼 튼튼하지도, 몸놀림이 좋지도 않았지만 심판 보는 것은 좋아했다. 전쟁 전 레닌그라드에서 축구 심판 자격증을 따기도 했다. 쿠이비셰프에 피난 가 있을 동안, 배구 대회를 꾸려서 심판을 맡았다. 그는 웬만큼 익힌 몇 안 되는 영어 표현들 중 하나로 엄숙하게 선언하곤 했다. "배구 경기를 시작할 시간입니다." 그리고 러시아어로 스포츠 해설자가 가장 좋아하는 구절을 덧붙였다. "날씨와 관계없이 경기가 열릴 것입니다."

갈리야와 막심은 벌을 받는 일이 드물었다. 짓궂은 짓을 하거나 거짓말을 하면, 당장 부모는 극도의 불안 상태에 빠졌다. 니타는 눈살을 찌푸리고 아이들을 질책하는 눈빛으로 쳐다보곤 했다. 그는 줄담배를 피우며 이리저리 서성거렸다. 이러한

* 혼자서 하는 카드놀이의 일종.

고뇌에 찬 무언극은 아이들에게 체벌 못지않은 효과가 있었다. 게다가, 나라 전체가 징벌 방이었다. 그러니 평생 질리도록 보게 될 것을 아이들에게 굳이 일찍부터 알게 해줄 필요가 있겠는가?

하지만 장난이 도를 넘는 경우도 종종 있었다. 한번은 막심이 자전거 사고를 당해 다친 척을 했다. 의식을 잃은 척하고 있다가 갑자기 벌떡 일어나서 부모가 넋이 나간 모습을 보고 깔깔 웃어댔다. 이럴 때 그는 막심(대개 막심의 짓이었으니까)에게 이렇게 말하곤 했다. "내 서재로 좀 오너라. 너랑 진지하게 할 얘기가 있다." 아이는 그 말만으로도 고통에 가까운 감정을 느꼈다. 그는 서재에서 막심에게 자신이 한 짓을 적고, 다시는 그런 짓을 하지 않겠다고 약속하게 한 다음, 이 선서 진술서에 서명하고 날짜를 적게 했다. 막심이 다시 잘못을 저지르면 아이를 서재로 불러 책상 서랍에서 써놓았던 글을 꺼내어 큰 소리로 읽게 했다. 아이가 너무 부끄러워해서 때로는 아버지가 도리어 벌을 받는 기분이 들기는 했지만.

피난 시절의 가장 좋았던 기억은 단순한 것들이었다. 갈리야와 함께 털이 꺼끌꺼끌한, 꿀꿀대는 새끼 돼지들을 잡으며 놀던 기억, 막심이 자기 구두끈을 묶어준 불가리아 경찰 흉내를 내던 기억. 그들은 여름을 이바노보의 예전 영지에서 보냈는데, 가금류 집단 농장 69번이 작곡가들의 임시 숙소가 되었다. 거기에서 그는 닭장 안쪽 벽에 널빤지 조각을 못질해 만든 책상에서 교향곡 8번을 썼다. 그는 주변이 아무리 혼란스럽고 어수선해도 언제나 일을 할 수 있었다. 그것이 그의 구원이었다. 다른 이들은 평범한 생활의 소음에 정신이 산만해졌다. 프로코피예프는 자기 방에서 갈리야와 막심의 말소리가 들릴 정도 거리에 있기만 해도 성을 내며 쫓아냈다. 하지만 그는 소음쯤은 아무렇지도 않았다. 그를 성가시게 하는 것은 오직 개 짖는 소리였다. 그 끈질기고 히스테릭한 소리는 그의 머릿속에서 들려오는 음악을 끊어놓았다. 그래서 그는 고양이를 개보다 좋아했다. 고양이들은 항상 그가 작곡을 하도록 내버려 두었다.

그를 알지 못하는 사람들, 멀찍이서만 음악을 듣는 사람들은 1936년의 트라우마는 이제 과거의 일이 되었을 것이라고 생각했다. 그는 「므첸스크의 맥베스 부인」을 쓰면서 심각한 과오를 저질렀고 권력층은 그를 적절히 책망했다. 그는 회개하고 정당한 비평에 대한 소비에트 예술가의 창의적인 답변을 작곡했다. 위대한 조국 해방 전쟁 동안 그는 교향곡 7번을 썼고, 그 곡의 반파시즘 메시지는 전 세계로 울려 퍼졌다. 그래서 그는 용서를 얻었다.

그러나 종교—그러므로 권력층—가 어떻게 작동하는지를 이해하는 자들이라면 그것으로 끝이 아니라는 걸 알았을 것이다. 죄인이 갱생할 수도 있지만, 그렇다고 죄 자체가 지상에서 완전히 말소되었다는 뜻은 아니었다. 전혀 그렇지 않았다. 나라에서 가장 유명한 작곡가가 과오를 저지를 수 있다면 그 과오가 얼마나 치명적일 것이며, 다른 이들에게 얼마나 위험하겠는가. 그러니 죄를 지목하고, 되풀이해 말하고, 그 결과를 영원히 경고로 삼아야 한다. 다시 말해서, '음악이 아니라 혼돈'은 학교 교과서가 되었고, 음악사에서 음악학교 과정의 일부가 되었다.

대역 죄인이 인도자 없이 자기 길을 계속 가도록 놔둘 수는 없었다. 종교 언어학에 뛰어난 자들, 《프라우다》 논설의 표현을 꼼꼼히 연구한 이들이라면 영화음악에 대한 암시적인 언급을 눈여겨보았을 것이다. 스탈린은 드미트리 드미트리예비치가 만든 「막심」 3부작 사운드트랙에 경탄을 표했다. 즈다노프는 매일 아침 피아노로 아내에게 「대안의 노래」를 연주해 준다고 했다. 드미트리 드미트리예비치 쇼스타코비치는 가망 없는 실패자가 아니며, 적절히 지도를 받기만 한다면 명쾌하고 사실주의적인 음악을 만들 수 있다는 것이 최고위층의 견해였다. 레닌이 천명했듯이 예술은 인민의 것이었다. 영화는 오페라보다 소비에트 인민에게 훨씬 더 쓸모 있고 가치가 있었다. 그래서 드미트리 드미트리예비치는 이제 적절한 지도를 받았고, 그 결과 1940년 그의 영화음악에 대한 분명한 보상으로 붉은 노동 기를 받았다. 그가 옳은 길을 계속 걸어간다면, 이는 틀림없이 앞으로 주어질 수많은 영예의 시작이 될 것이었다.

1948년 1월 5일—그의 「므첸스크의 맥베스 부인」을 잠깐 관람한 지 12년이 지나서—스탈린과 수행단이 다시 볼쇼이 극장에 나타났다. 이번에는 바노 무라델리의 「위대한 우정」을 보러 온 것이었다. 소비에트 음악 재단의 회장이기도 한 작곡가는 아름다운 선율로, 애국적이고 사회주의적·사실주의적인 음악을 만들었다는 자부심에 차 있었다. 10월혁명 30주년을 축하하도록 의뢰받아 호화롭게 제작된 그의 오페라는 이미 두 달째 대성공을 거두고 있었다. 내전 동안 북부 캅카스 공산주의자 세력의 통합이 주제였다.

무라델리는 자신의 역사를 알고 있는 조지아인이었다. 그에게는 불행하게도 스탈린 또한 조지아인이었고, 자신의 역사에 대해서라면 더 잘 알고 있었다. 무라델리는 조지아인과 오세트인을 붉은 군대에 맞서 봉기한 것으로 그렸다. 반면 스탈린—특히 그의 어머니가 오세트인이었기 때문에—은 실제로는 1918년부터 1920년까지 조지아인과 오세트인이 혁명을 지키려는 싸움에 러시아 볼셰비키와 손잡고 나섰다는 것을 알고 있었다. 반혁명적 행동으로 미래의 소련 여러 민족들 간에 위대한 우정이 구축되는 것을 방해한 건 체첸인과 잉구시인들이었다.

무라델리는 이 정치적·역사적 과오를 그것 못지않게 역겨운 음악적 과오와 버무려놓았다. 그는 자신의 오페라에 레즈긴카 춤*을 넣었다—그가 잘 알고 있듯이 스탈린이 가장 좋아하는 춤이었다. 그러나 친숙한 진짜 레즈긴카 춤을 택해 캅카스 사람들의 민속 전통을 기리는 대신, 작곡가는 자만심을 버리지 못하고 '레즈긴카 스타일'로 만든 자기 춤을 새로 만들어내는 쪽을 택했다.

닷새 뒤 즈다노프는 작곡가와 음악학자 70명을 모아 회의를 소집해 끊임없이 유독한 영향을 끼치는 형식주의에 대한 토론을 벌였다. 그러고서 며칠 뒤, 중앙위원회는 'V. 무라델리의 오페라 「위대한 우정」에 대하여'라는 공식 훈령을 발표

* 러시아 캅카스 지역 여러 민족의 민속무용.

했다. 작곡가는 그의 음악이 자신의 생각대로 선율이 아름답고 애국적인 것과는 거리가 멀고, 제일 훌륭한 부분조차도 꽥꽥대고 꿀꿀대는 소리에 지나지 않음을 알았다. 또한 그는 형식주의적이며 '혼란스러운 신경병적 조합'을 내놓았으며, '협소한 범위의 전문가와 미식가들'에게 영합했다는 선고를 받았다. 무사히 빠져나가지는 못하더라도 자기 경력은 구해야 했으므로, 무라델리는 할 수 있는 한 최선의 설명을 내놓았다. 바로 남 탓으로 돌리는 것이었다. 그는 유혹에 넘어가고 기만당해 잘못된 길로 빠졌는데, 특히 드미트리 드미트리예비치 쇼스타코비치, 무엇보다도 그의 「므첸스크의 맥베스 부인」 탓이 컸다.

즈다노프는 국가의 작곡가들에게 다시 한번 1936년 《프라우다》의 비평이 여전히 유효함을 상기시켰다. 혼돈이 아니라 음악 — 조화롭고 우아한 음악 — 이 필요했다. 주요 범인으로 쇼스타코비치, 프로코피예프, 하차투리안, 미야스콥스키, 셰발린이 지목되었다. 그들의 음악은 귀청을 찢는 굴착기 소리, '음악 가스실'에서 만들어진 소리에 비유되었다. 즈다노프가 쓴 표현은 파시스트들이 희생자들 주위로 몰고 다니면서 배기가스로 그들을 질식시켰던 트럭의 이름인 두셰구브카였다.

평화가 다시 찾아와서, 세상이 다시 뒤집혔다. 공포가 되돌아오고 그와 함께 광기도 돌아왔다. 작곡가 조합이 소집한 특별 총회에서, 드미트리 드미트리예비치에 대해 순진하게 아첨하는 책을 썼다는 죄를 쓴 음악학자가 적어도 그 작곡가의 아파트에 발을 들인 적도 없다는 사실을 들어 처벌을 경감해 줄 것을 필사적으로 호소했다. 그는 자신의 진술을 입증하려고 작곡가 유리 레비틴에게 부탁했다. 레비틴은 '양심에 한 점 부끄럼 없이' 그 음악학자가 형식주의자의 거처를 채운 오염된 공기를 단 한 번도 들이마신 적이 없다고 보증했다.

회의에서 프로코피예프의 6번 교향곡이 그렇듯이, 그의 교향곡 8번이 표적이 되었다. 주제가 전쟁인 교향곡들, 전쟁의 비극성과 무서움을 알고 있는 교향곡들이었다. 그러나 형식주의자 작곡가들은 제대로 이해하지 못했다. 전쟁은 영광스럽고 승리에 찬 것이며, 기념해야 마땅하다! 그러나 그들은 '비관주의'는 물론이고 '불건전한 개인주의'에 탐닉했다. 그는 회의에 참석하기를 거부했다. 그는 몸이 아팠다. 실은 자살을 생각하고 있었다. 그는 사유서를 보냈다. 그의 사유는 받아들여지지 않았다. 정말로 회의는 악질 상습범인 드미트리 드미트리예비치 쇼스타코비치가 참석할 수 있을 때까지 회기를 종료하지 않으려 했다. 필요하다면 그의 의학적 상태를 확인하고 치료하도록 의사들이라도 보낼 기세였다. '자신의 운명을 피할 길은 없다'—그래서 그는 참석했다. 그는 공개 철회를 하라는 지시를 받았다. 과연 무슨 말을 할 수 있을까 생각하며 연단으로 향하는데, 연설문이 그의 손에 쥐였다. 그는 감정이 실리지 않은 목소리로 크게 소리 내어 그것을 읽었다. 그는 앞으로는 당의 지시를 따라 인민을 위한 듣기 좋은 음악을 작곡하겠다고 약속했다. 장황한 공식 발표문을 읽어 내려가던 중에, 그는 읽다가 말고 고개를 들어 홀을 둘러보고 무기력한 목소리로 말했다. "제가 진심으로 작곡을 한다면, 제가 참된 감정을 느낀다면, 제 음악이 인민에 '반하는' 것이 될 수 없을 것이며, 뭐라 해도 저 자신은…… 조금이나마 어떤 식으로는…… 인민의…… 대표라고 생각합니다."

그는 무너진 상태로 총회에서 돌아왔다. 모스크바와 레닌그라드 음악학교 양쪽 직위에서 모두 해임되었다. 침묵을 지키는 것이 최선일까 생각했다. 하지만 제정신으로 있으려고 바흐의 모범을 따라 서곡과 푸가를 작곡하기로 마음먹었다. 말할 것도 없이 그 곡들은 처음에는 비난을 받았다. 그는 그 곡들이 '주변의 현실'에 어긋난다는 비판을 들었다. 또한 그는 지난 몇 주 동안 자신의 입에서 나온 말—그가 직접 한 말도 있고 남이 써준 말도 있었다—을 잊을 수가 없었다. 그는 자기 작품에 대한 비판을 받아들였을 뿐 아니라 박수까지 보냈다. 사실상 그는 「므첸스크의 맥베스 부인」을 부인했다. 그는 예전에 동료 작곡가에게 예술적 정직성과 개인적 정직성에 대해, 우리 각자에게 얼마만큼의 몫이 할당되어 있는지를 두고 했던 말을 기억했다.

치욕의 한 해가 지나고 그는 권력층과 두 번째로 대화를 나누었다. 시인이 썼듯이, "똥 무더기가 아니라 하늘에서 천둥소리가 들려온다." 1949년 3월 16일, 니타와 작곡가 레비틴과 함께 집에 앉아 있는데 전화벨이 울렸다. 그는 전화를 받더니 얼굴을 찡그리고 두 사람에게 이렇게 말했다.

"스탈린과 통화를 하라는군."

니타는 즉시 옆방으로 달려가 연결된 다른 전화를 들었다.

권력층의 목소리가 이렇게 말했다. "드미트리 드미트리예비치, 안녕하시오?"

"예, 감사합니다. 이오시프 비사리오노비치, 잘 지내고 있습니다. 다만, 복통 때문에 좀 고생하고 있습니다."

"그거 안됐군요. 의사를 찾아보도록 하겠소."

"감사합니다만 괜찮습니다. 저는 아무것도 필요하지 않습니다. 필요한 것은 다 있습니다."

"그거 다행이로군요." 잠시 침묵이 흘렀다. 그러더니 억센 조지아 억양의, 수백만의 라디오와 스피커에서 흘러나오는 목소리가 뉴욕에서 열릴 문화 과학 세계 평화 회의에 대해 알고 있느냐고 물었다. 그는 그렇다고 대답했다.

"그러면 어떻게 생각하오?"

"제 생각에는, 이오시프 비사리오노비치, 평화가 언제나 전쟁보다 낫습니다."

"좋소. 그렇다면 우리 대표단으로 참석해도 되겠군."

"아뇨, 유감스럽지만 그럴 수는 없습니다."

"못 한다고?"

"몰로토프 동지가 제게 물어보았습니다. 건강이 좋지 않아서 참석할 수 없다고 말씀드렸습니다."

"말했잖소, 몸이 안 좋으면 의사를 보내주겠다니까."

"그것만이 아닙니다. 비행기를 타면 멀미를 합니다. 비행기를 탈 수가 없습니다."

"그것도 문제가 안 되오. 의사가 약을 처방해 줄 거요."

"친절에 감사합니다."

"그러면 가겠소?"

그는 잠시 입을 다물었다. 한편으로는 한 마디만 말을 잘못 해도 노동 수용소행이라는 것을 잘 알고 있었지만, 다른 한편으로는 자신도 놀랄 일이지만 두렵지 않았다.

“아뇨, 정말로 갈 수 없습니다, 이오시프 비사리오노비치. 다른 이유도 있습니다.”

“그래?”

“정장이 없습니다. 정장이 없으면 대중 앞에서 연주를 할 수가 없습니다. 그리고 유감이지만 살 여유도 없습니다.”

“그건 내 소관이 아니지만, 드미트리 드미트리예비치, 중앙위원회 행정실에 만족할 만한 것으로 한 벌 마련해 놓도록 이르겠소.”

“감사합니다. 하지만 또 문제가 있습니다.”

“그것도 얘기해 보시오.”

그렇다, 스탈린이 모를 수도 있다.

“실은 제가 지금 아주 어려운 처지에 있습니다. 저기 미국에서는 제 음악이 자주 연주되고 있지만, 여기에서는 연주되지 않고 있습니다. 그들이 물어볼 텐데요. 그러면 이런 상황에서 제가 어떻게 처신하면 좋겠습니까?”

“당신 음악이 연주되지 않고 있다니, 그게 무슨 소리요, 드미트리 드미트리예비치?”

"연주가 금지되어 있습니다. 작곡가 조합의 제 동료들 중 상당수의 음악도 그렇고요."

"금지되었다고? 누가 금지했단 말이오?"

"연주곡목 선정 국가 위원회에서요. 작년 2월 14일부터입니다. 연주할 수 없는 곡들의 긴 목록이 있습니다. 하지만 이오시프 비사리오노비치, 짐작하시겠지만 그 결과로 콘서트 매니저들이 제 다른 작품들도 다 프로그램에 넣지 않으려 하게 되었습니다. 그리고 음악가들도 연주하기를 두려워합니다. 그러니까 사실상 저는 블랙리스트에 오른 셈입니다. 제 동료들도 마찬가지고요."

"그러면 누가 그런 명령을 내렸단 말이오?"

"지도자 동지들 중 한 명이었겠지요."

"아니요." 권력층의 목소리가 대답했다. "우리는 그런 명령을 한 적이 없소."

그는 권력층에게 잠시 그 문제를 생각할 시간을 주었고, 권력층은 그렇게 했다.

"아니, 우리는 그런 명령을 하지 않았소. 그건 착오요. 착오는 시정될 것이오. 당신의 작품 중 어느 것도 금지된 적이 없소. 다 얼마든지 연주할 수 있소. 언제나 그랬소. 공식적인 문책이 있어야 할 것이오."

며칠 뒤 다른 작곡가들과 함께 그는 금지 명령서 원본 한 부를 받았다. 맨 앞장에는 그 훈령이 불법임을 인정하며, 이를 발표한 연주곡목 선정 국가 위원회를 문책했다는 문서가 스테이플러로 찍혀 있었다. 수정문에는 이렇게 서명이 되어 있었다. '소련 각료회의 의장, 스탈린.'

그리하여 그는 뉴욕으로 떠났다.

그가 생각할 때 무례함과 독재는 깊은 연관이 있었다. 그는 레닌이 자신의 정치적 유서를 구술시키고 후계자가 될 만한 사람을 고를 때, 스탈린의 큰 결점을 '무례함'으로 보았다는 사실을 놓치지 않았다. 그리고 자신의 세계에서 '독재자'로 감탄스럽게 묘사되는 지휘자들이 보기 싫었다. 최선을 다하는 오케스트라 단원에게 무례하게 구는 것은 부끄러운 일이었다. 그런데 이러한 독재자들, 지휘봉을 잡은 황제들은 그런 표현을 즐겼다—마치 오케스트라를 채찍질하고 멸시하고 굴욕을 주어야만 그들이 제대로 연주를 할 수 있다는 듯이.

토스카니니가 최악이었다. 그는 토스카니니가 지휘하는 모습을 본 적은 한 번도 없고, 레코드로만 알았다. 그러나 모든 것이 다 틀렸다—박자, 분위기, 뉘앙스…… 토스카니니는 음악을 고기 다지듯 난도질하고 그 위에 구역질 나는 소스를 처발랐다. 그를 정말 화나게 한 것이 그 점이었다. 그 '거장'이 한번은 그에게 그의 교향곡 7번 레코드를 보내온 적이 있었다. 그는 고명하신 지휘자의 여러 실수를 지적하는 답신을 보냈다. 토스카니니가 편지를 받았는지, 받았다면 알아듣기는 했는지 알 수는 없었다. 얼마 안 있어 드미트리 드미트리예비치 쇼스타코비치가 명예로운 토스카니니 협회의 명예회원으로 선출되었다는 영광스러운 소식이 날아든 것으로 보아 어쩌면 칭찬만 쓰여 있으리라 지레짐작했을 수도 있다. 그리고 곧 그에게 전부 위대한 노예 감시인이 지휘한 축음기 레코드판들이 선물로 도착하기 시작했다. 그는 당연히 듣지 않고 미래의 선물로 쌓아두었다. 친구들을 위한 것이 아니라, 좋아하리라고 미리 말할 수 있는 그런 부류의 지인들에게 줄 것이었다.

그것은 단지 자부심의 문제거나, 음악에만 관련된 문제가 아니었다. 그런 지휘자들은 오케스트라에게 고함을 지르고 욕을 퍼붓고, 소란을 벌이고, 지각한 클라리넷 제1주자를 해고하겠다고 협박했다. 그러면 오케스트라는 그런 수모를 다 참고, 지휘자의 등 뒤에서 험담하는 것으로 대응했다 — 그의 '진짜 사람됨'을 보여주는 험담들이었다. 그러나 결국 그들은 이 지휘봉의 황제가 믿는 대로 믿게 되었다. 즉, 채찍질을 당해야만 연주를 잘한다는 것이었다. 이 마조히스트적인 무리는 옹기종기 모여서 가끔씩 서로 비꼬는 말을 던지기도 했지만, 속으로는 지도자의 고귀함과 이상주의, 목적의식, 책상 뒤에서 그저 뜯고 불었던 자들보다 더 넓은 시야를 가진 지도자를 존경했다. 거장은 가끔 가혹할 때도 있지만 다 그럴 만해서 그런 것이며, 따라야 할 위대한 지도자였다. 자, 이래도 오케스트라가 사회의 축소판이라는 사실을 부인할 사람이 누구인가?

그래서 이처럼 자기 앞의 악보만으로는 참지 못하는 지휘자가 오류나 결함을 생각할 때, 그는 언제나 오래전에 완벽하게 다듬어놓은 공손하고 의례적인 답변을 주었다.

그래서 다음과 같은 대화를 상상했다.

권력층: "자, 우리는 혁명을 이루어냈소!"

시민 오보에 제2주자: "예, 물론 굉장한 혁명입니다. 그리고 기존의 것에서 대단한 진보를 이루었습니다. 정말로 엄청난 성취입니다. 하지만 가끔씩, 궁금한 게…… 물론 완전히 잘못된 생각일지 모르겠습니다만, 꼭 기술자, 장군, 과학자, 음악학자들을 죄다 쏴 죽여야만 했을까요? 수백만 명의 사람들을 수용소로 보내 노예처럼 죽도록 일하게 하고, 모두 공포에 질리게 만들어서 혁명의 이름으로 가짜 자백을 짜내야 했을까요? 중요하지 않은 이들조차 수백 명이 매일 밤 잠자리에서 끌려 나와 빅 하우스나 루비안카*로 잡혀가 고문을 받고 순전히 꾸며낸 문서에 서명을 한 다음, 뒤통수에 총알이 박히도록 기다리는 체제를 세워야만 했을까요? 그냥 좀 궁금해서요."

권력층: "그렇지, 그래, 무슨 말인지 다 알아. 자네 말이 옳아. 하지만 당분간은 이대로 두자고. 다음번에는 좀 바꿔 보지."

몇 년 동안 그는 늘 똑같은 신년 건배사를 했다. 1년 364일 내내, 모든 것이 가능한 최고의 세계들 중에서도 최고라는, 낙원이 건설되었다는, 혹은 통나무 몇 개만 쪼개고 나무 부스러기 백만 개만 더 날리고, 사보타주하는 사람들 수십만 명을 총살해 죽이기만 하면 곧 낙원이 올 거라는 권력층의 매일같이 되풀이되는 정신 나간 주장을 온 나라가 들어야 했다. 더 행복한 세월이 올 거라는—벌써 온 것이 아니라면. 그리고 365일째 되는 날이면 그는 잔을 들고 최대한 엄숙한 목소리로 이렇게 말하곤 했다. "건배합시다 — 전혀 더 나아지지 않

* 구소련의 모스크바 중심부에 있는 구치소.

는 세상을 위해!"

물론 러시아가 독재자를 처음 겪어본 것은 아니었다. 아이러니가 그렇게 잘 발달한 이유가 바로 그 때문이다. '러시아는 코끼리들의 고향이다'라는 속담이 있다. 러시아는 모든 것을 발명해 냈다. 왜냐하면…… 음, 우선 러시아니까. 러시아에서는 환각이 일상이었다. 두 번째로, 이제는 역사상 사회적으로 가장 진보한 나라인 소비에트 러시아니까. 거기에서는 뭐든 제일 처음 발견되는 것이 당연했다. 그래서 포드 자동차 회사가 포드 모델 A를 버리자, 소비에트 당국이 제조공장을 통째로 사들였다. 보라, 소비에트가 디자인한 20인승 버스며 소형 트럭이 지구상에 나타났음을! 트랙터 공장도 같은 식이었다. 미국 전문가들이 조립하고 미국에서 수입해 온 미국 생산 라인이 갑자기 소비에트 트랙터를 생산하게 된 것이다. 혹은 라이카 카메라를 복제한 것이 펠릭스 제르진스키의 이름을 따 FED로 새롭게 태어나 더욱더 소비에트적인 제품이 된다. 기적의 시대가 지나갔다고 누가 그러던가? 그러니까 말만 바꿔 붙이면 만사형통이었고, 말이 지닌 변형의 힘이야말로 진정 혁명적이었다. 예를 들자면 프랑스 빵이 그랬다. 다들 프랑스 빵으로 알고 오랫동안 그렇게 불러왔다. 그러던 어느 날 프랑스 빵이 가게에서 사라졌다. 그 대신 '도시 빵'이 나왔다—물론 정확히 똑같은 것이었지만 이제는 소비에트 도시의 애국적인 생산품이었다.

진실을 말하는 것이 불가능해질 때에는—그 자리에서 죽게 될 테니—위장을 해야 했다. 유대 민속음악에서는 절망을 춤으로 위장한다. 그래서 진실의 위장은 아이러니였다. 독재자의 귀는 아이러니를 알아듣도록 맞춰져 있지 않으므로. 이전 세대—혁명을 이루었던 그 늙은 볼셰비키들—는 이를 이해하지 못했고, 그들 중 그토록 많은 이들이 죽어간 것도 어느 정도는 그 때문이었다. 그의 세대는 본능적으로 아이러니를 더 잘 알았다. 그래서 뉴욕에 가기로 한 다음 날, 그는 다음과 같은 편지를 썼다.

이오시프 비사리오노비치,

우선 어제 나눈 대화에 대해 진심에서 우러나온 감사를 드리고 싶습니다. 곧 떠날 미국 여행을 크게 걱정하고 있던 터라, 당신의 도움이 큰 힘이 되었습니다. 저를 이렇게까지 믿어주시니 자랑스럽기 그지없습니다. 맡은 바 임무를 잘 수행하겠습니다. 평화를 지키는 우리 위대한 소비에트 인민을 대신해 발언을 할 수 있게 되어 크나 큰 영광입니다. 이러한 중차대한 임무를 수행하는 데 제 몸이 좀 불편한 것쯤이야 장애가 될 수 없습니다.

그는 편지에 서명을 하면서 위대한 지도자이자 조타수가 직접 읽어볼지 의심스러웠다. 아마도 내용만 전달될 테고 편지는 어느 기록 보관소의 서류철 속으로 사라질 것이다. 아마도 수십 년, 어쩌면 수 세대, 아니 2천억 년 동안 거기 고이 있게 될지도 모른다. 그러다 누군가가 그것을 읽어보고 그가 그 편지로 하려던 말이 정확히 무엇인가 의아해할지 모른다.

이상적인 세계에서라면 젊은이는 아이러니한 사람이어서는 안 된다. 그 나이 대에는 아이러니가 성장을 막고 상상력을 저해한다. 남을 믿고, 낙관적인 태도를 가지며, 모든 것에 대해 모든 이에게 솔직히 대하는, 활기차고 개방적인 마음 상태에서 삶을 시작하는 것이 가장 좋다. 그러다 세상사와 사람들을 좀 더 잘 이해하게 되면서 아이러니의 감각을 발전시킬 때가 온다. 인간 삶의 자연스러운 진행 방향은 낙관주의에서 비관주의로 가는 것이다. 아이러니의 감각은 비관주의를 누그러뜨려 균형과 조화를 만들어내는 데 도움이 된다.

그러나 여기는 이상적인 세계가 아니어서, 아이러니는 갑작스럽게 이상한 방식으로 쑥 자라났다. 버섯처럼 하룻밤 새, 암처럼 무시무시하게.

냉소주의는 파괴자와 사보타주 주동자들의 언어로 통했기에, 그것을 쓰면 위험해졌다. 그러나 아이러니는—어쩌면 가끔씩은, 그는 그러기를 바랐다—시대의 소음이 유리창을 박살 낼 정도로 커질 때조차—자신이 가치 있게 여기는 것을 지킬 수 있게 해줄지도 모른다. 그가 가치 있게 여기는 것이 무엇일까? 음악, 그의 가족, 사랑. 사랑, 그의 가족, 음악. 중요도는 바뀔 수 있었다. 아이러니가 그의 음악을 보호해 줄 수 있을까? 잘못된 귀들이 듣지 못하도록 소중한 것을 숨겨서 통과시킬 수 있는 비밀의 언어로 음악이 남아 있는 한은 가능할 것이다. 그러나 음악이 암호로만 존재할 수는 없었다. 때로는 솔직하게 다 털어놓고 말하고 싶어 좀이 쑤셨다. 아이러니가 자식들을 보호해 줄 수 있을까? 열 살 먹은 막심은 학교에서 음악 시험 중 아버지를 공개적으로 비난해야만 했다. 이런 처지에 갈리야와 막심에게 아이러니가 무슨 소용이 있을까?

사랑으로 말하자면—그의 어색하고, 휘청거리고, 퉁명스럽고, 짜증나게 하는 사랑 표현이 아니라, 일반적인 의미에서의 사랑. 그는 언제나 사랑은 자연의 힘으로서, 파괴할 수 없다고 믿었다, 사랑이 위험에 처할 때는 아이러니로 덮어 단단히 싸매 보호해야 한다고 믿었다. 그런데 이제는 좀 자신이 없어졌다. 이렇게 파괴에 도가 튼 독재가 사랑이라고 의도적이든 아니든 파괴하지 않을 이유가 있겠는가? 독재는 당과 국가, 위대한 지도자이자 조타수, 인민을 사랑하라고 요구했다. 개인적인 사랑—부르주아적이고 배타적인—은 이러한 위대하고 고귀하며 무의미하고 아무 생각 없는 '사랑'에 정신을 집중하지 못하게 했다. 이런 시대에 사람들은 항상 충분히 자기 자신이 되지 못할 위험에 처해 있었다. 사람들을 충분히 공포에 몰아넣는다면 그들은 뭔가 다른 것, 축소되고 줄어든 것이 되었다. 즉, 단지 생존을 위한 기술이 되었다. 그래서 그가 경험한 것은 불안만이 아니라 짐승 같은 공포인 경우가 많았다. 사랑의 최후의 날이 닥쳤다는 공포.

나무를 쪼개면 파편이 튄다. 사회주의 건설자들이 즐겨 하는 말이다. 하지만 도끼를 내려놓고 보니 목재 야적장 전체에 온통 나무 부스러기밖에 남지 않았다면?

전쟁 중 그는 '영국 시인들의 시 여섯 편'에 곡을 붙였다—연주곡목 선정 국가 위원회가 금지했다가 나중에 스탈린이

해금해 준 작품들 중 하나였다. 다섯 번째 곡은 셰익스피어의 「소네트 66번」이었다. "이 모든 것에 지쳐 휴식 같은 죽음을 원하노라……." 모든 러시아인처럼 그 역시 셰익스피어를 사랑했고, 파스테르나크의 번역으로 잘 알고 있었다. 파스테르나크가 「소네트 66번」을 사람들 앞에서 낭송할 때, 청중은 첫 여덟 행 내내 아홉째 행을 애타는 마음으로 기다렸다.

예술이 권력에 혀가 묶이는 것을 보고

바로 그 대목에서 사람들이 반응했다 — 어떤 이들은 숨을 죽이고, 어떤 이들은 수군대고, 대담한 이들은 포르티시모로 떠들었지만, 모두 그 행이 거짓이라 했고, 혀가 묶이지 않았다고 부인했다.

그렇다, 그는 셰익스피어를 매우 좋아했다. 전쟁 전에 「햄릿」 연극을 위한 음악을 만들기도 했다. 인간 영혼과 인간 조건에 대한 셰익스피어의 심오한 이해를 누가 의심하겠는가? 『리어 왕』보다 인간의 환상을 산산이 부수는 더 위대한 초상이 있겠는가? 아니, 그것은 정확한 표현이 아니었다. 그것은 단 하나의 위대한 위기를 뜻하므로, 산산이 부수는 것이 아니었다. 그보다는 인간의 환상에 무슨 일이 일어났는가 하면, 그

환상들은 무너져 내리고 말라죽어 버렸다. 영혼 깊숙이까지 닿는 치통처럼, 길고도 지루한 과정이었다. 그러나 이라면 뽑아버리면 끝이다. 하지만 환상은 죽었을 때조차도 계속해서 우리 안에서 썩어가며 악취를 풍긴다. 그 맛과 냄새로부터 벗어날 수가 없다. 우리는 내내 그것을 끌고 다닌다. 그 역시 그러했다.

어떻게 셰익스피어를 사랑하지 않을 수가 있겠는가? 무엇보다도 셰익스피어는 음악을 사랑했다. 그의 희곡은 비극조차도 음악으로 가득했다. 리어가 음악 소리에 광기에서 깨어나는 순간…… 그리고 『베네치아의 상인』에서 셰익스피어가 음악을 좋아하지 않는 사람이라면 신뢰할 수 없다고, 그런 사람은 살인이나 반역과 같은 비열한 행동조차 할 수 있는 자라고 말하는 장면. 그러니까 당연히 폭군들은 아무리 음악을 좋아하는 척하려 애를 써도 음악을 싫어했다. 그들은 시는 더욱 싫어했다. 아흐마토바*가 무대로 나왔을 때 온 관객이 다 자기도 모르게 일어서서 기립박수를 보냈다. 그는 레닌그라드 시인들의 낭송회에 참석하지 못한 것이 아쉬웠다. 그 행동이 스탈린을 격노하게 만들었다. "누가 일어서도록 주동했소?" 그러나

* 1889~1966. 러시아의 시인.

독재자들이 시보다도 훨씬 더 증오하고 두려워한 것이 극장이었다. 셰익스피어는 자연에 거울을 비추었다. 누가 자기 자신의 반사된 상을 참고 볼 수 있겠는가? 그래서 「햄릿」은 오랫동안 금지되었다. 스탈린은 「맥베스」만큼이나 그 연극을 혐오했다.

하지만 그럼에도 불구하고, 셰익스피어는 그 누구와도 견줄 수 없이 핏물에 무릎까지 담근 독재자들을 탁월하게 묘사해냈지만, 그래도 조금은 순진한 데가 있었다. 그의 괴물들에게는 의심, 나쁜 꿈, 양심의 가책, 죄의식이 있었던 것이다. 그들은 자기가 죽인 자들의 유령이 눈앞에서 일어나는 것을 보았다. 그러나 실제 삶에서는, 실제 공포 아래서는, 죄책감을 느끼는 양심이 뭐란 말인가? 나쁜 꿈 따위가 뭣인가? 다 감상주의, 헛된 낙관주의, 세상이 예전 모습 그대로이기보다는 우리가 바랐던 대로 될 것이라는 희망에 불과했다. 나무를 쪼개어 파편이 튀게 만든 자들, 빅 하우스의 책상에 앉아 벨로모리를 태우는 자들, 명령서에 서명을 하고 전화 통화를 하고 서류철을 닫으며 한 생명을 끝내버리는 자들. 그들 중 악몽을 꾸거나 죽은 자의 유령이 일어나 자신을 책망하는 모습을 본 자가 과연 몇이나 되었겠는가.

일프와 페트로프는 이렇게 썼다. "소비에트 권력을 사랑하는 것만으로는 충분치 않다. 그것이 당신을 사랑해야 한다." 그 자신은 한 번도 소비에트 권력의 사랑을 받아볼 일이 없을 것이다. 그는 애초에 출신이 잘못되었다. 수상한 도시인 상트레닌스부르크의 자유주의 인텔리겐치아였다. 소련 사람들에게는 프롤레타리아의 순수성이 나치의 아리안족 순수성만큼이나 중요했다. 게다가 그에게는 허영심이랄지 어리석음 같은 것이 있어서, 당이 어제 한 말이 오늘 하는 말과 완전히 모순되는 경우가 적지 않다는 것을 알아채고 기억했다. 그는 음악과 가족과 친구들만 남기고 혼자 있고 싶었다. 단순하기 짝이 없는 소망이었지만 실현될 가망이 전혀 없는 소망이었다. 그들은 그를 다른 모든 이들처럼 만들고 싶어 했다. 백해 운하의 노예 노동자처럼 그를 고쳐내고 싶어 했다. 그들은 '낙관적인 쇼스타코비치'를 요구했다. 온 세상에 피와 가축 오물이 목까지 차올라 있다 해도 얼굴에 미소를 잃지 말아야 하는 것이다. 그러나 비관적이고 신경질적인 것이 예술가의 천성이다. 그래서 그들은 예술가가 아니기를 바랐다. 그러나 그들에게는 이미 예술가 아닌 예술가들이 너무나 많다! 체호프의 말처럼 "커피를 내왔는데 그 안에서 맥주를 찾으면 안 된다."

또한 그는 갖추어야 할 정치적 기술 중에서 한 가지도 갖춘 것이 없었다. 그는 남의 신발을 핥는 취미가 없었다. 언제 무고한 자를 음해하는 음모를 꾸며야 하는지, 언제 친구를 배신해야 하는지도 몰랐다. 그런 일에는 흐레니코프* 같은 사람이 필요했다. 관리의 영혼을 가진 작곡가, 니콜라예비치 흐레니코프. 흐레니코프는 음악을 듣는 귀는 그저 그랬지만 권력을 잡는 데에는 절대음감을 타고났다. 들리는 말로는 이런 인재를 알아보는 능력을 타고난 스탈린이 그를 간택했다고 했다. '끼리끼리 통한다'는 말도 있지 않던가.

흐레니코프는 출신도 딱 맞게 말 장수 집안에서 태어났다. 그는 귀가 먹통인 자들로부터 주문받는 일을 자연스럽게 받아들였다—작곡에서 지시받는 것도 마찬가지였다. 그는 1930년대 중반 이후로는 자기보다 재능 있고 독창적인 예술가들을 공격했고, 스탈린이 그를 1948년 작곡가 협회 제1서기로 앉히자 그의 권력은 공식적인 것이 되었다. 그는 귀에서 피가 흐르게 할 정도의 온갖 전문용어들을 동원해 형식주의자와 근본 없는 코즈모폴리턴들에 대한 공격을 주도했다. 많은 이들이 경력을 망치고, 작품은 탄압을 받고, 가족이 흩어졌다…….

* 1913~2007. 정치 활동으로 더 유명했던 소련의 작곡가.

그러나 권력에 대한 그의 이해만큼은 경탄할 만했다. 그 점에서라면 그를 따라갈 인물이 없었다. 상점에는 사람들에게 처신하는 법을 보여주는 포스터가 붙어 있곤 했다. 고객과 점원 여러분, 서로에게 공손히 대하시오. 그러나 점원은 항상 손님보다 더 중요했다. 고객은 많고 점원은 한 명뿐이었다. 이와 비슷하게, 작곡가들은 많지만 제1서기는 한 명뿐이었다. 흐레니코프는 동료들에게 포스터 따위는 본 적도 없는 상점 점원처럼 행동했다. 그는 자신의 조그만 권력을 절대적인 것으로 만들어 동료들의 요구를 멋대로 거부하거나 보상을 주었다. 그리고 여느 성공한 관리들이 그렇듯이, 진정한 권력이 어디 있는지 결코 잊지 않았다.

드미트리 드미트리예비치가 예전에 교수로 일할 때 음악학교에서 그의 의무 중 하나는 학생들의 마르크스-레닌주의 이데올로기 시험을 돕는 것이었다. 그는 "예술은 인민의 것이다-V. I. 레닌"이라고 적힌 거대한 현수막 아래에 주 시험관과 함께 앉아 있었다. 그는 정치 이론에 대한 이해가 깊지 않았으므로 대개는 입을 다물고 있었는데, 그러다 결국 하루는 그의 상관이 제대로 참여하지 않는다고 그를 질책했다. 그래서 다음 학생이 들어오고 주 시험관이 그의 부하 직원에게 날

카롭게 고개를 끄덕이자 그는 생각해 낼 수 있는 것 중에서 가장 단순한 질문을 던졌다.

"자, 예술은 누구의 것이지?"

학생은 당황한 기색이 역력했다. 그는 도와주려고 살짝 힌트를 주었다.

"레닌이 뭐라고 말했지?"

그러나 그녀는 너무나 겁에 질려 힌트를 알아차리지도 못했다. 그가 고개를 기울이고 눈을 위로 치켜떠도 그녀는 답을 찾아내지 못했다.

그가 보기에 그녀는 잘해왔고, 종종 음악학교 복도나 계단에서 그녀가 눈에 띄면 격려의 미소를 보내주곤 했었다. 그렇게 대놓고 힌트를 주었는데도 알아차리지 못한 것을 보면, 그가 기묘하게 눈을 굴리거나 고개를 흔들어대던 동작들처럼 그 미소조차도 이 저명한 작곡가가 자기 힘으로 통제할 수 없는 틱 증상의 하나라고 생각할지도 몰랐지만. 그러나 그녀를 마주칠 때마다 그의 머릿속에서 그 질문이 다시금 되풀이해 울렸다. "자, 예술은 누구의 것이지?"

예술은 모두의 것이면서 누구의 것도 아니다. 예술은 모든 시대의 것이고 어느 시대의 것도 아니다. 예술은 그것을 창조하고 향유하는 이들의 것이다. 예술은 귀족과 후원자의 것이 아니듯, 이제는 인민과 당의 것도 아니다. 예술은 시대의 소음 위로 들려오는 역사의 속삭임이다. 예술은 예술 자체를 위해서 존재하는 것이 아니라, 인민을 위해 존재한다. 그러나 어느 인민이고, 누가 그들을 정의하는가? 그는 항상 자신의 예술이 반귀족적이라고 생각했다. 그를 깎아내리는 사람들이 주장하듯이 그가 부르주아 코즈모폴리턴 엘리트 층을 위해 작곡을 했는가? 그렇지 않다. 그를 비난하는 자들이 그에게 바라듯, 교대 근무에 지쳐 마음을 달래주는 위안거리가 필요한 도네츠 광부들을 위해 작곡을 했는가? 그것도 아니다. 그는 모든 이들을 위해 작곡을 했고, 누구를 위해서도 작곡하지 않았다. 그는 사회적 출신과 무관하게 자신이 만든 음악을 가장 잘 즐겨주는 이들을 위해서 작곡을 했다. 들을 수 있는 귀들을 위해 작곡을 했다. 그래서 그는 예술의 참된 정의는 편재하는 것이며, 예술의 거짓된 정의는 어느 한 특정 기능에 부여되는 것임을 알고 있었다.

건물 공사 현장의 크레인 기사가 노래를 작곡해 그에게 보내온 적이 있었다. 그는 이렇게 답장을 했다. "당신은 정말로 훌륭한 일을 하고 있습니다. 당신은 꼭 필요한 집들을 짓고 있습니다. 제가 드리고 싶은 조언은 당신이 하는 쓸모 있는 일을 계속하시라는 겁니다." 크레인 기사가 곡을 쓸 능력이 없다고 생각해서가 아니라, 이 작곡가 지망생이 보여준 재능이 그가 크레인 운전실에 들어가 레버를 조작하도록 지시를 받는다면 보여줄 수 있을 정도의 것이기 때문이었다. 또한 그는 옛날에 귀족이 그에게 비슷한 수준의 작품을 보냈다면 이렇게 답할 용기가 있기를 바랐다. "전하, 한 손에는 귀족의 품위를 유지할 책임을 지니고, 다른 손에는 전하의 영지에서 노동하는 자들의 안녕을 돌볼 책임을 지니셨으니 전하의 지위는 참으로 높고도 어렵습니다. 제가 전하께 드리고픈 조언은 전하가 하시는 쓸모 있는 일을 계속 하시라는 것입니다."

스탈린은 베토벤을 매우 좋아했다. 스탈린이 그렇게 말했고 많은 음악가들이 그 말을 따라 했다. 스탈린은 베토벤이야말로 진정한 혁명가였기에, 산처럼 숭고했기 때문에 좋아했다. 스탈린은 숭고한 것이면 뭐든지 다 좋아했고, 바로 그 때문에 베토벤을 좋아했다. 사람들로부터 그 얘기를 들었을 때 그는 귀로 토하고 싶은 심정이었다.

그러나 베토벤에 대한 스탈린의 애정으로부터 한 가지 논리적인 결과가 나왔다. 물론 그 독일인은 부르주아적이고 자본주의적인 시대에 살았다. 그래서 프롤레타리아와의 유대감, 그들이 노예 상태를 벗어나는 것을 보고 싶은 마음은 당연히 혁명 이전의 정치 의식에서 나온 것이었다. 그는 선구자였다. 그러나 이제 오랫동안 바라왔던 혁명이 일어났으니, 지구상에서 정치적으로 가장 진보한 사회가 건설되었으니, 에덴동산, 약속의 땅, 유토피아가 모두 하나로 합쳐졌으니, 논리적으로 어떤 결과가 나올지는 자명했다. 바로 붉은 베토벤이었다.

이 터무니없는 아이디어가 어디에서 나왔건—아마도 다른 것들이 대개 그랬듯이 위대한 지도자이자 조타수 자신의 머리에서 온전한 형태를 다 갖춘 채 튀어나왔겠지만—일단 입 밖으로 나오면 반드시 실현되어야 하는 개념이었다. 붉은 베토벤은 어디에 있는가? 그리하여 아기 예수를 찾으려는 헤롯의 탐색 이후로 유례가 없었던 전국적인 탐색이 이루어졌다. 자, 러시아가 코끼리들의 고향이라면, 붉은 베토벤의 고향 또한 러시아가 안 될 이유가 뭐겠는가?

스탈린은 그들이 모두 국가라는 메커니즘의 나사라는 사실을 확인시켰다. 그러나 붉은 베토벤은 숨어 있기 힘든 강력한 톱니일 것이다. 물으나 마나 그는 순수한 프롤레타리아이며 당의 일원이어야 했다. 다행히도 드미트리 드미트리예비치 쇼스타코비치는 해당 사항이 없는 조건들이었다. 그 대신 이 조건들은 한동안 RAPM*의 리더들 중 한 명이었던 알렉산데르 다비덴코에게 해당되었다. 1929년 붉은 군대가 중공군을 상대로 거둔 영광스러운 승리를 기념하고자 쓴 그의 작품 「그들은 우리를 패배시키려, 패배시키려 했네」는 「대안의 노래」보다도 훨씬 더 큰 인기를 누렸다. 독주자들과 대규모 합창단, 피아니스트, 바이올리니스트, 현악 사중주가 연주하여 10년을 꼬박 온 나라를 들썩이고 활기를 북돋아주었다. 언제인가부터 그 곡이 다른 쓸 만한 음악 전부를 대신하는 듯했다.

다비덴코는 흠 잡을 데 없는 완벽한 자격을 갖추었다. 그는 모스크바의 고아원에서 가르쳤으며, 제화공 조합, 섬유 노동자 조합, 심지어 세바스토폴의 흑해 함대의 음악 활동까지 감독했다. 그는 1905년 혁명에 대한 진정한 프롤레타리아 오페라를 작곡했다. 그러나, 그러나…… 그런 자격들을 갖추었어도 그는 여전히 「그들은 우리를 패배시키려, 패배시키려 했네」의 작곡가로 남았다. 물론 곡조가 제법 아름답고 형식주의적 경향은 전혀 없는 작품이었다. 그러나 다비덴코는 하나의 위대한 성공을 기반으로 해 스탈린이 내려주고 싶어 안달하는 타이틀을 얻는 데에는 실패했다. 그것이 그에게는 행운일

* 러시아 프롤레타리아 음악가 협회.

수도 있었다. 붉은 베토벤은 일단 왕관을 쓰면 붉은 나폴레옹과 같은 운명을 맞게 될지도 몰랐다. 아니면 「대안」의 작사가인 보리스 코르닐로프나. 그가 '노래'에 붙인 가사들은 많은 사랑을 받았지만, 그 사랑도, 그 가사를 불렀던 그 모든 목소리도, 1937년 체포되어 1938년 소위 숙청되는 운명에서 그를 구해주지는 못했다.

붉은 베토벤을 찾으려는 탐색은 희극일 수도 있었다. 스탈린 주위에서 일어나는 일은 그 어느 것도 결코 희극이 아니라는 점만 제외하면. 위대한 지도자이자 조타수는 붉은 베토벤이 나타나지 않는 것은 소련의 음악 생활의 조직들과는 아무런 관계가 없으며, 전적으로 파괴자들과 사보타주 주동자들의 활동 탓이라고 쉽게 결론 내릴 수 있었다. 그러면 붉은 베토벤을 찾는 일을 훼방 놓으려 하는 자들이 누구일까? 두말할 것도 없이 형식주의 음악학자들이다! NKVD에게 시간을 충분히 주어라. 그러면 그들은 음악학자들의 음모를 틀림없이 밝혀낼 것이다. 그러면 그것은 농담이 아니게 될 것이다.

일프와 페트로프는 미국에는 정치 범죄는 없고, 일반 범죄만 있다고 보고했다. 또한 알 카포네가 알카트라즈 교도소에 있을 동안 허스트계 언론에 반소비에트 기사를 썼다고도 보고했다. 또한 미국인들에게는 '원시적인 요리 기술과 원시적이고 기계적 관능미인 방탕함'이 있다고 했다. 그는 콘서트 휴식 시간 동안 한 여자와 기묘한 사건이 있었지만, 잘 판단할 수가 없었다. 그는 로프를 쳐서 막아둔 곳에 있었는데 끈질기게 그의 이름을 부르는 여자 목소리가 들렸다. 그의 음악에 대해 얘기하고 싶어 하나보다고 생각하고, 그는 그녀에게 안으로 들어오라고 했다. 그녀는 그의 앞에 서서 밝고 거침없는 친근한 태도로 이렇게 말했다.

"안녕하세요. 제 사촌이랑 많이 닮았군요."

그 말이 첩자들이 접선할 때 하는 말처럼 들려서, 그는 방어적인 자세를 취했다. 그 사촌이 혹시 러시아인이냐고 물어보았다.

그녀가 대답했다. "아뇨. 완벽한 미국인이에요. 아니, 완벽 이상이죠."

그는 그녀가 그의 음악 얘기를 꺼내기를 기다렸다 — 아니면 그들이 참석 중인 콘서트 얘기라도 — 그러나 그녀는 할 말을 다 하고 나자 다시 밝고 거침없는 미소를 지으며 가버렸다. 그는 어리둥절했다. 그러니까 그가 다른 누군가를 닮았다는 것이다. 아니면 다른 누군가가 그를 닮았거나. 이게 무슨 의미가 있을까, 아니면 아무 의미도 없을까?

그는 세계 평화를 위한 문화 과학 회의에 참석하기로 동의했을 때, 달리 선택의 여지가 없다는 것을 알았다. 또한 자기가 소비에트적 가치의 대표이자 얼굴마담 역할을 하게 될지도 모른다고 생각했다. 그는 일부 환영하는 미국인들도 있겠지만 적대적인 이들도 있으리라 예상했다. 회의가 끝나고 뉴욕을 벗어나 뉴어크와 볼티모어에서 열리는 평화 집회에 가라는 지시를 받았다. 또한 예일대와 하버드대에서 연설을 하고 연주를 해야 했다. 그는 이러한 초청들 중 일부가 그들이 라구아르디아에 내렸을 때 이미 없던 일이 되었어도 놀라지 않았다. 국무부가 그들을 일찍 귀국시켰을 때에도 실망하지 않았다. 이 모든 것이 다 예상할 법한 일이었다. 그러나 뉴욕이 가장 순수한 굴욕과 도덕적 수치의 장소가 될 줄은 미처 예상치 못했다.

그 전해에 소련 영사관에서 일하는 한 젊은 여자가 창문에서 뛰어내려 정치적 망명을 요청한 일이 있었다. 회의 기간 동안 매일 한 남자가 "쇼스타코비치! 창문으로 뛰어내려라!"라고 쓴 팻말을 들고 월도프 아스토리아 밖에서 왔다 갔다 하며 시위를 했다. 원한다면 자유를 찾아 몸을 던질 수 있도록, 러시아 대표단이 머무는 건물 주변에 그물을 쳐놓자는 제안까지 나왔다. 그는 회의가 끝날 무렵에야 유혹이 있었음을 알았다 — 그러나 그가 뛰어내린다면 틀림없이 어떤 그물도 다 놓치게 될 것이라 확신했다.

아니, 그건 사실이 아니었다. 솔직하지 않았다. 어차피 그가 뛰어내리는 일은 없을 테니까 보도를 노리지 않을 것이다. 수년 동안 그가 몇 번이나 자살하겠다고 위협했던가? 셀 수도 없다. 그리고 몇 번이나 실제로 시도했던가? 한 번도 없었다. 자살할 마음이 없어서가 아니었다. 행동으로 옮기지 않았어도 진심으로 자살하고픈 심정일 수 있다면, 그는 그 순간에는 진심으로 자살하고 싶은 마음이었다. 한두 번은 일을 해치울 약을 사기까지 했지만, 그 사실을 혼자만 간직하고 있지를 못했다—그리하여 눈물겨운 몇 시간 동안의 말다툼 끝에 약을 빼앗겼다. 그는 자살하겠다고 어머니를, 타냐를, 그다음에는 니타를 협박했다. 모두 완벽하게 어린애 같은 짓이었지만 한편으로 모두 완벽하게 진심이었다.

타냐는 그의 협박에 깔깔 웃었다. 그의 어머니와 니타는 이를 진지하게 받아들였다. 그가 작곡가 총회에서 굴욕을 겪고 돌아왔을 때, 그를 달래준 사람은 니타였다. 그러나 그를 구한 것은 그녀의 도덕적 힘만이 아니었다. 정확히 그가 하는 일에서 그의 역할을 깨달았기 때문이기도 했다. 이번에 그는 자살하겠다고 타냐나 니타, 어머니를 협박하지 않았다. 권력층을 협박했다. 그는 작곡가 조합에, 그의 영혼에 대고 발톱을 가는 고양이들에게, 티혼 니콜라예비치 흐레니코프에게, 스탈린 본인에게 말했다. 당신들이 나를 어떻게 만들어놓았는지 봐라. 이제 곧 당신들의 손과 당신들의 양심에 내 죽음을 안겨주겠다. 그러나 그는 그게 공허한 협박임을 깨달았다. 권력층은 굳이 소리 내어 답할 필요조차 없었다. 바로 이런 얘기였을 것이다. 좋아, 어디 해봐라. 그러면 온 세상에 너의 이야기를 해주마. 네가 투하쳅스키의 암살 음모에 깊숙이 관여했으며, 수십 년 동안 소비에트 음악을 무너뜨리려고 획책하고, 젊은 작곡가들을 타락시키고, 소련에 자본주의를 다시 세우려 하고, 이제 곧 온 세상에 밝혀질 음악학자들의 음모에서 주도적인 역할을 했다는 이야기를. 다 네 유서에서 명백히 드러나게 될 것이다. 그래서 그는 자살하지 못했다. 그랬다가는 그들이 그의 이야기를 훔쳐가서 다시 쓸 테니까. 오직 자기 자신의 가망 없고 히스테릭한 방식으로, 그의 삶, 그의 이야기를 책임질 필요가 있었다.

그의 도덕적 수치심을 자극한 인물은 나보코프였다. 니콜라스 나보코프. 그는 작곡도 조금 했다. 1930년대에 러시아를 떠나 미국에 정착한 인물이었다. 마키아벨리는 망명자는 절대 믿지 말라고 했다. 그자는 아마도 CIA를 위해 일했을 것이다. 그러면 좀 낫다는 듯이.

월도프 아스토리아에서 열린 첫 공개회의에서, 나보코프는 맨 앞줄, 그의 바로 맞은편에 무릎이 닿을 정도로 가까이 앉았다. 근사한 미국식 트위드 재킷을 차려입고 머릿기름을 바른 이 러시아인은 무례하다 싶을 만큼 허물없는 태도로 그들이 있는 회의실을 패로큇 룸이라고 부른다고 알려주었다. 그는 패로큇이 앵무새라는 뜻이라고 설명했다. 그는 그 단어를 러시아어로 옮겨주었다. 그는 마치 그 아이러니를 누구나 다 말하지 않아도 알지 않겠느냐는 듯이 히죽거렸다. 앞줄에 떡 자리 잡고 앉은 것으로 보아 그는 진짜로 미국의 관계당국에서 급료를 받고 있었다. 이 때문에 드미트리 드미트리예비치는 진작부터 그랬지만 훨씬 더 신경이 곤두섰다. 그는 담배에 불을 붙이려다가 그만 성냥을 부러뜨렸다. 그게 아니면 정신이 딴 데 팔려서 담배가 다 타들어 가도록 몰랐다. 이 트위드 재킷의 망명자는 언제나 그 자리에서 라이터를 들고 마치 창밖으로 뛰어내려봐, 그러면 내 것처럼 근사한 반짝이는 라이터를 가질 수 있어, 라고 말하듯이 부드럽게 그의 코앞에서 그것을 딸각거렸다.

정치적인 이해력이 손톱만큼이라도 있는 사람이라면 누구나 그가 한 연설의 원고가 직접 쓴 것이 아니라는 사실을 알았을 것이다. 그는 금요일에는 짤막하게, 토요일에는 아주 길게 연설을 했다. 그는 연설문을 미리 전해 받고 준비하라는 지시를 받았다. 당연히 그는 지시를 따르지 않았다. 그들이 그를 질책하려 한다면, 자신은 작곡가이지 연설자가 아니라고 말해줄 셈이었다. 그는 금요일의 연설문을 뭉개진 발음으로 대충 웅얼거리며 빠르게 읽어서 그 글을 잘 모른다는 티를 확 냈다. 마치 마침표가 없는 듯이 무시하고 죽 읽었고, 효과를 강조하거나 반응을 기대하느라 잠시 멈추지도 않았다. 이건 나하고는 아무 관계도 없소, 그의 태도는 이렇게 말하고 있었다. 그리고 통역이 영어본을 읽을 동안 니콜라스 나보코프의 시선을 무시하고, 꺼질까 봐 겁이 나서 담배에 불을 붙이지도 않았다.

다음 날의 연설은 달랐다. 그는 자기 손에 든 연설문의 길이와 무게를 느꼈고, 그래서 그의 안녕을 염려하는 이들에게 사전 경고도 없이 첫 장만 읽고는 나머지 연설문 전체를 통역에게 떠넘기고 자리에 앉아버렸다. 영어본이 낭독되는 동안 그는 러시아어본을 따라 읽으며 음악과 평화 각각에 닥칠 위험에 대한 자신의 진부한 견해를 호기심을 갖고 살펴보았다. 그는 평화롭게 공존하는 적들과, 제3차 세계대전을 일으키려 하는 군국주의자들과 선동자 집단의 적극적인 활동을 공격하는 것으로 서두를 열었다. 특히 미국 정부가 본국에서 수천 마일 밖에 군사기지를 건설하고, 국제적인 의무와 조약을 도발하듯 짓밟고, 대량 살상용 신무기를 완성하고 있다며 비난했다. 이렇게 거칠고 무례한 언사에 한 차례 요란한 박수갈채가 쏟아졌다.

그런 다음 그는 미국인들에게 소비에트의 음악 시스템은 지구상의 그 어느 것보다도 우월하다고 거만하게 설명했다. 이 많은 오케스트라들, 군악대, 민요 그룹, 합창단은—사회 발전을 추동하는 데 음악의 역할을 보여주는 증거였다. 그래서, 예를 들면 소비에트 중앙아시아와 소비에트 극동 지역 인민들은 그들의 문화에서 차르 지배 시절 식민지 지위의 잔재를 최근 몇 년 사이 모두 다 떨어냈다. 우즈베크인들과 타지크인들은 멀리 떨어진 소련의 다른 인민들과 함께, 수준과 범위 면에서 전례가 없는 음악적 발전의 수혜를 받고 있다. 이 대목에서 그는 그가 읽어본 적도 들어본 적도 없는《뉴욕타임스》최근 기사에 군사면 편집자인 핸슨 볼드윈 씨가 소비에트 아시아의 주민들에 대해 경멸조의 글을 썼다며 공격했다.

그는 계속해서 이러한 발전은 인민과 당, 소비에트 작곡가의 사이를 더 가깝게 하고 필연적으로 서로에 대한 이해를 높이는 결과를 가져오게 된다고 주장했다. 작곡가가 인민을 인도하고 영감을 불어넣어야 한다면, 인민 또한 당을 통해 작곡가를 이끌고 영감을 주어야 한다. 적극적이고 건설적인 비판 정신이 있어서, 작곡가가 편협한 주관이나 내성적인 개인주의, 형식주의나 코즈모폴리턴주의의 오류에 빠질 경우에는, 다시 말해서 인민으로부터 멀어진다면, 그에게 경고를 할 수 있다. 그 역시 이 문제에서는 오류를 저지른 적이 없다고는 할 수 없다. 그는 소비에트 작곡가의 진정한 길에서, 큰 주제와 동시대의 이미지에서 멀어진 적이 있었다. 대중과 멀어져 한정된 층의 세련된 음악가들만을 즐겁게 해주려 했다. 그러나 인민은 그러한 일탈을 무심히 보고만 있을 수 없었다. 그래서 그는 대중의 비판을 받아들여 다시 올바른 길로 되돌아왔다. 그는 바로 그 과오에 대해 사죄했고 지금 거듭 사죄하고 있다. 앞으로는 더 잘하도록 노력할 것이다.

여기까지는 지극히 상투적이었다 — 적어도 그는 미국인들의 귀에 그렇게 들리기를 바랐다. 타국의 장소에서이기는 하지만, 다시 한번 꼭 필요한 죄의 고백이었다. 그러나 그때 그의 눈이 앞으로 건너뛰다가 본 것에 마음이 얼어붙었다. 그는 연설문에서 그 세기의 가장 위대한 작곡가의 이름을 보았다. 미국인의 악센트가 그 이름을 향해 나아가고 있었다. 먼저 대중을 위한 예술보다는 예술 자체를 위한 예술이라는 원칙을 신봉한 모든 음악가에 대한 일반적인 비난이 나왔다. 그는 자신이 이러한 잘못된 사례의 대표로 이고르 스트라빈스키의 작품을 말하는 것을 들었다. 스트라빈스키는 자신의 고국을 배반하고 반동적인 현대 음악가들의 패거리에 합류함으로써 인민으로부터 떨어져 나왔다. 이 작곡가는 망명 중에 자신의 허무주의적인 글에서 노골적으로 보여주었듯이 도덕적 불모성을 드러냈다. 그는 그 글에서 대중을 '한 번도 고려 사항에 넣어본 적이 없는 수량적 용어'로 치부하고, '나의 음악은 사실주의적인 것은 아무것도 표현하지 않는다'고 대놓고 떠벌렸다. 그리하여 그는 자신의 창작물이 무의미하고 내용 없음을 확인해 주었다.

이 글의 저자로 여겨지는 이는 수치심과 자기혐오에 휩싸였으나 겉으로는 미동도 없이 아무 반응도 보이지 않고 그 자리에 앉아 있었다. 어째서 이런 일을 예상치 못했던가? 글을 고칠 수도 있었을 것이다. 수정을 좀 한다든가 — 하다못해 소리 내어 읽으면서 러시아어 원고만이라도 적당히 바꿔 읽을 수 있었을 것이다. 그는 어리석게도 남들 앞에서 자신의 연설에 무관심한 태도를 보이면 도덕적 중립성의 표시가 될 줄 알았다. 그것은 순진한 만큼이나 어리석은 생각이었다. 그는 충격을 받았고, 미국인의 목소리가 프로코피예프로 넘어갔을 때에는 정신을 집중하기가 어려울 지경이었다. 세르게이 세르게예비치 또한 최근에 당의 노선에서 일탈해, 중앙 위원회의 지시에 주의를 기울이지 않았더라면 형식주의에 다시 빠질 위험에 처했을 것이다. 그러나 스트라빈스키는 구제 불능일 정도로 실패하고 만 반면, 프로코피예프는 주의한다면 아직은 올바른 길을 따름으로써 위대한 창조적 성공을 발견할 가능성이 있었다.

그는 이제 세계 평화에 대한 뜨거운 열망이 음악에 대한 무지한 편견과 결합된 결말로 나아갔고, 다시 한번 뜨거운 갈채를 받았다. 이것은 사실상 소비에트식 박수였다. 객석에서 몇 가지 무난한 질문들이 나왔고, 그는 통역과 갑자기 그의 옆에 나타난 친근한 조언자의 도움으로 이를 넘겼다. 그러나 바로 그때 트위드 재킷의 인물이 일어나는 것을 보았다. 이번에는 앞줄은 아니었지만, 청중이 이제 나올 질문을 보고 들을 수 있을 위치였다.

니콜라스 나보코프 씨는 정중한 척하지만 기분 나쁜 태도로 작곡가가 공적인 역할로 이 자리에 왔으며, 그의 연설에서 피력한 의견들은 스탈린 체제 대표단의 것이라는 점을 잘 알고 있노라는 말로 시작했다. 그러나 그는 대표로서가 아니라 작곡가로서 그에게 몇 가지 질문을 하고 싶었다 — 말하자면 작곡가 대 작곡가로 하는 질문으로.

"소비에트 언론에 소비에트 정부가 매일 늘어놓는 서구 음악에 대한 끔찍한 비난에 동의하십니까?"

그는 바로 옆에 있는 조언자의 존재를 느꼈지만, 굳이 그가 필요하지도 않았다. 달리 선택의 여지가 없었으므로 그는 어떻게 대답해야 할지 알고 있었다. 그는 미궁을 지나 최후의 방, 보상으로 음식 하나 없고 그저 발밑에 작은 문 하나만 뚫려 있는 방까지 온 것이다. 그래서 그는 높낮이 없는 목소리로 웅얼거렸다.

"예, 개인적으로 그런 의견들에 동의합니다."

"소비에트 콘서트홀에서 서구 음악을 금지한 데 개인적으로 동의하십니까?"

이 질문은 그에게 조금은 더 움직일 여지를 주었으므로, 그는 이렇게 대답했다.

"음악이 좋다면 연주할 것입니다."

"힌데미트, 쇤베르크, 스트라빈스키의 작품을 소비에트 콘서트홀에서 금지한 데 개인적으로 동의하십니까?"

이제 그는 귀 뒤로 땀방울이 떨어지기 시작하는 것을 느꼈다. 그는 통역가와 시간을 좀 끌면서, 펜을 움켜쥐던 육군 대원수의 모습을 잠깐 떠올렸다.

"예, 개인적으로 그런 조치에 동의합니다."

"그러면 오늘 스트라빈스키의 음악에 대하여 당신의 연설에서 피력한 견해에 개인적으로 동의하십니까?"

"예, 그런 견해에 개인적으로 동의합니다."

"그러면 즈다노프 서기장이 당신의 음악과, 다른 작곡가들의 음악에 대해 내놓은 견해에도 개인적으로 동의하십니까?"

즈다노프, 1936년부터 그를 박해해온 인물, 그를 금지하고 멸시하고 위협한 인물, 그의 음악을 도로 굴착기와 이동식 가스실에 비유한 인물.

"예, 즈다노프 서기장이 내놓은 의견에 개인적으로 동의합니다."

"감사합니다." 나보코프가 박수를 기대한다는 듯이 홀을 둘러보며 말했다. "이제 모든 것이 아주 분명해졌습니다."

모스크바와 레닌그라드에 쫙 퍼진 즈다노프의 일화가 있었다. 음악 수업에 대한 이야기였다. 고골이라면 이 이야기를 좋아했을 것이다. 진짜로 그 이야기를 쓰기까지 했을지도 모른다. 중앙위원회의 1948년 칙령 이후, 즈다노프는 나라의 주요 작곡가들을 자기 부서에 모이도록 지시했다. 어떤 판본에서는 그와 프로코피예프만이었다. 다른 판에서는 많은 죄인과 강도 무리들이 다 모였다. 그들은 큰 방에 들어왔다. 연단 위에 단이 있고, 그 옆에 피아노가 있었다. 다과 따위는 전혀 없었다. 두려움을 진정시켜 줄 보드카도, 속을 달래줄 샌드위치도 없었다. 그들은 잠시 기다렸다. 드디어 즈다노프가 하급 관리 둘을 데리고 나타났다. 그는 단으로 가서 소비에트 음악의 파괴자들과 사보타주 주동자들을 내려다보았다. 그는 그들에게 다시 한번 그들의 사악함과 망상, 허영에 대해 일장연설을 했다. 그런 방식을 고치지 못하면 그들의 뛰어난 재주도 끝이 아주 좋지 않을 수 있다고 설명했다. 그렇게 작곡가들을 잔뜩 겁에 질리게 만들어놓고는, 아주 극적인 행동을 했다. 피아노로 가서 그들에게 마스터 클래스를 실시한 것이다. 이것은 — 그는 건반을 마구잡이로 두들겨대서 듣기 싫은 소리를 냈다 — 퇴폐적이고 형식주의적인 음악이었다. 그리고 이것은 — 그는 영화에서 콧대 높던 소녀가 마침내 자신의 사랑을 인정하는 장면에서 깔릴 법한 감상적인 신낭만주의풍을 연주했다 — 이것은 인민이 간절히 원하고 당이 요구하는, 바로 그런 우아하고 사실주의적인 음악이었다. 그는 일어나서 조롱조로 살짝 절을 하고 손등을 흔들어 그들을 내보냈다. 국가의 작곡가들은 몇몇은 더 잘하겠다고 약속하면서, 또 몇몇은 수치심에 고개를 푹 숙이고 줄지어 방에서 나갔다.

물론 그런 일은 없었다. 즈다노프는 그들의 귀에서 피가 흐를 때까지 설교를 했지만, 너무나 영리해서 그런 식으로 자신의 살찐 손가락이 건반을 더럽히도록 놔두지는 않았다. 그렇기는 하지만 그 이야기는 되풀이되어 전해질 때마다 권위를 더했고, 급기야는 몇몇 사람들이 그 자리에 있었다고 주장하며 그렇다, 바로 그런 일이 있었다고 확인해 주었다. 그리고 그는 한편으로는 권력층이 반대자의 무기를 오만하게 선택했던, 권력층과의 이러한 대화가 진짜로 있었더라면 좋았을 거라고 생각했다. 어쨌거나 이 이야기는 그 무렵 퍼지던 그럴듯한 신화들의 모음집에서 금세 한 자리를 차지했다. 중요한 것은 특정한 이야기가 진짜인가 여부보다는, 그것이 무엇을 의미하는가였다. 이야기가 점점 더 퍼질수록 더 사실이 된다는 것도 맞는 얘기였지만.

그와 프로코피예프는 함께 공격을 받고, 함께 굴욕을 겪고, 함께 금지되었다가 함께 해금되었다. 그러나 그가 보기에 세르게이 세르게예비치는 실제로 무슨 일이 벌어지고 있는지 결코 이해하지 못했다. 그는 그의 삶에서나 음악에서나 비겁자가 아니었다. 그러나 그는 그 모든 것을—즈다노프의 인텔리겐치아에 대한 미쳐 날뛰는 듯한 잔혹한 공격조차도—어딘가 해결책이 있을 개인적 문제로 보았다. 여기 음악이 있고, 그의 특별한 재능이 있다. 저기 권력층, 관료제, 정치 · 음악학 이론이 있다. 그가 계속 자기 자신으로 남아 음악을 작곡할 수 있으려면 어떻게 적응할 것인가의 문제일 뿐이었다. 아니면, 다른 식으로 표현할 수도 있었다. 프로코피예프는 벌어지고 있는 사태의 비극적인 면을 전혀 보지 못했던 것이다.

뉴욕 여행에서 다른 좋은 점이 한 가지 있었다. 그의 정장은 성공적이었다. 그에게 아주 잘 어울렸다.

비행기가 레이캬비크를 향해 하강할 때, 그는 스튜어디스를 불러 벤제드린 흡입기를 부탁할까 고민했다. 이제는 별반 차이가 없었다.

그는 나보코프가 은밀한 방식으로 그의 곤경에 공감하고 있으며, 이 대중 앞 가장무도회의 진짜 본질을 다른 대표단에게 설명하려는 것일 수도 있다고 생각했다. 그러나 만약 그렇다면 그는 돈을 받고 꼭두각시 노릇을 한 것이거나 정치적으로 바보 천치다. 스탈린 체제의 태양 아래 개인의 자유란 없다는 것을 보여주기 위해 그는 서슴없이 한 개인의 삶을 희생시켰다. 그것이 바로 그가 하는 일이었으니까. 창문 밖으로 뛰어내리고 싶지 않다면, 내가 너를 위해 엮어놓은 이 올가미에 머리를 들이밀지그래? 진실을 말하고 죽는 게 어때?

월도프 아스트리아 바깥의 피켓 중에는 "쇼스타코비치—우리는 이해합니다!"라고 쓴 것도 있었다. 그들은, 심지어 나보코프처럼 소비에트 권력 밑에서 조금이라도 살아본 사람조차도 실은 거의 이해하지 못했다. 그리고 그들은 미덕과 자유와 세계평화를 위해 좋은 일을 했다고 기뻐하며 의기양양하게 그들의 아늑한 미국식 아파트로 돌아갔다. 그들은, 이 용감한 서구 인도주의자들은 전혀 알지 못했고, 상상도 못 했다. 그들은 호텔과 점심 저녁 식권으로 무장을 하고 작게 무리를 지어 러시아에 왔다. 그들은 모두 소비에트 정부의 승인을 받았고, 모두 '진짜 러시아인'을 만나 '그들이 진짜로 어떻게 느끼는지', '진짜로 무엇을 믿는지' 알아내고 싶어 안달이었다. 그들은 자기들이 들은 것은 결코 믿지 않으려 했는데, 과대망상증 환자가 아니라도 무리마다 첩자가 끼어 있고, 가이드들 또한 의무적으로 동태를 보고하리라는 것을 잘 알고 있었기 때문이다. 이러한 무리가 아흐마토바와 조셴코와 만났다. 이는 스탈린의 또 다른 수작이었다. 우리 예술가들 중에서 박해받는 이가 있다는 얘기 들어본 적 있나? 전혀 없을 것이다. 바로 그것이 정부의 선전이었다. 아흐마토바와 조셴코를 만나보고 싶은가? 자, 여기 그들이 있다 — 묻고 싶은 것은 뭐든지 다 물어보라.

그리고 이미 스탈린에게 푹 빠져 부드러워진 그들의 눈빛에서 알 수 있듯이, 이 서구 인도주의자들은 아흐마토바에게 즈다노프 서기장의 발언과 그녀를 규탄하는 중앙위원회의 결의안에 대해 어떻게 생각하는지 묻는 것이 고작이었다. 즈다노프는 아흐마토바가 그녀의 시에 담긴 부패하고 썩어빠진 정신으로 소비에트 젊은이들의 의식을 오염시키고 있다고 비난했다. 아흐마토바는 일어서서 즈다노프 의장의 발언과 중앙위원회의 결의안 모두 구구절절 다 옳다고 대답했다. 그러면 이 관심 있다는 방문객들은 식권을 쥐고 소비에트 러시아에 대한 서구의 견해는 모두 악의에 찬 공상에 불과하다고 서로에게 같은 말을 되풀이하며 자리를 떴다. 예술가들은 대접을 잘 받고 있을 뿐 아니라, 최고위 권력층하고도 건설적이고 비판적인 교류가 허용되고 있다고. 이 모든 것이 자기네의 타락한 고국에서보다 예술에 가치를 훨씬 더 높게 쳐주고 있다는 증거였다.

그러나 그는 러시아에 와서 주민들에게 그들이 낙원에 살고 있다고 말하는 유명한 서구 인도주의자들에게 더 혐오감을 느꼈다. 백해 운하 건설자들이 죽도록 일했다는 점은 언급도 않고 그 운하를 찬양한 말로.* 스탈린에게 알랑거리며 여론 조작용 재판이 민주주의 발전에 없어서는 안 될 한 부분이라는 사실을 '이해한다'고 한 포이히트방거.** 정치적 암살에 박수갈채를 보낸 가수 로브슨.*** 권력층이 그, 그리고 다른 모든 예술가들을 어떻게 대했는지는 모른 척하고, 뻔뻔하게도 그의 음악을 찬양해서 더 구역질 났던 로맹 롤랑과 버나드 쇼. 그는 아프다는 핑계로 롤랑과의 만남을 거부했다. 그러나 둘 중에서 쇼가 더 나빴다. 러시아에서 사람들이 굶주린다고? 그는 믿을 수 없다는 듯이 반문했다. 말도 안 돼요. 난 전 세계

* 1901~1976. 프랑스의 소설가이자 정치가. 『정복자』, 『인간의 조건』, 르포르타주 소설의 걸작 『희망』 등을 썼다. 전체주의가 대두하자 지드 등과 반파시즘 운동에 참가했다. 드골 정권 아래서 정보 · 문화 장관을 역임했다.

** 1884~1958. 독일의 소설가이자 극작가. 평화주의 주창자로 사회적 역사소설을 주로 발표했다.

*** 1898~1976. 미국의 흑인 배우이자 가수. 변호사로 근무하다가 배우로 전향했고 뮤지컬 「쇼 보트」에서 「올드 맨 리버」를 불러 이름을 떨쳤다.

어디 못지않게 여기에서도 잘 먹었는데. 그리고 이렇게 말한 사람도 바로 그였다. "'독재자'라는 말에 내가 겁먹을 줄 아시오." 이 잘 속는 바보는 스탈린과 친하게 지냈고 아무것도 보지 못했다. 하지만 정말로 왜 그가 독재자를 두려워해야 하겠는가? 크롬웰 시대 이래로 영국에는 독재자가 없었는데. 그는 쇼에게 그의 교향곡 7번 악보를 보내야만 했다. 앞 장의 서명에 이 극작가가 모스크바에서 배가 터지도록 먹고 있을 동안 굶어 죽은 농부들의 숫자도 덧붙일 걸 그랬다.

사정을 조금은 더 잘 알고, 당신을 지지해 주는 한편 당신에게 실망한 사람들도 있었다. 그들은 소련에 관한 단순한 사실 한 가지를 이해하지 못했다. 여기에서는 진실을 말하고는 목숨을 부지할 수 없다는 것이다. 그들은 권력층이 어떻게 움직이는지 안다고 생각했고, 자기가 당신의 처지라면 이렇게 했으리라 믿는 대로 당신이 싸우기를 바라는 사람들이었다. 다시 말해서 그들은 당신의 피를 원했다. 체제의 사악함을 증명해 줄 순교자를 원했다. 그러나 순교자가 될 사람은 그들이 아니라 당신이다. 그리고 얼마나 많은 순교자가 있어야 그 체제가 진짜로, 끔찍하게, 잔혹하게 사악하다는 것이 입증된단 말인가? 더, 늘 더 많이 필요했다. 그들은 예술가가 야수와 공개적으로 싸우며 모래를 피로 적시는 검투사가 되기를 원했다. 그것이 그들이 요구하는 바였다. 파스테르나크의 표현을 빌리자면, "완전한 죽음, 진지하게"였다. 그는 이러한 이상주의자들을 되도록 오래 실망시키려고 애썼다.

이 친구를 자칭하는 자들은 자기들이 권력층과 얼마나 닮았는지는 깨닫지 못했다. 아무리 많이 주어도 더 원했다.

모두들 항상 그가 줄 수 있는 것보다 더 많은 것을 그에게 원했다. 그러나 그가 그들에게 주고 싶었던 것은 오직 음악뿐이었다.

만사가 그렇게 단순하기만 하다면야.

그는 종종 이렇게 실망한 지지자들과 나눈 가상의 대화에서, 그들이 반드시 무시하곤 하는 기본적인, 사소한 사실 하나에 대한 설명으로 이야기를 시작했다. 소련에서는 작곡가 조합의 회원이 아니면 오선지를 살 수 없다는 것이었다. 그들이 그 사실을 알까? 당연히 모른다. 그러나 그들은 틀림없이 이렇게 대답할 것이다. 드미트리 드미트리예비치, 물론 그렇다 해도 당신은 당연히 오선지를 살 수 있고, 자와 연필로 직접 악보를 그릴 수도 있지 않습니까? 그렇게 간단히 예술을 버리지야 않겠지요?

그는 이렇게 대답할 것이다. 아주 좋습니다. 그럼 반대쪽에서 시작해 봅시다. 그가 한때 그랬듯 당신이 국가의 적으로 선포된다면, 당신 주변 사람들도 모두 더럽혀지고 감염된다. 당신의 가족과 친구들도 물론이다. 게다가 당신의 작품을 연주하거나, 연주한 적이 있거나, 연주하자고 제안한 지휘자, 현악 사중주단 멤버, 아무리 작다 해도 당신의 작품을 올리는 콘서트홀까지 포함된다. 그가 활동해 오면서 지휘자와 독주자들이 공연 시작 직전 갑자기 무대에 설 수 없게 된 때가 한두 번이었던가? 때로는 자연스러운 두려움이나 이해할 만한 신중함 때문에, 때로는 권력층으로부터 암시를 받고. 스탈린에서 흐레니코프까지, 마음만 먹으면 온 나라에서 그의 작품이 연주되지 못하게 막을 수 있었다. 그들은 이미 오페라 작곡가로서 그의 경력을 끝장냈다. 그의 초기 시절, 많은 이들이—그리고 그 역시 동의했다—오페라에서 그의 최고 걸작이 나올 것이라고 생각했다. 그러나 그들이 「므첸스크의 맥베스 부인」을 살해한 뒤로 그는 오페라를 쓰지 못했다. 시작했던 것도 끝내지 못했다.

그러나 물론 드미트리 드미트리예비치, 당신은 아파트에서 남몰래 곡을 쓸 수도 있습니다. 자신의 음악을 유포할 수도 있고요. 친구들 사이에서 연주할 수도 있지요. 시인이나 소설가들의 원고처럼 서구로 몰래 빼돌릴 수도 있지 않습니까? 그렇다, 고맙다, 훌륭한 아이디어다. 러시아에서는 금지된 그의 최신 음악이 서구에서 연주된다. 하지만 그럼으로써 그들 덕분에 그가 어떤 표적이 될지 생각이나 해봤을까? 그것은 그가 소련에서 자본주의를 복구하려 한다는 완벽한 증거가 될 것이다. 하지만 당신은 아직도 음악을 작곡할 수 있지 않은가? 그렇다, 그는 여전히 연주되지 않고 연주할 수 없는 음악을 만들 수 있다. 그러나 음악은 만들어진 시기에 들려주어야 한다. 음악은 피란* 같은 것이 아니다. 땅속에 몇 년이고 묻어둔다고 나아지지 않는다.

그러나 드미트리 드미트리예비치, 당신은 비관주의적입니다. 음악은 불멸이에요. 음악은 언제까지나 남을 것이고 언제나 필요할 것입니다. 음악은 뭐든지 다 말할 수 있어요. 음악은…… 그런 거라고요. 그는 그들이 그의 예술이 지닌 성격을 설명해 줄 동안 듣지 않는다. 그들의 이상주의에 박수를 보낸다. 그렇다, 음악은 불멸일지 모르지만 슬프게도 작곡가는 그렇지 않다. 그들은 쉽게 침묵당하며, 죽이기는 훨씬 더 쉽다. 비관주의라는 비난으로 말하자면—그런 얘기가 나온 것이 처음이 아니다. 그러면 그들은 이렇게 항의한다. 아니, 아니,

* 중국 요리의 하나. 오리알을 석회 따위가 함유된 진흙과 왕겨에 넣어 노른자는 까맣게, 흰자는 갈색 젤리 상태로 만든 요리.

이해를 못 하는군요. 우리는 도와주려는 것뿐입니다. 그래서 그들이 다음번에 자기네의 안전하고 부유한 나라에서 올 때는 그에게 인쇄된 오선지를 뭉텅이로 가져다준다.

전쟁 중, 쿠이비셰프와 모스크바 사이의 발진티푸스가 들끓는 완행열차에서 그는 손목과 목에 부적으로 마늘을 걸고 있었다. 그것들 덕분에 살아남았다. 그러나 이제는 마늘을 언제까지나 걸고 다녀야 하게 되었다. 발진티푸스 때문이 아니라 권력층, 적들, 위선자들, 뜻은 좋은 친구들 때문이었다.

그는 일어서서 권력층에게 진실을 말하는 사람들을 존경했다. 그들의 용기와 도덕적 고결함을 존경했다. 그리고 가끔은 그들이 부러웠다. 그러나 그가 그들을 부러워하는 이유 중에는 그들이 죽어서 살아 있는 고통으로부터 벗어나게 된다는 점도 있었으므로, 복잡한 문제였다. 볼샤야 푸시카르스카야가의 5층 승강기 문 옆에 서서 기다리던 시절, 공포 속에 한편으로는 제거되어 버리고 싶은 가슴 두근거리는 욕망이 뒤섞였다. 더하여 덧없는 용기의 허영도 느꼈다.

그러나 종종 죽음으로 이중의 만족을—죽음을 명령한 독재자에게, 그리고 지켜보며 공감하지만 자기네가 더 낫다고 느끼고 싶어 하는 나라들에게—주곤 하는 이러한 영웅들, 이러한 순교자들은 홀로 죽지 않았다. 그들 주위의 많은 이들이 그들이 만든 영웅주의의 결과로 파괴되었다. 그래서 분명할 때조차도 간단치가 않았다.

물론 반대편으로도 비타협적인 논리가 흘렀다. 당신이 몸을 아낀다면 주변 사람들, 사랑하는 사람들도 구하는 셈이 된다. 사랑하는 사람들을 구할 수만 있다면 세상에 못 할 일이 없을 테니, 스스로를 구하기 위해서는 뭐든 할 수 있다. 그리고 달리 선택의 여지가 없었으므로 도덕적 타락을 피할 가능성 또한 없었다.

그것은 배신이었다. 그는 스트라빈스키를 배신했고, 그렇게 함으로써 음악을 배신했다. 그는 나중에 므라빈스키에게 인생 최악의 순간이었다고 말했다.

아이슬란드에 도착했을 때, 비행기가 고장 나서 그들은 대체편을 이틀간 기다렸다. 그러고 나니 악천후로 프랑크푸르트까지 비행할 수가 없게 되어 스톡홀름으로 방향을 돌렸다. 스웨덴의 음악가들은 이 저명한 동료들의 예정에 없던 착륙에 기뻐했다. 그는 제일 좋아하는 스웨덴 작곡가의 이름을 대달라는 청을 받고 반바지 입은 소년이 된 듯한 기분이 들기는 했지만—아니면 예술이 누구의 것인지 모르는 여학생이든가. 스벤센이라고 말하자마자 그는 스벤센이 노르웨이인이라는 것이 기억났다. 그러나 스웨덴 사람들은 매우 교양이 있어서 기분 상한 기색을 드러내지 않았다. 다음 날 아침 호텔 방에 스웨덴 작곡가들의 음반을 담은 큰 꾸러미가 도착했다.

모스크바로 돌아온 지 얼마 안 되어 《신세계》라는 잡지에 그의 이름으로 기사가 한 편 실렸다. 자기가 무슨 생각을 하게 되어 있는지 호기심이 동한 그는 회의가 거둔 대성공, 격분해서 소련 대표단의 체류 일정을 단축하기로 한 미 국무부의 결정에 관해 읽었다. "귀국길에 나는 이런 생각을 많이 했다. 그렇다, 워싱턴의 지배자들은 평화에 대한 우리 문학, 우리의 음악, 우리의 연설을 두려워하고 있다—진실은 어떤 형태로든 그들이 평화를 견제하려는 정책을 조직하는 데 방해가 되기 때문에 두려워한다."

"삶은 들판을 산책하는 것이 아니다." 그것은 햄릿에 관한 파스테르나크의 시의 마지막 구절이기도 했다. 그 앞줄은 이러했다. "나 혼자뿐이다. 내 주위 사람들 모두 어리석음 속에 익사했다."

3: 차 안에서

그가 아는 것은 지금이 최악의 시기라는 것뿐이었다.
최악의 시기가 가장 위험한 때와 같은 것은 아니었다.
가장 위험한 때가 가장 큰 위험 속에 있는 때는 아니기에.
그가 전에는 미처 이해하지 못했던 것이었다.

풍경이 바뀌며 뒤로 흘러갔고, 그는 운전사가 모는 차에 앉아 있었다. 그는 스스로에게 질문을 하나 던졌다. 이런 질문이었다.

레닌은 음악이 기분을 처지게 한다는 것을 알았다.
스탈린은 자기가 음악을 이해하고 감상할 줄 안다고 여겼다.
흐루쇼프는 음악을 경멸했다.
이중 어느 것이 작곡가에게 최악일까?

어떤 질문에는 답이 없다. 아니면 적어도 죽어서야 질문이 멈춘다. 흐루쇼프가 말했듯이 죽음은 꼽추도 고친다. 그는 꼽추로 태어나지는 않았지만 도덕적으로, 영적으로 꼽추가 되었을지도 모른다. 질문하는 꼽추. 그리고 어쩌면 죽음이 질문하는 자만이 아니라 질문까지도 고쳐줄지 모른다. 그리고 지나고 나서 보면 비극은 소극笑劇처럼 보인다.

레닌이 핀란드 역*에 도착했을 때, 드미트리 드미트리예비치와 학생들 무리는 돌아온 영웅을 맞으러 몰려갔다. 그가 수없이 들은 이야기였다. 그러나 그는 여리고 보호받는 아이였으므로 그렇게 뛰쳐나가도 좋다는 허락을 받지 못했을 수도 있다. 늙은 볼셰비키 삼촌 막심 라브렌티예비치 코스트리킨이 역까지 같이 가주었으리라는 추측이 더 그럴듯하다. 그는 그 이야기도 여러 번 들었다. 위대한 지도자에게 고무된 핀란드 역의 열 살짜리 소년 미트야! 그 이미지는 그의 초기 경력에 방해가 되지 않았다. 그러나 세 번째 가능성도 있었다. 그는 레닌을 본 일이 없고, 역 근처에도 간 적이 없다는 것이다. 그 사건에 대해 학우들이 전한 이야기를 자기 식대로 바꾸었을

* 상트페테르부르크에 있는 역.

지도 모른다. 요즘 들어선 어느 것이 맞는지 더는 알 수가 없었다. 그가 진짜로, 정말로, 핀란드 역에 갔던 것일까? 그는 속담에 나오듯이 제 눈으로 본 사람처럼 거짓말을 한다.

그는 금지된 담배에 한 대 더 불을 붙이고 운전사의 귀를 쳐다보았다. 적어도 저것은 확고하고 참된 것이다. 운전사는 귀를 하나 가지고 있다. 그리고 그의 눈에는 보이지 않는다 해도 틀림없이 반대쪽에 또 하나가 있을 것이다. 그래서 그의 기억 속에서만—혹은, 더 정확히 말하자면 그의 상상 속에서만—그가 다시 보게 될 때까지 존재하는 귀이다. 그는 반대쪽 귓등과 귓불이 시야에 들어올 때까지 일부러 몸을 굽혔다. 당장은 질문이 또 하나 해결되었다.

어릴 때 그의 영웅은 북극을 탐험한 난센이었다. 자라서는 스키 아래로 느껴지는 눈의 느낌에도 겁을 먹었고, 그가 해본 가장 위대한 탐험은 니타의 부탁으로 오이를 찾아 옆 마을로 떠났던 것이었다. 노인이 되어서는 대개는 이리나가, 가끔은 공식 운전사가 모는 차를 타고 모스크바를 돌았다. 그는 교외의 난센이 되었다.

그의 침대 옆 협탁 위에는 언제나 티치아노의 작품 「세금」

이 담긴 엽서가 있었다.

체호프는 모든 것을 다 써야 한다고 말했다 — 맹비난만 제외하고.

가엾은 아나톨리 바샤시킨.* 티토의 앞잡이로 비난받다니.

아흐마토바는 흐루쇼프 밑에서 권력층은 채식주의자가 되었다고 말했다. 어쩌면 그럴지도 몰랐다. 고기를 먹던 옛 시절의 전통적인 방식으로 목구멍에 채소를 채워 쉽게 사람을 죽일 수도 있기는 하지만.

그는 뉴욕에서 돌아와 돌마톱스키의 방대하고 장황한 글에 곡을 붙인 「숲의 노래」를 작곡했다. 그 주제는 초원 지대의 부활과, 위대한 지도자이자 교사이며 어린이들의 벗이고 위대한 조타수, 국가의 위대한 아버지, 위대한 철도 기술자인 스탈린이 이제는 위대한 정원사이기도 하다는 것이었다. "모국에 숲으로 옷을 입히자!" — 돌마톱스키가 열 번도 넘게 되풀이하는

* 1924~2002. 1940~1950년대에 축구선수로 활약했다.

명령이었다. 이 오라토리오는 스탈린 밑에서는 사과나무조차도 붉은 군대가 나치와 싸우듯 더 용감무쌍하게 서리와 싸운다고 주장했다. 그 작품은 우레 같은 범속함 덕에 단박에 성공을 거뒀다. 덕분에 그는 네 번째로 스탈린상을 타고 10만 루블과 다차*를 받았다. 그는 카이사르에게 대가를 치렀고, 카이사르도 아낌없이 보답해 주었다. 그는 스탈린상을 도합 여섯 번 수상했다. 또한 10년 간격으로 1946년, 1956년, 1966년에 레닌 훈장도 받았다. 그는 새우 칵테일 소스 속의 새우처럼 명예 속에서 헤엄쳤다. 그리고 1976년이 오기 전에 죽기를 바랐다.

어쩌면 용기는 아름다움과 같은 것인지도 모른다. 아름다운 여인도 나이를 먹는다. 그녀에게는 사라져버린 것만 보인다. 다른 이들 눈에는 남은 것만 보인다. 어떤 이들은 그에게 잘 버텨냈다고, 굴복하지 않았다고, 신경질적인 겉모습 아래 굳은 심지가 있었다고 축하했다. 그에게는 사라진 것만 보였다.

스탈린도 오래전에 사라졌다. 위대한 정원사는 천국에서 잔

* 러시아의 시골 저택.

디를 깎고, 사과나무의 사기를 드높여 주려고 가버렸다.

니타의 무덤 위 흩뿌려진 붉은 장미들. 그가 찾을 때마다 있는 장미들. 그리고 그가 보낸 적 없는 장미.

글리크만이 그에게 루이 14세에 대한 이야기를 해준 적이 있었다. 그 태양왕은 스탈린이 예전에 그랬듯이 절대적인 지배자였다. 그러나 그는 항상 예술가들에게 정당한 대우를 해주고 싶어 했다. 그들의 비밀스러운 마법을 인정해 주려고 했다. 그런 인물 중 하나가 시인 니콜라 부알로 데스프로였다. 그리고 루이 14세는 베르사유 궁정 사람들을 다 모아놓고 마치 그것이 평범한 진실인 것처럼 이렇게 선언했다. "데스프로는 나보다 시를 더 잘 이해한다." 틀림없이 온 세상에, 온 세기에 걸쳐 시—그리고 음악과 미술, 건축—에 대한 왕의 이해를 따를 자가 없다고 위대한 왕에게 은밀히, 또는 공개적으로 장담했던 이들로부터 믿지 못하겠다는 아첨의 웃음소리가 흘러나왔을 것이다. 그리고 아마도 처음에는 그 발언에 전술적인, 외교적인 겸양이 있었을 것이다. 하지만 이미 뱉은 말이었다.

그러나 스탈린은 그 예전의 왕보다 장점이 더 많았다. 마르크스-레닌주의 이론에 대한 그의 심오한 이해, 인민에 대한 직관적 이해, 민속음악에 대한 애정, 형식주의자의 음모를 탐지해 내는 능력…… 아, 그 정도면 됐다. 이러다가 그는 자기 귀에서 피가 흐르게 만들 것이다.

그러나 위대한 음악학자로 가장한 위대한 정원사조차도 붉은 베토벤이 어디 있는지는 탐지해 낼 수가 없었다. 다비덴코는 실망을 주었다—특히 30대 중반에 죽어버림으로써. 그리고 붉은 베토벤은 결코 나타나지 않았다.

그는 티냐코프의 이야기를 즐겨 했다. 미남에 훌륭한 시인이었다. 페테르부르크에 살면서 사랑과 꽃과 그 밖의 고귀한 주제들에 대해 썼다. 혁명이 일어나자 그 시인은 곧 레닌그라드의 시인 티냐코프가 되어 사랑과 꽃에 대해서가 아니라 그가 얼마나 굶주리는지에 대해서 썼다. 그리고 얼마 뒤 상황이 너무나 나빠져서 그는 목에 시인이라고 적은 팻말을 두르고 길모퉁이에 서 있게 되었다. 러시아인들은 시인을 높이 쳐주었기 때문에 행인들이 그에게 돈을 주곤 했다. 티냐코프는 시를 써서 번 돈보다 구걸해서 번 돈이 훨씬 더 많았고, 덕분에 근사한 식당에서 매일 저녁 하루를 마무리할 수 있었다고 즐겨 얘기했다.

구구절절 다 사실이었을까? 그는 궁금했다. 그러나 시인들은 과장해도 된다. 그로 말하자면, 팻말이 필요 없었다 — 레닌 훈장 세 개와 스탈린상 여섯 개를 목에 걸고 작곡가 조합 식당에서 밥을 먹었다.

교활한 인상의 거무스름한 남자가 달랑거리는 루비 귀걸이를 달고 엄지와 검지 사이에 동전을 쥔다. 그는 동전을 두 번째의, 창백한 남자에게 보여준다. 두 번째 남자는 동전을 받는 대신 첫 번째 남자의 눈을 똑바로 마주 본다.

권력층이 드미트리 드미트리예비치는 구제할 수 있는 케이스라고 판정하고 새로운 전술을 써보기로 했던 기묘한 시기가 있었다. 최종 결과 — 전 같았으면 정치·음악학 전문가들의 조사를 거치고 나서 인정을 받거나 비난을 받게 될 완성 작품 — 를 기다리는 대신, 당은 지혜를 발휘해 처음부터 시작하기로 했다. 그의 이데올로기적 영혼의 상태에서부터. 작곡가 조합은 사려 깊고 관대하게도 근엄하고 나이 많은 사회학자인 트로신 동지를 개인 교사로 지명해 그가 마르크스-레닌주의 원칙을 이해하도록 돕게 했다 — 즉 그가 스스로를 다시 빛어낼 수 있도록 도와주려 한 것이다. 그는 필독서 목록을 받았는데, 온통 『마르크시즘과 언어학의 문제들』, 『소련에서 사회주의가 지닌 경제적 문제들』과 같은 스탈린 동지의 작품들로 이루어져 있었다. 트로신이 아파트에 와서 그가 할 일을 설명해 주었다. 저명한 작곡가들조차 최근 몇 년 동안 공공연히 방송에 나왔듯이 심각한 오류를 저지를 수 있기 때문에 온 것이다. 이러한 과오가 되풀이되지 않도록 하기 위해서 드미트리 드미트리예비치의 정치적, 경제적, 이데올로기적 이해 수준을 올려야만 한다. 작곡가는 이 불청객의 말을 적절히 진지하게 경청했지만, 레닌을 추모하는 새 교향곡 작업 때문에 아쉽지만 친절하게 보내주신 책을 다 읽지 못했다고 말했다.

트로신 동지는 작곡가의 서재를 둘러보았다. 그는 기만적인 사람도, 위협적인 사람도 아니고 그저 어느 체제에서나 토해내는, 하라는 대로 의문 없이 성실하게 따르는 공무원에 불과했다.

"여기에서 작업을 하시는군요."

"그렇습니다."

개인 교사는 일어나서 각 방향으로 한두 발짝씩 걸음을 옮기며 방의 전반적인 배치에 대해 칭찬했다. 그러고는 미안하다는 듯 미소를 띠고 이렇게 말했다.

"하지만 저명한 소비에트 작곡가의 서재에 한 가지 빠진 것이 있군요."

이번에는 저명한 소비에트 작곡가가 일어나서 익히 잘 알고 있는 벽과 책장을 둘러보며 마찬가지로 미안하다는 듯, 개인 교사의 첫 번째 질문을 알아듣지 못해 당황스럽다는 투로 고개를 저었다.

"벽에 스탈린 동지의 초상화가 없습니다."

위압적인 침묵이 뒤를 이었다. 작곡가는 담배에 불을 붙이고, 이 무시무시한 실수의 원인을 찾으려는 듯이, 아니면 이 쿠션, 저 깔개 밑에서 꼭 있어야 할 우상을 찾을 수 있다는 듯이 방 안을 왔다 갔다 했다. 마침내 그는 트로신에게 당장 위대한 지도자의 초상을 구할 수 있는 것 중 가장 좋은 것으로 구하겠다고 약속했다.

"아, 좋습니다. 그럼 이제 본론으로 들어갈까요." 트로신이 대답했다.

그는 가끔씩 스탈린의 복잡하고 따분한 지혜를 요약해 보라는 요구를 받았다. 다행히도 글리크만이 그를 위해 그 일을 해주겠다고 제안해서, 레닌그라드에서 우편으로 보내는 위대한 정원사의 전작에 대한 작곡가의 애국적인 통찰이 그에게 정기적으로 배달되었다. 얼마 뒤 다른 핵심 저작들이 커리큘럼에 추가되었다. 예를 들면 G. M. 말렌코프의 『예술에서 창조성의 특징들』, 19회 당대회에서 한 연설 재판 등이었다.

그는 성실하고 끈기 있는 트로신의 존재를 예의 바르게 속을 감추는 태도와 은밀한 조롱과 함께 자기 삶에 받아들였다. 그들은 시치미를 뚝 떼고 교사와 학생으로서 자기들의 역할을 했다. 트로신에게 다른 얼굴은 없는 것이 확실했다. 그는 자기 임무의 고결한 목적을 너무나 의심 없이 믿고 있었고, 작곡가는 이 반갑지 않은 방문이 일종의 보호라는 사실을 깨닫고 그를 정중하게 대했다. 그러나 둘 다 자기들의 위장이 심각한 결과를 가져올 수도 있다는 사실을 알고 있었다.

그 당시 유행하던 두 개의 구절이 있었다. 질문 하나와 답변 하나. 땀을 쏟게 만들고 강인한 남자도 바지에 똥을 지리게 할 만한 것이었다. 질문은 이러했다. "스탈린이 알고 있는가?" 답변은 훨씬 더 놀랄 만한 것이었는데, "스탈린은 알고 있다"였다. 스탈린은 초자연적인 힘을 부여받았으므로—절대 오류를 저지르지 않으며, 모든 것을 명령하고 모든 곳에 존재한다—그의 힘 아래 있는 단순한 지상의 존재들은 자기들을 끊임없이 지켜보는 그의 시선을 느끼거나 상상했다. 그러니 트로신 동지가 마르크스와 그 후예들의 계율을 만족할 만하게 가르치지 못하면 어떻게 될 것인가? 겉으로는 엄숙하지만 속으로는 변덕스러운 그의 제자가 배우지 못한다면 어떻게 될까? 이 세상의 트로신들은 그러면 어떻게 되는가? 둘 다 답을 알고 있었다. 개인 교사가 제자에게 보호를 제공한다면, 제자는 개인 교사에게 어떤 의무를 다해야 했다.

그러나 다른 이들, 예를 들면 파스테르나크의 경우에도 그랬듯이, 그에 관해서 숙덕거리는 세 번째 구절도 있었다. "스탈린이 그는 건드리지 않을 거라고 했다." 이러한 얘기가 사실일 때도 있고, 얼토당토않은 추측이거나 질투 섞인 짐작일 경우도 있었다. 어째서 그는 반역자 투하쳅스키 밑에 있었는데도 살아남았단 말인가? 왜 "영리한 재주를 부리다가 끝이 안 좋을 수 있다"는 말에도 불구하고 살아남았는가? 신문들이 인민의 적으로 낙인찍었는데도 어떻게 살아남았나? 왜 토요일과 월요일 사이에 자크렙스키가 사라졌는가? 그토록 많은 주변 사람들이 체포당하고, 추방되고, 살해당하거나 수십 년 뒤에나 밝혀질 운명 속으로 사라졌는데도 불구하고 어떻게 그는 다 피해갔는가? 이 모든 질문에 들어맞을 대답은 딱 하나였다. "스탈린이 그는 건드리지 않겠다고 했다."

만약 그렇다 해도—그리고 그로서는 그 말을 한 사람들이나 마찬가지로 알 길이 없겠지만—그래서 언제까지나 보호받을 수 있을 거라 생각할 만큼 바보는 아니었다. 스탈린의 눈에 띄었다는 것만으로도 보이지 않는 무명의 존재보다 훨씬 더 위험했다. 호의를 누리는 이들이 끝까지 호의를 잃지 않는 경우는 드물었다. 언제 몰락하느냐의 문제일 뿐이었다. 빛이 알아채지 못할 만큼 자리를 옮긴 뒤에, 소비에트 생활의 기계에서 중요하던 톱니가 나중에 보니 죽 다른 톱니들을 방해하고 있었다고 밝혀진 경우가 한두 번이던가?

차가 교차로에서 서행을 했다. 그의 귀에 운전사가 핸드브레이크를 당기면서 나는 소리가 들려왔다. 그는 첫 포베다를 샀던 일을 떠올렸다. 그 당시에는 차를 인도받을 때 구매자가 그 자리에 있어야 한다는 규칙이 있었다. 그는 아직도 전쟁 전에 딴 면허증을 가지고 있어서, 직접 차고에 가서 차를 넘겨받았다. 집으로 차를 몰고 오면서 그는 포베다의 성능에 그다지 큰 감흥을 느끼지 못했고, 실패작을 산 것이 아닌가 싶었다. 주차를 하고 열쇠를 만지는데 지나가던 사람이 외쳤다. "이봐요, 거기 안경 쓰신 분, 차가 왜 그래요?" 바퀴에서 연기가 쏟아져 나오고 있었다. 차고에서부터 내내 핸드브레이크를 채운 채 운전해 왔던 것이다. 차들은 그를 좋아하지 않는 것 같았다 — 사실이 그랬다.

그는 음악학교에서 볼셰비키 이데올로기 교수인 척하고 시험했던 또 다른 소녀를 기억했다. 주 시험관이 잠시 방을 나가서 그가 혼자 책임을 맡게 되었다. 너무 긴장한 나머지 대답하려고 손에 든 질문지를 구기고 있어 딱한 생각이 들었다.

그가 입을 열었다. "자, 그 공식 질문들은 다 옆으로 밀어둡시다. 대신 이걸 물어보지요. 수정주의가 뭐지요?"

그라도 대답할 수 있을 정도의 질문이었다. 수정주의는 너무나 혐오스럽고 이단적인 개념이어서 그 단어 자체에 머리에서 자라난 뿔이 달려 있다고 해도 좋을 정도였다.

소녀는 잠시 생각하더니 자신 있게 대답했다. "수정주의는 마르크스-레닌주의 발전에서 최상위 단계입니다."

그 대답에 그는 미소를 짓고 그녀에게 제일 좋은 점수를 주었다.

다른 모든 것이 다 실패했을 때, 세상에 허튼소리 말고는 아무것도 없는 듯 보일 때에도 그는 이것만큼은 고수했다. 좋은 음악은 언제나 좋은 음악이고, 위대한 음악은 아무도 망가뜨릴 수 없다는 것이었다. 바흐 서곡과 푸가를 어떤 박자, 어떤 세기로 연주하더라도 여전히 위대한 음악이었고 그것은 건반 악기에 전혀 재능이 없는 비열한 인간에게조차 맞설 수 있는 증거였다. 그리고 마찬가지로, 그런 음악을 냉소적으로 연주할 수는 없다.

1949년, 여전히 그에 대한 공격이 계속되고 있을 때, 그는 네 번째 현악 사중주를 작곡했다. 보로딘 사중주단이 그것을 익혀 음악 협회의 문화부 담당자 앞에서 연주했다. 새로운 작품은 먼저 음악 협회의 승인을 받아야 공연할 수 있었다. 그리고 그다음에야 작곡가가 보수를 받을 수 있었다. 그의 불안정한 지위를 고려하면 낙관할 수 없는 상황이었다. 그러나 놀랍게도 오디션은 성공을 거두었고, 작품은 승인을 받았으며 돈이 나왔다. 곧이어 보로딘 사중주단이 그 사중주를 두 가지 다른 식으로 연주하는 법, 즉 제대로 연주하는 법과 전략적으로 연주하는 법을 익혔다는 소문이 퍼지기 시작했다. 첫 번째는 작곡가의 의도대로였으나, 두 번째는 관료 집단에게 통과되도록 연주자들이 작품의 '낙관적인' 면과 사회주의 예술 규범과의 일치를 강조했다는 것이었다. 이는 권력층에 대한 방어로 아이러니를 이용한 완벽한 사례가 되었다.

물론 실제로 그런 일은 없었지만, 그 이야기는 하도 많이 반복되다보니 진실로 받아들여졌다. 이것은 난센스였다. 사실이 아니었다—사실일 수가 없었다—음악으로 거짓말을 할 수는 없으니까. 보로딘 사중주단은 사중주를 작곡가가 의도한 대로 연주할 수 있을 따름이었다. 음악—좋은 음악, 위대한 음악—에는 견고하고 환원할 수 없는 순수성이 있었다. 비통하고 절망적이고 비관적일 수는 있어도, 결코 냉소적이 될 수는 없다. 음악이 비극적이면 막귀를 가진 사람들은 냉소적이라고 비난한다. 그러나 작곡가가 비통해하거나 절망에 빠져 있거나 비관적일 때는 여전히 그가 뭔가를 믿고 있다는 의미이다.

그가 무엇으로 시대의 소음과 맞설 수 있었을까? 우리 안에 있는 그 음악—우리 존재의 음악—누군가에 의해 진짜 음악으로 바뀌는 음악. 시대의 소음을 떠내려 보낼 수 있을 만큼 강하고 진실하고 순수하다면, 수십 년에 걸쳐 역사의 속삭임으로 바뀌는 그런 음악.

그가 고수했던 것이 바로 그것이었다.

트로신 동지와의 정중하고 따분하면서 기만적인 대화는 계속되었다. 어느 날 오후, 개인 교사는 유난히 활기가 넘쳤다.

그가 물었다. "최근에 들었는데요, 몇 년 전 이오시프 비사리오노비치가 당신에게 직접 전화를 걸었다는 얘기가 사실입니까?"

"예, 사실입니다."

작곡가는 그가 썼던 전화기는 아니었지만 벽에 걸린 전화기를 가리켰다. 트로신은 그 기계를 벌써 박물관에 들어갔어야 마땅한 것처럼 뚫어져라 바라보았다.

"스탈린은 정말로 위대한 분이군요! 온 나랏일을 다 보살펴야 하고, 모든 일을 다 처리해야 하는데 쇼스타코비치에 대해서까지도 알고 계시다니 말입니다. 세상의 절반을 지배하시면서도 당신에게도 시간을 내주시는군요!"

"예, 예, 정말로 놀랍지요." 그는 열성을 보이는 척하며 맞장구를 쳤다.

개인 교사가 말을 이었다. "당신이 유명한 작곡가인 줄은 알고 있습니다만, 우리 위대한 지도자와 비교해 본다면 당신은 어떤 분일까요?"

트로신이 다르고미시스키*의 로맨스 가사는 잘 모를 거라 짐작하고 엄숙하게 대답했다. "위대하신 지도자에 비하면 저는 벌레지요. 벌레입니다."

* 1813~1869. 제정 러시아의 작곡가. 러시아 국민 음악파의 선구자로 무소륵스키와 림스키 코르사코프에게 영향을 미쳤다.

"예, 바로 그겁니다. 당신은 진짜로 벌레예요. 이제야 당신이 건전한 자기비판 의식을 갖게 된 듯해서 다행입니다."

그는 이런 칭찬을 좀 더 원한다는 듯이 할 수 있는 한 진지하게 되풀이했다. "예, 저는 벌레입니다. 벌레일 뿐이지요."

트로신은 이러한 발전에 대단히 기뻐하며 자리를 떴다.

그러나 작곡가의 서재에는 모스크바에서 살 수 있는 것 중 제일 멋진 스탈린 초상화는 끝내 걸리지 않았다. 드미트리 드미트리예비치에 대한 불과 두어 달간의 재교육 기간 동안 소비에트 현실의 객관적인 환경이 바뀌었던 것이다. 다시 말하자면 스탈린이 죽었다. 그리고 개인 교사의 방문은 끝이 났다.

운전사가 브레이크를 밟자 차가 왼쪽으로 섰다. 차는 꽤 안락한 볼가였다. 그는 언제나 외제차를 갖고 싶었다. 특히 그중에서도 메르세데스가 늘 탐이 났다. 저작권 담당 부서에서는 그의 외국 돈도 갖고 있었지만, 그 돈을 외제차에 쓰는 것은 절대 허락받지 못했다. 우리 소비에트 차에 뭐 문제라도 있단 말이오, 드미트리 드미트리예비치? 그 차들이 당신을 가고 싶은 데로 데려다주지 못한단 말이오, 믿을 수 없다는 거요, 소비에트 도로를 염두에 두고 만들어지지 않기라도 했소? 우리의 가장 저명한 작곡가가 메르세데스를 사서 소비에트 자동차 산업을 모욕한 것으로 비친다면 어떻겠소? 중앙 정치국 위원이 자본주의자의 차를 타고 다니요? 당연히 절대 허락받지 못할 것이 뻔했다.

프로코피예프는 서방에서 새 포드를 수입해도 좋다는 허락을 받았다. 세르게이 세르게예비치는 매우 기뻐했지만 결국 그로서는 감당키 어렵다는 것이 드러났고, 그는 모스크바 한복판에서 젊은 여자를 치었다. 어느 정도는 프로코피예프다운 일이었다. 그는 항상 잘못된 방향에서 세상에 접근했다.

물론, 아무도 정확히 딱 맞는 순간에 죽지는 않는다. 너무 이르게 죽는 이들도 있고, 너무 늦게 죽는 이들도 있다. 해는 어느 정도 제대로 고르는 이들도 있지만, 날짜는 전혀 엉뚱한 날을 고른다. 불쌍한 프로코피예프—하필 스탈린과 똑같은 날 죽다니! 세르게이 세르게예비치는 아침 8시에 뇌졸중을 일으켰고 9시에 죽었다. 스탈린은 50분 뒤에 죽었다. 위대한 독재자가 끝장 났다는 사실을 알지도 못하고 죽다니! 당신에게 세르게이 세르게예비치는 그런 사람이었다. 시간을 칼같이 정확히 지켰으면서도 늘 러시아와는 반보 어긋났다. 그래서 그의 죽음은 어리석은 동시성을 보여주었다.

프로코피예프와 쇼스타코비치의 이름은 항상 같이 묶이곤 했다. 그러나 함께 묶여 있어도 그들은 결코 친구는 아니었다. 그들은—대개—서로의 음악을 존경했지만, 세르게이 세르게예비치 속에는 서방이 너무 깊숙이 스며 있었다. 그는 1918년 러시아를 떠났고, 잠시 돌아온 것을 제외하고는 — 곤혹스러운 잠옷 한 벌을 가지고 — 1936년까지 떠돌아다녔다. 그 무렵에는 소비에트의 현실과 접촉이 끊겼다. 그는 자신의 애국적인 귀국이 박수를 받을 것이며, 독재정권도 감사할 거라고 생각했다. 얼마나 순진한 생각이었던가? 그들이 음악 관료들의 법정 앞에 나란히 소환되었을 때, 세르게이 세르게예비치는 음악적 해결책만 생각했다. 그들은 그에게 동료 드미트리 드미트리예비치의 교향곡 8번에서 무엇이 문제인지 물었다. 언제나 실용주의자였던 그는 고칠 수 없는 것은 아무것도 없다고 대답했다. 멜로디 라인을 좀 더 명쾌하게 다듬고 2, 4악장은 잘라내야 한다. 자기 작품에 대한 비판에 직면하자 그의 반응은 이러했다. 이보시오, 나는 다양한 스타일을 갖고 있으니 내가 어느 것을 쓰기를 원하는지 말만 해주시오.

그는 자신의 재능에 자부심이 있었다. 그러나 그에게 요구되는 것은 재능이 아니었다. 그들은 자기들의 범속한 취향과 의미 없는 비판적 슬로건을 따르는 척하기를 원치 않는다. 그들이 원하는 것은 진짜로 그것들을 믿는 것이다. 그들은 당신이 공모하기를, 순응하기를, 타락하기를 원했다. 그리고 세르게이 세르게예비치는 이 점을 끝까지 이해하지 못했다. 그는 이렇게 말했다 — 그런 말을 했다는 것은 그로서는 상당한 용기였다 — 작품이 '형식주의'로 가혹하게 비난을 받자, 그것은 '처음 들었을 때에는 이해가 잘 안 되는 부분이 있다는 단순한 문제'라고. 그에게는 기이한 종류의 세련된 무지가 있었다. 그러나 정말로 그 남자는 거위의 영혼을 가졌다.*

그는 종종 세르게이 세르게예비치가 전쟁 중 망명하여 그의 잘 만든 유럽제 정장을 알마아타의 시장에서 팔았던 일을 떠올리곤 했다. 그에게는 장사꾼의 재능이 있어서 늘 좋은 값을 받았다고들 했다. 이제 그 정장은 누구의 어깨 위에 걸쳐져 있을까? 그러나 옷만이 아니었다. 프로코피예프는 성공의 모든 장식을 즐겼다. 그리고 그는 명성을 서구식으로 이해했다. 그는 '재미있다'는 표현을 즐겨 썼다. 「므첸스크의 맥베스 부인」을 공개적으로 칭찬했지만, 그 작품의 작곡가 앞에서 악보를 넘겨보면서 그 작품이 '재미있다'고 말했다. 스탈린이 죽은 다음 날까지 금지되었어야 할 단어였다. 그의 죽음이야말로 세르게이 세르게예비치가 살아서 보지 못한 것이었다.

* 쇼스타코비치가 그의 비망록인 『증언』에서 프로코피예프가 서방으로 망명한 뒤 그의 음악이 소련에서 금지되었던 일을 이야기하며 조롱조로 쓴 표현이다.

그로 말하자면 해외에서 사는 삶에 유혹을 느낀 적이 한 번도 없었다. 그는 러시아에 사는 러시아 작곡가였다. 그는 어떤 대안을 상상하는 것조차 거부했다. 서구식 명성을 잠깐이나마 맛보기는 했지만. 뉴욕에서 아스피린을 사러 약국에 간 적이 있었다. 그가 약국을 나서고 10분도 안 되어 보조 약사가 창문에 이런 표지판을 붙이는 모습이 보였다. "드미트리 쇼스타코비치가 들른 약국."

그는 이제는 살해당할 위협을 느끼지 않았다. 공포는 오래전 옛날 일이 되었다. 그러나 살해당하는 것만이 최악의 일은 결코 아니었다. 1948년 1월, 모스크바 유대인 극장의 감독이었던 그의 옛 친구 솔로몬 미호엘스가 스탈린의 명령으로 살해당했다. 그 소식이 나온 날, 그는 다섯 시간 동안 소비에트의 현실을 왜곡하고 조국의 영광스러운 승리를 축하하지 않았으며 적이 시키는 대로 따랐다고 즈다노프에게 닦달을 당했다. 그러고 나서 그는 미호엘스의 아파트로 곧장 갔다. 그는 친구의 딸과 그녀의 남편을 포옹했다. 그런 다음 겁에 질려 침묵에 잠긴 문상객들을 등지고 책장에 얼굴이 거의 닿을 만큼 가까이 마주 서서 그들에게 조용하지만 분명한 목소리로 말했다. "나는 그가 부럽소." 그의 말은 이런 뜻이었다. 끝없는 공포보다는 죽음이 낫다.

그러나 끝없는 공포는 5년 더 계속되었다. 스탈린이 죽고 니키타 흐루쇼프가 나타날 때까지. 해빙의 전망, 조심스러운 희망, 경솔한 기쁨이 있었었다. 그렇다, 상황은 점점 더 나아졌고 더러운 비밀들이 드러났다. 그러나 갑자기 진실에 이상주의적인 지지를 보낸다든가 하는 일은 없었고, 단지 이제는 진실을 정치적으로 이롭게 써먹을 수 있게 되었다는 생각뿐이었다. 그리고 권력층 자체는 줄어들지 않았다. 그저 형태만 바뀌었을 뿐이었다. 승강기 옆에서의 겁에 질린 기다림과 뒤통수에 박히는 총알은 과거의 일이 되었다. 그러나 권력층은 그에게서 관심을 놓지 않았고, 여전히 손을 뻗쳐왔다—어린 시절부터 그는 항상 손을 붙잡힐 거라는 두려움을 느꼈다.

옥수숫대 니키타.* '추상파 화가들과 소년들과 관계를 갖는 사람'에 대한 장황한 비난을 시작한 인물—그 둘은 분명 같은 존재였다. 즈다노프가 한때 아흐마토바를 '매춘부이자 수녀'라고 비난했던 것처럼. 옥수숫대 니키타는 작가와 화가들

* 쇼스타코비치가 그의 비망록 『증언』에서 흐루쇼프에게 붙인 별명.

의 모임에서 드미트리 드미트리예비치에 대해 이렇게 말했다. "오, 그의 음악은 재즈일 뿐이오—듣고 있으면 배가 아파온단 말이지. 그런데 내가 박수를 쳐야겠소? 재즈는—배앓이가 온다고." 그래도 나라의 적이 하라는 대로 한다는 말보다는 나았다. 그리고 이렇게 더 자유로운 시대에 제1서기를 만나기 위해 모인 사람들 중 일부는 적절히 경의를 표한다면 반대 의견도 내놓을 수 있었다. 한 대담한—혹은 미친—시인이 있어서 추상파 화가들 중에도 위대한 화가가 많이 있다는 주장을 내놓았다. 그는 피카소의 이름을 거론했다. 그러자 옥수숫대가 쾌활하게 대답했다.

"꼽추는 죽어야 고치지."

옛 시절이라면 이런 대화는 무례한 시인에게 그가 끝이 아주 안 좋을 수도 있는 위험한 게임을 하고 있다는 사실을 새삼 깨닫게 해줄 수도 있었다. 그러나 상대는 흐루쇼프였다. 그의 고함 소리에 얼굴이 노래진 시종들은 이쪽저쪽으로 우왕좌왕 흔들렸다. 그러나 당신은 당장은 당신의 미래를 걱정하지 않았다. 어느 날은 옥수숫대가 당신의 음악을 들으면 복통이 온다고 했다가 그다음에는 작곡가 조합 회의의 근사한 연회에서 진심으로 당신을 칭찬해 줄 수도 있었다. 그날 저녁 그는 음악이 시원찮으면 그냥 라디오에서 나오는 음악이나 들으면 된다고 말했다—라디오에서도 까마귀 우는 소리 같은 음악이 나온다면 몰라도…… 누런 얼굴의 시종들이 웃음을 터뜨리자 그의 시선이 배를 아프게 만드는 재즈를 작곡하는 유명 작곡가에게로 향했다. 그러나 제1서기는 다 너그러이 봐줄 수 있을 정도로 기분이 좋은 상태였다.

"자, 드미트리 드미트리예비치가 있군요—그는 전쟁 아주 초반에 그의…… 뭐랄까, 그의 교향곡으로 빛을 보았지요."

갑자기 그는 미움받는 처지에서 벗어났고, 유행가 작곡가인 류드밀라 랴도바가 다가와 그에게 키스를 하더니 어이없게도 모두들 그를 너무나 좋아한다고 선언했다. 사실 어느 쪽이든 상관없었다. 이제 상황은 예전 같지 않았으니까.

그러나 여기에서 그가 실수를 저질렀다. 예전에는 죽음이 있었다. 지금은 삶이 있었다. 예전에는 사람들이 바지에 똥을 지렸다. 지금은 다른 의견을 내는 것이 허용되었다. 예전에는 명령이 있었고 지금은 암시가 있었다. 그래서 처음에는 미처 알아차리지도 못했지만, 권력층과의 대화는 영혼에 더 위험한 것이 되었다. 예전에 그들은 그의 용기가 어느 정도인지 시험했고, 이제는 그의 비겁함이 어느 정도인지 시험했다. 그리고 그들은 바지런히 노하우를 바탕으로, 열성적이면서도 본질적으로는 사심 없는 전문성으로, 죽어가는 사람의 영혼을 위해 일하는 신부들처럼 일했다.

그는 시각예술에 대해 거의 아는 것이 없었고, 추상파 화가를 놓고 그 시인과 논쟁을 벌일 수 없었다. 그러나 그는 피카소를 쓰레기에 겁쟁이로 알고 있었다. 공산주의 밑에서 살지 않으면서 공산주의자가 되기란 얼마나 쉬운가! 피카소는 거지같은 그림을 그리고 소비에트 권력에 환호하며 평생을 보냈다. 그러나 신은 소비에트 권력 밑에서 고통받는 불쌍한 화가는 그 누구도 피카소처럼 그림을 그릴 수 없게 하셨다. 피카소는 자유로이 진실을 말할 수 있었다—그러니 진실을 말할 수 없는 사람들을 대신하여 말해주면 안 되는가? 하지만 그는 그러는 대신 파리와 남프랑스에 부유한 사람처럼 앉아서 역겨운 평화의 비둘기를 그리고 또 그렸다. 그는 그 망할 비둘기의 모습에 혐오감을 느꼈다. 그리고 육체적 노예제를 혐오하는 것 못지않게 생각의 노예제도 혐오했다.

또는 장 폴 사르트르. 그는 언젠가 막심을 트레티야코프 미술관 옆의 저작권 담당국으로 데려갔다. 이 위대한 철학자는 거기에서 계산대 옆에 선 채로 정신을 집중해 두툼한 루블화

돈뭉치를 세었다. 그 시절에는 저작권료가 외국 작가들에게만 예외적으로 지급되었다. 그는 막심에게 그런 사정을 목소리를 낮추어 설명했다. "반동 진영을 떠나 진보 진영으로 간다 해도 물질적 보상은 마다하지 않아."

스트라빈스키는 다른 문제였다. 스트라빈스키의 음악에 대한 그의 애정과 숭배는 결코 흔들린 적이 없었다. 그 증거로 그는 책상 유리 밑에 이 동료 작곡가의 큼직한 사진을 끼워 놓았다. 그는 매일 그 사진을 보면서 월도프 아스토리아의 금박 칠한 살롱을 떠올렸다. 그 배신과 그의 도덕적 수치를 떠올렸다.

해빙기가 오자 스트라빈스키의 음악이 다시 연주되었고, 음악에 대해 아는 것이라고는 쥐뿔도 없는 흐루쇼프는 설득에 넘어가 이 유명한 망명자에게 고국을 방문하러 오라고 초청했다. 다른 무엇보다도 훌륭한 정치적 선전이 될 것이다. 어쩌면 그들은 어느 정도는 스트라빈스키가 코즈모폴리턴에서 순수한 러시아 작곡가로 다시 돌아오기를 기대했는지도 모른다. 스트라빈스키 편에서도 오래전에 등지고 떠난 옛 러시아의 잔재를 얼마간이라도 재발견하고 싶었을 수도 있다. 그렇다면 양쪽의 꿈은 실망으로 끝났다. 그러나 스트라빈스키는 어느 정도 재미를 보았다. 그는 그전까지 수십 년간 소비에트 당국에게 자본주의의 하수인으로 맹비난을 받아온 터였다. 그래서 한 음악 관료가 거짓 미소를 지으며 그에게로 다가와 손을 내밀자, 스트라빈스키는 자기도 손을 내미는 대신 그 관리에게 자기 지팡이 머리를 내밀었다. 그 제스처의 의미는 명백했다. 자, 이제 누가 하수인이지?

그러나 권력층이 채식주의자가 되었을 때 소비에트 관료에게 망신을 주는 것과, 권력층이 육식성일 때 맞서는 것은 다른 문제였다. 그리고 스트라빈스키는 미국이라는 올림포스 산 꼭대기에 홀로 고고히 앉아서 예술가와 작가와 그들의 가족이 고국에서 쫓기고, 투옥되고, 추방당하고, 살해당하고 있을 때에도 무심하고 초연하게 자기만 챙기며 수십 년을 보냈다. 자유의 공기를 숨 쉬면서 그가 단 한 번이라도 공개적으로 항의의 말을 한 적이 있던가? 경멸할 만한 침묵이었다. 그는 스트라빈스키를 작곡가로 존경하는 만큼 사상가로서의 스트라빈스키는 경멸했다. 어쩌면 그것이 개인적 정직성과 예술적 정직성에 대한 그의 질문에 대한 답이 될지도 몰랐다. 개인적으로 부정직하다 해서 예술가로서도 정직하지 못한 것은 아니었다.

그는 스트라빈스키가 방문했을 동안 두 차례 만났다. 두 번 다 성공적이지는 않았다. 스트라빈스키는 대담하고 자신감이 넘친 반면 그는 불안해하며 남을 의식했다. 그들이 서로에게 무슨 말을 할 수 있었겠는가? 그래서 그는 이렇게 물었다.

"푸치니를 어떻게 보십니까?"

"푸치니는 질색이오." 스트라빈스키의 대답이었다.

그 말에 그는 이렇게 대답했다. "저도 마찬가집니다."

둘 중 누구 하나라도 본심대로 말했을까? 아닐 것이다. 한 쪽이 본능적으로 우세하면, 다른 쪽은 본능적으로 움츠러든다. 그것이 '역사적인 만남'의 문제점이었다.

그는 아흐마토바와도 '역사적인 만남'을 가졌다. 그는 그녀에게 레피노로 찾아와 달라고 초청했다. 그녀가 왔다. 그는 말없이 앉아 있었고 그녀 역시 그랬다. 그렇게 20분을 있다가 그녀는 일어나서 자리를 떴다. 그녀는 나중에 이렇게 말했다. "근사했어요."

침묵에 대해서는 할 얘기가 많았다. 침묵이야말로 말이 힘을 다하고 음악이 시작되는 지점이다. 또한 음악이 힘을 다하는 자리이기도 하다. 그는 가끔 자신의 상황을 시벨리우스와 비교해 보았다. 시벨리우스는 그의 생애에서 마지막 3분의 1

동안에는 작곡을 접고 그저 앉아서 핀란드 인민의 영광을 몸으로 보여주었을 따름이었다. 그것도 존재하는 방식으로 나쁘지는 않았다. 그러나 그는 자기가 침묵을 지킬 힘이 있을지 의심스러웠다.

시벨리우스는 불만과 자기비하로 가득했던 것이 틀림없었다. 그는 남은 원고를 모두 태워버린 날, 어깨가 가벼워지는 것을 느꼈다고 한다. 말이 되는 얘기였다. 자기비하와 알코올의 관계가 그렇듯이, 하나가 다른 하나를 선동한다. 그는 그 관계를, 그 선동을 너무나도 잘 알고 있었다.

아흐마토바의 레피노 방문에 관해서는 다른 이야기도 떠돌았다. 그 이야기에서 그녀가 전한 바는 이러했다. "우리는 20분간 대화를 나누었어요. 근사했지요." 만약 그녀가 정말로 그렇게 말했다면, 공상을 한 것이다. 그러나 그것이 '역사적 만남'의 문제점이었다. 후세는 무엇을 믿을 것인가? 가끔씩 그는 모든 것에는 다른 판본이 있다는 생각을 했다.

그는 스트라빈스키와 지휘에 대해 토론하던 중, 이렇게 고백했다. "저는 어떻게 하면 두려워하지 않을 수 있는지 모르겠습니다." 그 당시 그는 지휘에 대해서만 얘기하고 있다고 생각했다. 지금은 확신할 수가 없었다.

그는 이제는 살해당할까 두려워하지 않았다—그건 사실이었고, 잘된 일이어야 마땅했다. 그는 자신이 살아남게 될 것이며, 최고의 의료적인 보살핌을 받을 수 있으리라는 것을 알았다. 그러나 어떤 면에서는 그게 더 나빴다. 산 자들을 더 나쁜 상태로 끌고 갈 가능성은 늘 있는 법이기에. 죽은 자들에 대해서는 그렇게 말할 수 없다.

그는 시벨리우스상을 받으러 헬싱키에 갔다. 같은 해 5월에서 10월까지, 로마에서 산타 세실리아 아카데미아 회원이 되었고, 파리에서 문화예술공로훈장을 받았으며, 옥스퍼드 대학에서 명예 박사 학위를 받고 런던에서 로열 음악 아카데미 회원이 되었다. 그는 새우 칵테일 소스 속의 새우처럼 명예 속을 헤엄쳤다. 그는 옥스퍼드에서 풀랑크*를 만났는데, 그도 명예 박사 학위를 받았다. 그들은 예전에 포레**의 것이었음이 분명한 피아노를 보았다. 각자 존경의 뜻에서 잠깐 연주를 했다.

* 1899~1963. 오페라 「카르메르파 수녀의 대화」, 「테레시아스의 유방」, 피아노곡 「무궁동」, 가곡 등으로 유명한 프랑스 작곡가.

** 1845~1924. 프랑스의 작곡가이자 피아니스트.

이런 행사들은 보통 사람들이라면 매우 기뻐하며 달콤하고 귀한 시대의 위안으로 받아들일 것이다. 그러나 그는 보통 사람이 아니었다. 사람들은 그에게 명예를 비처럼 뿌려주면서, 또한 그의 속을 채소로 가득 채웠다. 이제 그에 대한 공격이 얼마나 교활하게 달라졌는가. 그들은 미소 띤 얼굴로 보드카 잔을 들고 다가와 제1서기가 복통을 일으킨 데 대해 동정 어린 농담과 아첨, 감언이설과 침묵과 기대를…… 가끔 그는 술을 마셨고, 가끔은 집에 돌아가서, 혹은 친구의 아파트에 가서야 무슨 일이 벌어지고 있는지를 깨닫고는 자기혐오로 눈물을 흘리다가 어느새 흐느끼고 오열하기도 했다. 이제는 그가 거의 매일같이 그라는 인간이 된 것을 멸시하는 지경까지 왔다. 그는 오래전에 죽었어야 했다.

또한 그들은 「므첸스크의 맥베스 부인」을 두 번 죽였다. 그 작품은 스탈린이 커튼 뒤에 숨어 있고 몰로토프와 미코얀, 즈다노프가 껄껄대며 냉소하던 시절 이후로 20년간 금지되었다. 스탈린과 즈다노프가 죽고 해빙기가 선포되고서 그는 30년대 초부터 그의 친구이자 조력자가 된 글리크만의 도움으로 그 오페라를 개작했다. 그가 「음악이 아니라 혼돈」 기사를 스크랩북에 붙이던 시절 그의 옆에 앉아 있었던 글리크만.

그들은 새로운 판본을 레닌그라드 말리 극장에 보냈고, 극장은 작품의 상연 허가를 신청했다. 그러나 절차가 갑자기 중단되었고, 그는 빨리 진행하고 싶으면 작곡가가 직접 소련 각료 회의 의장에게 청원하는 편지를 쓰는 게 좋다는 충고를 들었다. 소련 각료 회의 의장은 다름 아닌 비야체슬라프 미하일로비치 몰로토프였으므로, 당연히 굴욕적인 일이었다.

그러나 그는 편지를 썼고, 문화부는 이 새로운 개정본을 조사하기 위해 위원회를 소집했다. 나라에서 가장 유명한 작곡가에게 경의를 표하는 뜻에서 위원회는 모자이스코예 대로에 있는 그의 아파트로 오기로 했다. 글리크만도 말리 극장의 감독, 오케스트라 지휘자와 함께 참석했다. 위원회는 작곡가 카발렙스키와 출라키, 음악학자 쿠보프와 지휘자 체실리코프스키로 구성되었다. 그는 초조함이 극에 달한 상태로 그들을 맞았다. 그는 그들에게 오페라 대본의 사본을 건네주었다. 그런 다음 막심이 옆에 앉아 악보를 넘겨줄 동안 모든 파트를 다 부르면서 오페라 전곡을 다 연주했다.

잠깐의 침묵이 어색하게 길어지더니 곧 위원회가 작업에 착수했다. 20년이 흘렀고, 그들은 방탄 상자 속에 앉은 권력자 네 명이 아니었다. 동료 음악가의 아파트에 앉아 있는—손에 피를 묻혀본 적이 없는 세련된 음악인 네 명일 뿐이었다.

그러나 아무것도 바뀌지 않은 것 같았다. 그들은 자기들이 들은 것을 20년 전 쓰인 것과 비교하고, 부족하다는 결론을 내렸다. 그들은 '음악이 아니라 혼돈'이 공식적으로는 결코 철회된 적이 없으므로, 그 교리들은 여전히 적용할 수 있다고 주장했다. 그중 하나가 그의 음악이 부엉부엉 울고, 꽥꽥거리고, 꿀꿀대고, 헐떡거린다는 평이었다. 글리크만이 나서려고 했지만 쿠보프가 소리를 질렀다. 카발렙스키는 작품 중 칭찬할 만한 부분도 있지만, 살인자에 창녀의 행동을 정당화하고 있기 때문에 전체적으로는 도덕적으로 비난받아 마땅하다고 주장했다. 말리 극장 관계자 둘은 침묵을 지켰다. 그는 눈을 감고 소파에 앉아 위원회 구성원들이 서로 앞다퉈 심한 말을 내뱉는 것을 듣고 있었다.

그들은 이데올로기적이고 예술적인 면에서 작품의 결함이 두드러지게 드러나기 때문에, 오페라를 되살리도록 권고할 수 없다고 만장일치로 투표했다. 카발렙스키는 그의 환심을 사려 이렇게 구슬렸다.

"미트야, 서두를 필요 뭐 있소? 당신의 오페라는 아직 때가 되지 않은 거요."

그에게 그때란 영영 오지 않을 것만 같았다. 그는 위원회의 '비평'에 감사를 표한 다음 글리크만과 아라그비 레스토랑의 별실로 갔다. 거기에서 그들은 만취했다. 나이를 먹어서 좋은 점 중 하나였다. 이제는 술 몇 잔에 무너지지 않았다. 원한다면 밤새도록이라도 마실 수 있었다.

디아길레프는 항상 림스키 코르사코프를 파리로 오라고 설득하려 애썼다. 그 작곡가는 계속 거절했다. 결국 이 잘난 척하는 기획자는 작곡가가 오지 않을 수 없게 할 전략을 들고 나타났다. 사임한 코르사코프는 다음과 같은 엽서를 보냈다. "가겠다면 갑시다. 앵무새가 고양이한테 꼬리를 잡혀 계단을 질질 끌려 내려가면서 말하는 것처럼요."

그렇다, 그의 삶은 종종 그렇게 느껴졌다. 그리고 그의 머리는 지금까지 너무 많은 계단을 쿵쿵 박았다.

그는 언제나 꼼꼼한 남자였다. 두 달에 한 번씩 이발소에 갔고 치과도 그 정도 주기로 갔다—꼼꼼한 만큼 걱정도 많았으니까. 항상 손을 씻었다. 꽁초 두 개만 보여도 재떨이를 비웠다. 물, 전기, 배관, 다 늘 이상 없이 잘 돌아가고 있는지 확인하고 싶어 했다. 그의 달력에는 가족과 친구, 동료들의 생일이 표시되어 있었고, 주소록에 적어둔 사람들에게 항상 카드나 전보를 보냈다. 모스크바 교외에 있는 별장에 가면 제일 먼저 우편이 믿을 만한지 확인해 보려고 자기 앞으로 엽서부터 보냈다. 때로는 이런 행동이 살짝 도를 넘을지라도 그렇게 해야만 했다. 넓은 세상이 통제 불가능하게 된다면, 자신이 할 수 있는 영역만이라도 확실히 통제해야 한다. 그 영역이 아무리 작을지라도.

그의 몸은 늘 그랬듯이 긴장해 있었다. 어쩌면 예전보다 더 그럴지도 몰랐다. 그러나 그의 마음은 이제 경쾌하게 움직이지 않았다. 한 가지 근심거리에서 다음 근심거리로 조심스레 느릿느릿 움직여 갔다.

그는 무엇이 활달한 정신을 가진 젊은이를 운전사가 모는 차 뒷좌석에 앉아 멍하니 창밖을 응시하는 노인으로 만들었을까 생각했다.

그는 젊은 시절 깊은 인상을 받았던 모파상의 단편 결말에 무슨 일이 일어났는지 궁금했다. 열정, 경솔한 사랑에 관한 이야기였다. 연인들의 극적인 밀회의 여파에 대해서도 나왔던가? 책을 찾을 수 있으면 확인해 봐야겠다.

그는 여전히 자유연애를 믿고 있었을까? 아마도 그럴 것이다. 이론상으로는. 젊은이들, 모험심 많은 이들, 걱정 근심 없는 이들은 그렇다. 하지만 아이가 생기면 부모 둘 다 자기만의 쾌락만을 좇을 수는 없다 — 그랬다가는 반드시 엄청난 해악을 불러오게 된다. 그는 성적 자유를 누리다가 결국은 아이들이 고아원 신세를 지게 된 부부를 알고 있었다.

치러야 할 대가가 너무 컸다. 그래서 합의가 필요했다. 모든 것에서 카네이션 기름 향이 풍기는 곳을 일단 지나쳐 가면, 삶은 그런 것으로 이루어져 있다. 예를 들어 파트너 중 한쪽이 자유연애를 실천한다면, 다른 한쪽은 아이들을 돌보았다. 대개의 경우 자유를 누리는 쪽은 남자였지만, 여자인 경우도 있기는 했다. 속사정을 다 알지 못하고 멀찍이서 본다면 그의 경우가 그렇게 보였을 것이다. 그런 구경꾼이라면 니나 바실리예브나를 일이나 쾌락, 아니면 동시에 둘 다에 빠진 여자로 보았을 것이다. 그녀는 기질로 보나 몸에 밴 습관으로 보나 집 안에 있는 것은 맞지 않았다.

다른 사람의 권리를 진심으로 믿을 수도 있다 — 자유연애를 할 권리까지도. 하지만 그렇다, 원칙을 그대로 실행에 옮기기는 쉬운 일이 아니었다. 그래서 그는 음악 속에 파묻혀 온 정신을 거기 쏟았고, 음악에서 위안을 얻었다. 음악 속에 있을 때는 어쩔 수 없이 아이들 곁을 떠나야 했지만. 그리고 가끔씩은 그 역시 다른 여자들과 놀아나기도 한 것이 사실이었다. 가벼운 희롱 정도가 아니었다. 그는 최선의 노력을 다했고, 모든 남자가 그랬다.

니나 바실리예브나는 자기 나름으로는 너무나 신나고 활기차고, 사교적이고, 편안한 삶을 살고 있어서, 다른 사람들 또한 그녀를 사랑했다 해도 그리 놀랄 일이 아니었다. 그가 스스로에게 한 말이기도 했다. 가끔 고통스러웠다 해도 사실이고 충분히 이해할 법한 일이다. 그러나 그는 그녀가 자신을 사랑하며, 그가 자기 힘으로는 다룰 능력이 없거나 그럴 의지가 없는 많은 일들로부터 자신을 보호해 주고 있다는 것, 그를 자랑스러워한다는 것 또한 알고 있었다. 그 모든 것이 중요했다. 밖에서 안을 들여다보는 사람, 이해하지 못하는 사람은 그녀가 죽었을 때의 상황을 훨씬 더 이해하지 못할 것이다. 그녀는 그때 A.와 함께 아르메니아에 머물렀는데 갑자기 병으로 쓰러졌다. 그는 갈리야와 함께 날아갔지만 니타는 그들이 도착하는 것과 거의 때를 같이해서 죽었다.

사실만을 말해보자. 그는 갈리야와 기차로 모스크바에 돌아왔다. 니나 바실리예브나의 유해는 A.가 비행기로 날라왔다. 장례식은 온통 검정, 흰색, 주홍색이었다. 흙, 눈, A.가 보낸 붉은 장미였다. 그는 무덤가에서 A.를 자기 곁에 바싹 붙어 있게 했다. 그리고 그의 가까이 머물렀다 — 아니, 차라리 A.를 곁에 잡아두었다고 해야겠다 — 그다음 달 내내. 그 후로도 니타의 무덤을 찾아가보면 A.가 보낸 붉은 장미가 무덤 위에 흩뿌려져 있을 때가 많았다. 그 모습을 보면 마음에 위안이 되었다. 이를 이해하지 못할 사람들도 있을 것이다.

그는 언젠가 니타에게 자기를 떠날 것인지 물어본 적이 있었다. 그녀는 웃으며 이렇게 대답했다. "A.가 새로운 입자를 발견해서 노벨상을 타지 않는 한은 안 떠나요." 그러자 그도 어느 쪽이 가능성이 있을지 따져볼 수가 없어서 웃었다. 그가 웃은 것을 이해하지 못할 사람도 있을 것이다. 놀랄 일은 아니다.

그가 후회하는 것이 한 가지 있었다. 그들 모두 흑해에, 보통은 각기 다른 요양원에서 머물 때, A.가 니타를 데리고 드라이브를 가려고 자기 뷰익을 타고 오곤 했다. 그런 드라이브는 문제가 아니었다. 그리고 그에게는 언제나 그의 음악이 있었다—그는 어디에 있든 피아노를 찾아내는 요령이 있었다. A.는 차를 운전하지 않았기 때문에 운전사가 있었다. 아니, 운전사도 문제가 아니었다. 문제는 뷰익이었다. A.는 본국으로 송환된 아르메니아인으로부터 그 뷰익을 샀다. 그렇게 해도 좋다는 허락을 받았다. 그것이 문제였다. 프로코피예프는 포드를 사도 좋다는 허락을 받았다. A.는 뷰익을 살 수 있었다. 슬라바 로스트로포비치는 오펠을 한 대 사고, 한 대 더 사고, 랜드로버를 사고, 메르세데스도 샀다. 드미트리 드미트리예비치 쇼스타코비치는 외제차를 사도 좋다는 허락을 받지 못했다. 몇 년 동안 그는 KIM-10-50과 GAZ-MI, 포베다, 모스크비치, 볼가 중에서만 선택을 할 수 있었다…… 그러니까 맞다, 크롬과 가죽으로 만들어지고 근사한 등과 얇은 판, 차에서 나는 각기 다른 소음과 어디를 가든 만들어내는 움직임, 그는 A.를 뷰익 때문에 질투했다. 그것은 거의 물질적인 것, 그 뷰익과 같았다. 그리고 금빛 눈의 그의 아내 니나 바실리예브나가 그 차를 타고 있었다. 그의 원칙에도 불구하고 가끔은 그것도 문제가 되었다.

그는 모파상의 단편을 찾아냈다. 경계를 넘는 사랑, 내일은 생각지 않는 사랑에 관한 이야기였다. 그가 잊어버렸던 것은 아침에 젊은 주둔군 사령관이 허위로 비상사태를 꾸며낸 데 대해 혹독한 질책을 받았고, 벌로 그의 부대 전체가 프랑스의 반대편 끝으로 전출당했다는 것이었다. 모파상은 자기 나름대로의 이야기를 생각해 냈다. 어쩌면 그 이야기는 작가가 처음에 생각했던 대로 호메로스와 고대인들이 다루었을 법한 영웅적인 사랑 이야기가 아니라 폴 드 콕이 쓰는 현대식 싸구려 이야기였을지도 모른다. 어쩌면 사령관은 그 지경이 되어서도 동료 장교들에게 자신의 멜로드라마 같은 행동과 그로 얻은 섹스의 보상을 떠벌리고 있었을지도 모른다. 현대 세계에서는 그런 식으로 로맨스가 더럽혀지는 일이 충분히 있을 법하다고 모파상은 결론지었다. 처음의 행동과 사랑의 밤이 여전히 그대로이고 그들 나름의 순수함을 갖고 있다 하더라도.

그는 그 이야기를 골똘히 생각해 보면서 그의 삶에서 일어났던 그런 일들 몇 가지를 돌이켜보았다. 남이 칭찬해 줄 때 니타가 기뻐하는 모습. 노벨상에 대해서 그녀가 한 농담. 그리고 이제 그는 자기가 스스로를 다르게 보아야 하는 것은 아닐까 싶었다. 총검에 막혀 마을로 들어가지 못하고 앙티브 기차역의 대기실에서 밤을 지새워야 했던 그 사업가 남편, 파리스 씨로.

그는 다시 운전사의 귀로 관심을 돌렸다. 서방에서 운전사는 하인이었다. 소련에서는 운전사가 두둑한 보수를 받는 품위 있는 직업에 끼었다. 전후에 많은 운전사들은 군대 경험이 있는 기술자들이었다. 당신은 운전사를 존경심을 갖고 대해야 한다는 것을 알고 있었다. 당신은 절대 그의 운전이나 차의 상태에 대해 뭐라 하지 않았다. 사소한 질타의 말 한 마디라도 했다가는 차에 원인 모를 이상이 생겨 보름을 못 쓰게 되는 일이 흔했다. 또한 운전사가 그를 위해 일하지 않을 때는 아마도 자기 나름대로 다른 일을 해서 가욋돈을 벌고 있으리라는 사실도 모른 척했다. 그래서 운전사에게 경의를 표했고, 그게 옳았다. 어떤 점에서는 운전사가 당신보다 더 중요했다. 아주 성공해서 자기 운전사를 둔 운전사들도 있었다. 아무리 성공했다 한들 남에게 대신 작곡을 시킬 수 있는 작곡가가 있던가? 있을 수도 있다. 그런 소문이 무성했다. 흐레니코프는 권력층의 총애로 너무 바빠서 자기 음악은 대강 윤곽을 잡을 시간밖에 없고, 다른 이들이 그를 위해 손을 봐준다는 소문이 있었다. 그럴 수도 있겠지만, 만약 그렇다 해도 그리 큰 문제는 아니었다. 흐레니코프가 직접 만들었다고 음악이 크게 달라지지는 않을 테니까.

흐레니코프는 여전히 그대로였다. 그토록 열심히 협박을 하고 왕따를 주동하던 즈다노프의 똘마니. 자기 스승이었던 셰발린까지도 박해했던 인물. 작곡가들이 오선지를 살 수 있는 전표에 개인 자격으로 서명해 주는 것처럼 거들먹거렸던 자.

스탈린에게 낚시꾼으로 뽑혔던 흐레니코프는 멀리서 또 한 명을 고른다.

흐레니코프에게 상점 점원의 고객 역할을 해주어야 하는 사람들이 그에 관해 즐겨 하는 이야기가 있었다. 어느 날 작곡가 조합 제1서기가 스탈린 후보 의논 건으로 크렘린 궁의 호출을 받았다. 평소처럼 조합이 목록을 작성해 놓았지만 최종 선택을 하는 사람은 스탈린이었다. 이번에는 무슨 이유에서였는지 스탈린이 친척 아저씨 같은 조타수 역할을 하는 대신, 점원에게 그의 비천한 지위를 일깨워 주기로 마음먹었다. 흐레니코프가 들어오자, 스탈린은 일을 하는 척하면서 그를 무시했다. 흐레니코프는 점점 더 불안해졌다. 스탈린이 눈을 들었다. 흐레니코프가 후보자 목록에 대해 뭔가 웅얼웅얼 얘기했다. 스탈린은 대답 대신 그를 흔히들 하는 말로 '째려보았다'. 그러자 흐레니코프는 그만 바지에 실례를 하고 말았다. 그는 잔뜩 겁에 질려 뭐라 횡설수설 변명을 주워섬기며 권력자 앞에서 줄행랑을 쳤다. 밖에 나와보니 이런 일에 익숙한 건장한 남자 간호사 두 명이 기다리고 있다가 그를 붙잡아 별실로 데려가서 호스로 씻기고 정신을 좀 차리게 놔두었다가 바지를 돌려주었다.

물론 이런 행동이 비정상적인 것은 아니었다. 변덕이 일면 누구라도 없애버릴 수 있는 권력자 앞에 섰을 때 장이 약해졌다고 경멸할 이유는 물론 없다. 아니, 그런 이유로 티혼 니콜라예비치 흐레니코프를 경멸하는 것이 아니다. 그는 자신의 수치를 황홀해하며 떠벌렸던 것이다.

이제 스탈린은 없고, 즈다노프도 없고, 독재도 사라졌다 — 그러나 흐레니코프는 여전히 그 자리에 굳건히 버티고 앉아 옛 상관들에게 했듯이 새로운 상관들의 비위를 맞추고 있었다. 그렇다, 실수가 좀 있다손 치더라도, 모두 잘 고쳐졌다. 흐레니코프는 물론 그들 모두보다 더 오래 살아남겠지만 언젠가는 그 역시 죽을 것이다. 자연의 법칙에서 예외가 아니라면. 어쩌면 티혼 흐레니코프는 권력자를 사랑하고 그 사랑을 보답받는 법을 아는 자의 영원하고 필수불가결한 상징으로 영원히 살지도 모른다. 그리고 흐레니코프가 아니더라도 그의 분신과 후예들이 있을 것이다. 그들은 사회가 어떻게 변하건 언제까지나 살아남을 것이다.

그는 죽음을 두려워하지 않는다고 생각하고 싶어 했다. 그가 두려워하는 것은 죽음이 아니라 삶이었다. 그는 사람들은 죽음에 대해 더 자주 생각해야 하며, 죽음에 대한 생각에 익숙해져야 한다고 믿었다. 죽음에 대한 생각이 무심결에 슬그머니 떠오르도록 그저 놔두는 것은 삶을 살아가는 최선의 방법이 아니다. 죽음에 친숙해지도록 해야 한다. 말로써든, 그의 경우에는 음악으로든. 우리 삶에서 죽음에 대해 더 일찍 생각할수록 실수도 더 적게 하게 된다는 것이 그의 믿음이었다.

그가 많은 실수를 하지 않아서가 아니었다.

가끔은 죽음에 대해 그렇게 자주 생각하지 않았다 하더라도 실수는 똑같이 저질렀을 거라고 생각했다.

그리고 가끔은 정말로 죽음이야말로 그를 가장 두렵게 만드는 것이라고 생각했다.

그의 두 번째 결혼도 그가 저지른 실수 중 하나였다. 니타가 죽고 나서 1년이 채 안 되어 그의 어머니도 세상을 떠났다. 그의 삶에서 가장 강한 여성 두 명이었다. 그의 안내자이자 지도자, 보호자였다. 그는 너무나도 외로웠다. 그의 오페라가 막 두 번째로 살해된 직후였다. 그는 여자들과 가벼운 관계를 가질 수는 없다는 것을 알고 있었다. 곁에 아내가 필요했다. 마침 세계 청년 페스티벌에서 최고 합창단을 뽑는 심사위원장으로 나갔는데 마르가리타가 눈에 띄었다. 그녀가 니나 바실리예브나를 닮았다고 하는 이들도 있었지만,

그는 아무리 봐도 그렇게 보이지는 않았다. 그녀는 공산주의자 청년단에서 일하고 있었고, 그게 변명이 될 수는 없었지만 어쩌면 일부러 그의 눈에 띄려고 했을지도 몰랐다. 그녀는 음악에 대해서는 전혀 몰랐고, 관심도 거의 없었다. 즐기려고는 했지만 잘 안 되었다. 그의 친구들은 모두 그녀를 탐탁지 않게 여겼거나 결혼에 찬성하지 않았으므로, 당연히 결혼은 갑작스럽게, 비밀리에 치러졌다. 갈리야와 막심은 그녀를 좋아하지 않았다—그렇게도 빨리 그들의 어머니 자리에 대신 들어왔으니 당연한 반응이 아니었겠는가?—그러니 그녀 쪽에서도 아이들을 좋아하지 않았다. 어느 날 그녀가 아이들에 대해 불평을 늘어놓자 그가 정색을 하고 이렇게 말했다.

"차라리 아이들을 죽여버릴까? 그러면 우리끼리 영원히 행복하게 잘 살 수 있을 텐데."

그녀는 그 말을 이해하지도 못했고, 재미있다고 여긴 것 같지도 않았다.

그들은 별거했다가 결국 이혼했다. 그녀의 잘못이 아니라 전적으로 그의 탓이었다. 그는 마르가리타를 대단히 곤란한 자리에 놓았다. 외로워서 겁에 질렸던 것이다. 새삼스러운 일도 아니었다.

그는 배구 대회를 운영했을 뿐 아니라 테니스 심판으로도 일했다. 한번은 정부 관료들을 위한 크림반도의 요양원에서 당시 KGB 국장이었던 세로프 장군이 낀 경기를 맡게 되었다. 장군이 렛*이나 라인 콜**에 이의를 제기할 때마다 그는 잠시나마 자신이 누리게 된 권위를 즐겼다. "심판의 판정을 따라야 합니다." 그는 이렇게 명령했다. 그가 권력층과의 대화를 즐긴 몇 안 되는 경우 중 하나였다.

그는 순진했을까? 물론이다. 하지만 그 당시 그는 협박과 위협과 모욕에 익숙해져서 칭찬이나 환영의 말도 응당 그래야 할 만큼 의심을 품지 않았다. 멍청해서가 아니었다. 옥수수대 니키타가 개인숭배를 맹비난했을 때, 스탈린의 과오가 인정되고 그의 희생자 중 일부가 사후에 복권되었을 때, 사람들이 수용소에서 돌아오기 시작했을 때, 『이반 데니소비치의 하루』가 출간되었을 때, 어떻게 사람들이 희망을 품지 않을 수 있었겠는가? 스탈린의 몰락이 레닌의 복원을 의미한다 해도, 정치 노선의 변화가 흔히 경쟁자를 선수 치려는 것에 불과하다 해도, 솔제니친의 소설이 그가 보기에는 현실에 광을 낸 것이고 진

* 테니스 경기에서, 심판이 예기치 않은 일로 경기 진행이 방해되었음을 선언하는 것.
** 테니스의 선심 등이 내리는, 공이 라인 안에 떨어졌는지 벗어났는지의 판정.

실은 그보다 열 배는 더 나쁘다 해도, 아무리 그렇다 해도 어떻게 희망을 품지 않을 수 있었겠는가, 새로운 지도자들은 예전 지도자들보다 나을 거라고 믿지 않을 수가 있었겠는가?

물론 바로 그 시점에 그를 잡으려는 손이 뻗쳐왔다. 드미트리 드미트리예비치, 상황이 어떻게 달라졌는지 보시오. 당신은 국가의 온갖 명예를 차지하고 있고, 소련의 대사로서 해외로 나가 상과 학위를 받고 있소—우리가 얼마나 당신을 높이 평가하는지 보시오! 별장과 운전사가 당신의 마음에 들 거라 믿소. 또 필요한 것이 있소? 드미트리 드미트리예비치, 보드카 한 잔 더 하시겠소? 우리가 몇 잔을 마시든 당신 차가 기다리고 있을 것이오. 제1서기 밑에서의 삶이 훨씬 더 살 만하지요, 그렇게 생각지 않습니까?

어떤 면에서는 그 또한 동의하지 않을 수 없었다. 독방에 갇힌 죄수에게 감방 동료가 생기고, 창살로 기어 올라가 가을 공기를 맡도록 허락되고, 간수가 더는 그의 수프에 침을 뱉지 않는 게—적어도 죄수의 앞에서는—죄수의 삶이 더 나아진 것이라 한다면 더 나아졌다. 그렇다, 그런 의미에서는 더 좋아졌다. 드미트리 드미트리예비치, 그것이 바로 당이 당신을 포용하고자 하는 이유요. 우리 모두 당신이 개인숭배 시절에 희생자가 되었던 것을 기억하고 있소. 그러나 당은 자기비판을 충실히 해왔소. 더 좋은 세상이 온 거요. 그러니 당신은 당이 변화했음을 인정해 주기만 하면 되오. 그게 뭐 그리 대단한 부탁은 아니지 않소, 드미트리 드미트리예비치?

드미트리 드미트리예비치. 아주 오래전 그는 야로슬라프 드미트리예비치가 되기로 되어 있었다. 그의 아버지와 어머니가 제 고집대로 하는 신부의 설득에 넘어가버리지만 않았다면. 그의 부모님이 훌륭한 예의범절과 적절한 신앙심을 보여주었을 뿐이라고 할 수도 있을 것이다. 아니면 그가 비굴함의 별 아래에서 태어났다고—그게 아니라면 적어도 세례를 받았다고—해도 좋을 것이다.

그의 세 번째이자 마지막이 된 권력층과의 대화를 위해 선택된 인물은 표트르 니콜라예비치 포스펠로프였다. 러시아 연방 중앙위원회 사무국 소속으로, 1940년대 내내 당의 핵심 이데올로기 연구가이자 《프라우다》의 전 편집자였고 그가 트로신 동지에게 지도를 받으면서 끝내 읽지 못했던 그런 책들 중 한 권의 저자였다. 단춧구멍에 레닌 훈장 여섯 개 중 하나를 달고 다닐 법한 얼굴이었다. 포스펠로프는 스탈린의 위대한 지지자였다가 흐루쇼프의 위대한 지지자로 갈아탔다. 그는 스탈린이 트로츠키를 패배시킨 덕분에 소련에서 레닌주의의 순수성이 보존되었다고 유창하게 설명할 수 있었다. 요즘은 스탈린은 눈 밖으로 밀려나고 레닌이 돌아왔다. 수레바퀴가 몇 번 더 돌고 나면 옥수숫대 니키타도 눈 밖으로 밀려날 것이다. 그리고 이 세상의 포스펠로프들 — 흐레니코프들처럼 — 은 변화가 일어나기 전에 미리 감지하고, 땅에 귀를 대고 눈은 큰 기회를 좇으며 침 바른 손가락을 허공에 들고 바람의 방향이 어느 쪽으로 바뀔지 가늠할 것이다.

그러나 그런 것은 중요하지 않았다. 중요한 것은 포스펠로프가 권력층과의 마지막이자 가장 파멸적인 대화에서 그의 대화 상대였다는 것이다.

"굉장한 소식이 있습니다." 계속된 초대 권유를 뿌리치지 못해서 어쩔 수 없이 참석했던 리셉션에서 포스펠로프가 그를 구석으로 데려가 이렇게 말했다. "니키타 세르게예비치가 당신을 러시아 연방 작곡가 조합 의장으로 임명할 계획이라고 개인적으로 알려왔습니다."

"그건 과분한 명예인데요." 그가 미처 생각할 겨를도 없이 대답했다.

"하지만 제1서기님한테서 나온 제안이니만큼 당신도 거부할 수 없을 겁니다."

“저는 그런 영예를 누릴 자격이 없습니다.”

“자격 여부는 당신이 판단할 일이 아닐걸요. 니키타 세르게예비치가 그 점에서는 당신보다 더 나은 자리에 있습니다.”

“저는 수락할 수가 없습니다.”

“이봐요, 드미트리 드미트리예비치, 당신은 전 세계에서 드높은 명예를 수락해 왔잖소. 당신이 수락하는 모습을 보면서 우리도 기뻤다고요. 그런데 정작 고국에서 주는 명예는 거부하겠다니 영문을 알 수가 없군요.”

“유감스럽지만 시간이 없어서요. 저는 작곡가이지 의장이 아닙니다.”

“시간은 별로 들지 않을 겁니다. 우리한테 맡기시오.”

“저는 작곡가이지 의장이 아닙니다.”

“당신은 생존한 우리 작곡가들 중 가장 위대한 인물이오. 모두가 당신을 그렇게 인정해요. 어려웠던 세월은 다 지나갔어요. 그래서 그게 중요한 거고요.”

“무슨 말씀이신지 모르겠군요.”

“드미트리 드미트리예비치, 우리 모두 당신이 개인숭배 시절에 어떤 결과들은 피할 수 없었다는 것을 알고 있어요. 그렇다 하더라도, 이렇게 말할 수 있다면, 당신은 대부분 사람들보다는 더 보호를 받았어요.”

"분명히 말씀드리지만 그렇게 느껴지지는 않았습니다."

"그래서 당신이 반드시 의장직을 수락해야 한다는 겁니다. 개인숭배가 끝났음을 확실히 보여주어야 해요. 솔직히 얘기하자면, 드미트리 드미트리예비치, 제1서기 밑에서 일어난 변화들이 확고해지려면 공식 선언들이 받쳐주고 제안한 것과 같은 임명이 뒤따를 필요가 있어요."

"언제든 기꺼이 편지에 서명하겠습니다."

"내가 부탁하는 건 그게 아니라는 거 알잖소."

"저는 자격이 없습니다." 그는 다시 한번 되풀이하고 이렇게 덧붙였다. "제1서기님 옆에서는 저는 벌레 같은 존재에 불과합니다."

이런 비유가 포스펠로프에게 먹힐지는 의심스러웠다. 그는 과연 믿지 못하겠다는 듯이 쿡쿡 웃었다.

"당신의 타고난 겸손함을 우리가 극복할 수 있을 거라 믿소, 드미트리 드미트리예비치. 하지만 다음에 더 얘기합시다."

아침마다 그는 기도 대신 옙투셴코의 시 두 편을 암송했다. 하나는 권력층의 그림자 아래에서 살아가는 삶이 어떤 것인지 묘사한 「경력」이었다.

갈릴레오의 시대에, 한 동료 과학자
갈릴레오 못지않게 어리석었다.
지구가 돈다는 것을 잘 알고 있었다.
그러나 그에게도 먹여 살려야 할 대가족이 있었다.

그것은 양심과 인내에 관한 시였다.

그러나 시대마다 과시하는 방식이 있다.
가장 고집 센 자들이 가장 똑똑하다.

그게 사실일까? 그는 알 수가 없었다. 시는 야심과 예술가의 진실함 사이의 차이를 보여주면서 끝났다.

그러니 나는 내 일을 하련다,
하나를 좇지 않음으로써.

이런 시들은 그를 위로해 주는 동시에 의문을 던져주었다. 그는 불안과 두려움과 레닌그라드 식의 공손함을 지녔지만, 근본적으로는 음악에서 자신이 보았던 대로의 진실을 좇으려 하는 고집스러운 사람이었다.

그러나 「경력」은 본질적으로 양심에 관한 시였고, 그의 양심이 그를 비난했다. 충치로 인해 뚫린 구멍을 찾으려 이를 더듬는 혀처럼, 나약함, 이중성, 자기기만의 영역을 찾아내지 못한다면 양심이 무슨 소용이겠는가? 그가 입안에 뭔가 문제가 있다고 늘 의심하면서 두 달에 한 번씩 치과의사를 찾는다면, 양심에 대해서는 자기 영혼에 뭔가 문제가 있지 않나 늘 의심하면서 매일같이 자신의 양심을 살폈다. 그를 비난하는 것은 한두 가지가 아니었다. 타협하느라고 건너뛰고 기대에 못 미쳤던 행동들, 카이사르에게 치른 동전. 때때로 그는 자신을 갈릴레오이면서 그 동료 과학자, 먹여 살릴 식구들을 거느린 자로 보았다. 그는 타고난 천성이 허락하는 만큼은 용감했지만, 양심은 항상 더 많은 용기를 보여줄 수도 있었을 거라고 주장했다.

그는 그 후 몇 주를 포스펠로프와 마주치지 않기만을 바라며 그를 피하려 애썼지만, 어느 날 저녁 다시 수다와 가식과 넘칠 듯 찰랑대는 잔들 속에서 자신을 향해 다가오는 그를 보았다.

"자, 드미트리 드미트리예비치, 그 문제는 좀 생각해 보셨습니까?"

"아, 말씀드렸다시피 저는 정말로 자격이 안 됩니다."

"저는 당신이 의장직을 진지하게 고려하는 것을 동의의 뜻으로 판단하고, 니키타 세르게예비치에게 당신이 주저하는 까닭은 겸손 탓일 뿐이라고 말씀드렸습니다."

그는 예전에 나눈 대화를 이런 식으로 왜곡한 것을 두고 잠시 생각에 잠겼지만 포스펠로프가 서둘러 말을 이었다.

"자, 자, 드미트리 드미트리예비치, 겸손이 지나치면 허영이 됩니다. 우리는 당신이 수락하리라 믿고 있고, 당신은 수락할 겁니다. 물론 우리 둘 다 알고 있듯이 러시아 연방 작곡가 조합 의장직은 간단한 문제가 아니지요. 그러니 당신이 주저하는 것도 충분히 이해합니다. 하지만 우리 모두 이제 때가 왔다는 점에는 의견이 같지요."

"무슨 때가 왔다는 겁니까?"

"의장이 되려면 당에 가입해야 합니다. 그러지 않으면 헌법에 위배됩니다. 물론 그건 아셨겠지요. 그래서 망설이는 거고요. 하지만 걱정하지 마십시오. 당신 앞에 전혀 방해될 것은 없습니다. 정말로 입당 원서에 서명만 하면 되는 문제입니다. 나머지는 우리가 다 알아서 처리해 드릴 겁니다."

그는 갑자기 몸에서 숨이 다 빠져나가는 듯한 기분이었다. 어째서, 왜 이렇게 될 줄 몰랐을까? 그 공포의 세월 내내 그는 적어도 당원이 되어서 자기 처지를 더 편하게 만들어본 적은 없다고 말할 수 있었다. 이제 드디어 엄청난 공포가 끝나고 나니 그들은 그의 영혼을 요구했다.

그는 가까스로 정신을 수습하고 대답을 했지만 말이 다급하게 나왔다.

"표트르 니콜라예비치, 저는 정말로 자격이 없고, 정말로 그 자리에 맞지 않습니다. 저는 정치적인 사람이 아닙니다. 마르크스-레닌주의 교리의 기초도 이해하지 못한다는 점을 인정해야겠군요. 저에게 트로신 동지를 개인 교사로 붙여준 적도 있고, 의무적으로 제공받은 책을 모두 읽었습니다. 제 기억으로는 당신의 책도 포함되어 있었지요. 하지만 너무나 진전이 없었기에 더 준비될 때까지 기다리는 게 좋을 것 같습니다."

"드미트리 드미트리예비치, 우리 모두 불행히도—이렇게 말할 수 있다면—정치 교사를 정해드리지 않을 수 없었던 것을 잘 알고 있습니다. 당신에게는 너무나 심한 모욕이었지요. 개인숭배 시절에는 사는 게 다 그랬지요. 그러니까 더더욱 시대가 얼마나 바뀌었는가를 보여주어야 합니다. 당원들이 정치 이론을 모두 깊이 이해하지 못해도 된다는 것을 말입니다. 요즘의 니키타 세르게예비치 시대에는 우리 모두 더 자유롭게 숨 쉴 수 있습니다. 제1서기님은 아직 젊고, 그의 계획은 앞으로 오랜 세월 펼쳐질 겁니다. 우리에게 중요한 것은 당신이 이런 새로운 길, 숨 쉴 새로운 자유를 인정했음을 보여주는 것입니다."

그는 당연히 그 순간에는 숨 쉴 자유 따위는 거의 느끼지 못하고 다른 변명거리를 찾았다.

"실은, 표트르 니콜라예비치, 제가 종교적으로 믿는 것이 있어서 말인데요, 믿음을 지키면서 당원이 될 수는 없어서 그럽니다."

"오랫동안 현명하게도 혼자서만 간직해온 믿음이야 물론 있겠지요. 그 믿음을 남들 앞에 알린 적은 없으니 그런 건 문제가 안 됩니다. 그런 문제로 도움을 드리자고 개인 교사를 보내거나 하지는 않을 겁니다…… 뭐라고 해야 하나, 그런 시대에 뒤떨어진 기벽奇癖 정도야 괜찮습니다."

"세르게이 세르게예비치 프로코피예프는 크리스천사이언스 신자였지요." 그는 생각에 잠긴 채 대답했다. 엄격히 따지자면 그 얘기가 관련이 없다는 것을 깨닫고 그는 이렇게 물었다. "교회를 다시 열겠다는 말씀은 아니지요?"

"예, 그런 뜻으로 한 말은 아닙니다, 드미트리 드미트리예비치. 하지만 물론 요즘 분위기가 부드러워졌으니 곧 그 문제도 자유로이 이야기할 날이 올지 모르지요. 우리의 저명하신 새

당원과 함께 말입니다."

"하지만," 그는 화제를 하느님에서 까다로운 문제로 돌리며 이렇게 대답했다. "하지만 — 제 말이 틀렸다면 말씀해 주십시오. 조합 의장이 반드시 당원이어야 할 이유는 없잖습니까."

"그렇지 않은 경우는 상상도 할 수 없습니다."

"콘스탄틴 페딘과 레오니드 소벨레프는 작가 협회의 고위직이었지만 당원은 아니었습니다."

"그렇지요. 하지만 쇼스타코비치의 유명세를 어떻게 페딘과 소벨레프에 비하겠습니까? 그건 논쟁의 여지가 없습니다. 당신은 우리 작곡가들 중에서 가장 유명하고, 가장 고명하신 분입니다. 당신이 당원이 되지 않고 협회장을 맡는다는 것은 생각도 할 수 없어요. 니키타 세르게예비치가 소련에서 앞으로 음악 발전을 위해 이런 계획을 갖고 있는 마당에는 더욱 그렇지요."

그는 빠져나갈 구멍을 냄새 맡고 이렇게 물었다. "무슨 계획 말씀입니까? 음악에 대한 계획은 아직 읽지 못했는데요."

"물론 그렇겠지요. 그 계획을 세우도록 도울 위원회에 곧 초대되실 테니까요."

"내 음악을 금지했던 당에 가입할 수는 없어요."

"당신의 음악 중에서 어떤 것이 금지되었나요, 드미트리 드미트리예비치? 죄송합니다만…….”

“「므첸스크의 맥베스 부인」입니다. 개인숭배 시대에 처음 금지되었고, 개인숭배가 끝난 뒤 또다시 금지되었습니다.”

“그렇군요.” 포스펠로프가 달래는 투로 대답했다. “그게 문제가 될 수도 있다는 건 이해합니다. 하지만 현실적인 관점에서 얘기해 봅시다. 당신의 오페라가 상연되게 만들 최선의 방법, 가장 가능성이 높은 방법은 당신이 당에 가입하는 겁니다. 세상 이치가 가는 게 있어야 오는 것도 있는 법이지요.”

미꾸라지처럼 잘도 빠져나가는 상대의 태도에 그는 분개했다. 그래서 마지막으로 할 말을 했다.

“그렇다면 저도 현실적인 관점에서 한 말씀 드리지요. 제가 늘 말해왔듯이, 제 삶에서 근본적인 원칙 중 하나가 사람을 죽이는 당에는 절대 들어가지 않겠다는 것입니다.”

포스펠로프는 전혀 주저하는 빛이 없었다. “하지만 그 말이 바로 제 말입니다, 드미트리 드미트리예비치. 우리—그러니까 당—는 변했습니다. 요즘은 아무도 살해당하지 않아요. 니키타 세르게예비치 밑에서 살해당한 사람을 아시면 한 사람이라도 이름을 대보시렵니까? 딱 한 명이라도? 반대로 개인숭배 시대의 희생자들이 정상적인 삶으로 돌아오고 있어요. 숙청되었던 사람들의 이름이 복권되고 있다고요. 이런 일이 계속되도록 해야 합니다. 반동 세력들은 여전히 존재하고 있고, 그들을 얕잡아 보아서는 안 돼요. 그래서 우리가 당신에게 도움을 청하는 겁니다 — 진보 진영에 함께해 달라고요."

그는 진이 다 빠져서 그 자리를 떴다. 그 뒤로 한 번 더 만났다. 또 한 번 더. 고개만 돌리면 포스펠로프가 손에 잔을 들고 그의 쪽으로 다가오는 모습이 보이는 것 같았다. 그 남자는 심지어 그의 꿈속에까지 나와서 늘 차분하고 이성적인, 그러나 사람을 미치게 만드는 어조로 이야기를 했다. 그는 오직 혼자 있고 싶을 뿐이었다. 그는 글리크만에게는 그 일을 털어놓았지만 가족에게는 얘기하지 않았다. 그는 술을 마셨고, 일을 할 수가 없었다. 신경이 갈기갈기 찢겼다. 한 인간이 자기 삶에서 견딜 수 있는 것은 그 정도까지만이었다.

1936년, 1948년, 1960년. 그들은 12년마다 그를 찾아왔다. 물론 매번 윤년이었다.

'그는 자존심을 지킬 수가 없었다.' 그것은 하나의 표현에 불과했으나 정확한 표현이었다. 권력층의 압력을 받다보면 자아는 금이 가고 쪼개진다. 남들 앞에서 겁쟁이는 마음속으로는 영웅으로 살아간다. 혹은 그 반대이거나. 아니면, 더 흔한 경우는 남들 앞에서 겁쟁이는 마음속으로도 겁쟁이로 산다. 그러나 그렇게 단순하지가 않았다. 사람의 생각은 도끼날에 반으로 쪼개진다. 차라리 산산이 쪼개져서 조각들이 — 그가 — 한때는 딱 들어맞았음을 헛되이 기억하려 애쓰는 편이 더 나았을 것이다.

그의 친구 슬라바 로스트로포비치는 예술적 재능이 위대할수록 박해를 더 잘 견뎌낼 수 있다고 주장했다. 다른 이들에게는 맞는 말이었을지도 모른다 — 슬라바에게는 확실히 맞았다. 그는 어떤 경우건 낙관적인 성향을 잃지 않는 인물이었다. 그리고 나이가 더 젊고, 예전 시대가 어땠는지를 모르는 사람들의 경우에도 그러했다. 또는 영혼이, 신경이 박살 났다는 게 어떤 건지 모르는 사람들이라면. 일단 신경이 망가지면 바이올린 줄을 갈듯 바꿀 수는 없는 법이었다. 영혼 속 깊숙이 뭔가가 사라져 버렸고, 남은 것은 — 뭘까? — 어떤 전략적인 교활함, 세상물정 모르는 예술가인 척할 수 있는 능력, 어떤 희생을 치르고서라도 자신의 음악과 가족을 보호하겠다는 결심뿐이었다. 그는 드디어 이렇게 생각했다 — 생기와 결의가 다 빠져나가 버려서 기분이라고 할 수도 없을 정도의 기분으로 — 어쩌면 이게 오늘 치러야 할 대가인지도 모른다.

그래서 그는 죽어가는 사람이 신부에게 항복하듯 포스펠로프에게 항복했다. 아니면 보드카에 흠뻑 취한 반역자가 총살형 집행대로 향하듯이. 자기 앞에 놓인 서류에 서명하면서 물론 자살도 생각했다. 하지만 이미 도덕적으로는 자살을 하는 중인데 육체적인 자살이 무슨 소용이겠는가? 약을 사다가 숨겨놓고 삼킬 용기가 없다는 것은 문제도 아니었다. 그보다 이 시점에 와서는 자살에 필요한 자존감조차 없었다.

그러나 그가 겁쟁이라 해도 위르겐센의 집이 가까워지자 어머니의 손에서 빠져나가 도망가던 어린 소년처럼 도망갈 정도의 용기는 남아 있었다. 그는 당에 가입하겠다는 입당 원서에 서명한 다음 레닌그라드로 도망가서 누이와 함께 숨었다. 그들이 그의 영혼은 가질 수 있을지 몰라도 그의 몸은 안 되었다. 그들은 저명한 작곡가가 자신이 진짜로 벌레 같은 인간임을 스스로 증명했으며, 아직 완전히 만들어지지는 않았지만, 소비에트 음악의 미래에 대한 옥수숫대 니키타의 위대한 구상을 발전시키도록 돕기 위해 당에 가입했다고 선언할 수도 있었다. 그러나 그들은 그 없이 그의 도덕적 죽음을 선언해야 할 것이었다. 그는 모든 일이 다 끝날 때까지 누이와 머물 셈이었다.

그때 전보들이 날아오기 시작했다. 모스크바에서 이러이러한 날짜에 공식 발표가 있을 것이다. 그에게 참석해 주기를 청하는 바이며 반드시 참석해야 한다. 그는 생각했다. 괜찮아, 난 레닌그라드에 있을 거고, 그들이 내가 모스크바에 있기를 원한다면 나를 묶어서 끌고 가야 할걸. 어디 그들이 새 당원을 어떻게 모집하는지 온 세상에 보여주라지. 꽁꽁 묶어서 양파 자루처럼 옮기는 꼴을.

참으로 겁에 질린 토끼처럼 순진했다. 그는 몸이 좋지 않아 유감스럽지만 참석할 수 없다는 전보를 보냈다. 그들은 그러면 그의 몸이 회복될 때까지 발표를 미루겠다는 답신을 보내왔다. 물론 그럴 동안 이미 그 소식이 새어나가 모스크바에 좍 퍼졌다. 친구들한테서 전화가 오고 기자들한테서도 전화가 왔다. 그에게는 어느 쪽이 더 무서웠을까? 운명을 피할 길은 없다. 그래서 그는 모스크바로 돌아가 당에 가입 신청을 했으며 청원이 승인되었다는 취지의, 역시 미리 준비된 성명서를 낭독했다. 소비에트 권력이 드디어 그를 사랑하기로 결정한 것 같았다. 그는 이보다 더 축축한 포옹은 느껴본 적이 없었다.

그는 니나 바실리예브나와 결혼했을 때 너무 겁이 나서 어머니에게 미리 말하지도 못했다. 당에 가입했을 때, 너무 겁이

나서 자식들에게 미리 말해주지도 못했다. 그의 삶에서 비겁함은 변함없이 이어졌고, 진짜였다.

막심은 아버지가 우는 모습을 두 번 보았다. 니나가 죽었을 때 한 번, 입당했을 때 한 번.

그러니까 그는 겁쟁이였다. 그래서 다람쥐 쳇바퀴 돌듯 제자리를 빙빙 돈다. 그래서 그는 남은 용기를 모두 자기 음악에, 비겁함은 자신의 삶에 쏟았다. 아니, 그건 너무…… 듣기 좋으라고 한 말이다. 오, 미안합니다만 아시다시피 저는 겁쟁이입니다. 제가 그에 대해 할 수 있는 일은 정말로 아무것도 없답니다, 폐하, 동지, 위대한 지도자, 옛 친구, 아내, 아들, 딸아. 그러면 일이 복잡해지지 않을 것이다. 삶은 언제나 단순함을 거부했다. 예를 들어 그는 스탈린의 권력을 두려워했지만, 스탈린 개인은 무서워하지 않았다. 전화상으로든, 직접 대면해서든. 예를 들면, 그는 자기 자신을 위해서는 죽어도 그럴 엄두를 내지 못하는 상황에서도 남들을 위해서는 탄원을 할 수 있었다. 그는 가끔씩 스스로에게 놀랐다. 그러니까 어쩌면 그가 전혀 가망이 없는 것은 아니었을지도 몰랐다.

그러나 겁쟁이가 되기도 쉽지 않았다. 겁쟁이가 되기보다는 영웅이 되기가 훨씬 더 쉬웠다. 영웅이 되려면 잠시 용감해지기만 하면 되었다—총을 꺼내고, 폭탄을 던지고, 기폭 장치를 누르고, 독재자를 없애고, 더불어 자기 자신도 없애는 그 순간 동안만. 그러나 겁쟁이가 된다는 것은 평생토록 이어지게 될 길에 발을 들이는 것이었다. 한순간도 쉴 수가 없었다. 스스로에게 변명을 하고, 머뭇거리고, 움츠러들고, 핥던 신발의 맛, 자신의 타락한, 비천한 상태를 새삼 깨닫게 될 다음 순간을 기다려야만 했다. 겁쟁이가 되려면 불굴의 의지와 인내, 변화에 대한 거부가 필요했다—이런 것들은 어떤 면에서는 일종의 용기이기도 했다. 그는 혼자 미소를 지으며 새 담배에 불을 붙였다. 아이러니의 즐거움은 아직 그를 버리지 않았다.

드미트리 드미트리예비치 쇼스타코비치는 소비에트 사회주의 공화국 연방의 공산당에 입당했다. 그럴 리가 없다. 왜냐하면 소령이 언제 기린을 보았는지 말할 때는 늘 그럴 리가 없었으니까. 하지만 그렇게 될 수 있었고, 실제로 그러했다.

그는 평생 축구를 무척 좋아했다. 축구 경기를 위한 노래를 작곡하겠다는 꿈을 오랫동안 품었다. 그는 심판 자격증이 있었다. 시즌 결과를 기록한 특별한 공책도 가지고 있었다. 젊은 시절에는 다이나모 팀을 응원했고, 경기 하나를 보려고 트빌리시까지 수천 마일을 날아간 적도 있었다. 그게 중요했다. 열광하고 고함치는 군중들에 둘러싸여, 바로 그 현장에 있어야 했다. 요즘은 사람들이 텔레비전으로 축구를 보았다. 그에게는 도수 센 수출용 스트리치나야 보드카 대신 광천수를 마시는 것이나 마찬가지였다.

축구는 순수했고, 그래서 처음에 축구를 좋아하게 되었다. 정직한 노력과 아름다움의 순간들로 이루어지는, 심판의 호루라기 소리로 옳고 그름의 문제가 단숨에 결정되는 세계. 그것은 언제나 권력층과 이데올로기, 인간 영혼의 공허한 언어와 파괴와는 동떨어진 것으로 느껴졌다. 그러나 — 점차, 해마다 — 그는 그것도 그의 환상에 불과하며, 경기를 감상적으로 이상화했을 뿐이었음을 깨닫게 되었다. 권력층은 다른 모든 것을 이용하듯 축구도 이용했다. 그래서 소비에트 사회가 전 세계 역사상 최상의, 가장 진보된 사회라면, 소비에트 축구 또한 당연히 이를 반영해야 했다. 늘 최고일 수는 없더라도, 적어도 비열하게도 마르크스-레닌주의의 참된 길을 저버린 나라들보다는 잘해야 했다.

그는 1952년 헬싱키 올림픽에서 소련이 수정주의자 게슈타포 깡패 티토의 영지인 유고슬라비아와 붙었던 때를 기억했다. 모두의 경악과 실망 속에서 유고슬라비아가 3대 1로 이겼다. 다들 그가 결과에 풀이 죽으리라 예상했다. 그는 코마로바에서 새벽에 그 소식을 들었다. 그러나 그는 낙담한 게 아니라 글리크만의 별장으로 달려가서 함께 샴페인 병을 비웠다.

그러나 경기는 결과로 끝이 아니었다. 독재 치하에서 모든 것에 만연했던 지저분한 예가 경기에도 있었다. 바샤시킨과 보브로프. 둘 다 20대 후반이고, 둘 다 팀의 기둥이었다. 아나톨리 바샤시킨은 주장이자 센터하프였고, 브세볼로드 보브로프는 첫 세 경기에서 다섯 골을 쏟아낸 득점왕이었다. 유고슬라비아에 패했을 때 상대 팀이 얻은 골 중 하나는 바샤시킨이 실수한 결과였다—그건 사실이었다. 그리고 보브로프는 시합 중에, 그리고 끝난 후에도 그에게 소리 질렀다.

"티토의 앞잡이!"

그 말에 모두 박수를 보냈다. 그런 비난의 결과가 어떠했는지 다 알려지지 않았더라면 아무 생각 없이 웃고 넘길 수 있는 일이었을지도 모른다. 그리고 보브로프가 스탈린의 아들 바실리의 제일 친한 친구가 아니었더라면. 티토의 앞잡이 대 위대한 애국자 보브로프. 그는 그런 가식에 구역질이 났다. 점잖은 바샤시킨은 주장 자리에서 쫓겨났고, 보브로프가 국민적인 스포츠 영웅 자리에 올랐다.

요는 이것이다. 저기 밖에 있는 이들에게, 젊은 작곡가와 피아니스트들에게, 낙관주의자, 이상주의자, 더럽혀지지 않은 이들에게, 드미트리 드미트리예비치 쇼스타코비치가 당에 입당 신청을 하고 허락받았을 때 어떻게 보였겠는가? 흐루쇼프의 앞잡이?

운전사가 그들 쪽으로 방향을 틀려는 듯한 차 쪽으로 경적을 울렸다. 상대 차도 맞받아 경적을 울렸다. 두 대의 차에서 두 차례의 기계적인 소음 말고는 아무것도 나오지 않았다. 그러나 그가 무언가로 만들어낼 수 있는 것 중 가장 조화롭고 잘 뒤섞인 소리에서 나온 것이었다. 그의 교향곡 2번은 올림바 음의 공장 사이렌이 울리는 요란한 소리를 네 번 담고 있었다.

그는 괘종시계를 무척 좋아했다. 그런 시계를 많이 가지고 있었고, 집 안에서 모든 시계가 한꺼번에 울리는 광경을 상상하곤 했다. 그러면 매시 정각마다 소리의 황금 조합이 펼쳐질 것이다. 옛 러시아의 마을과 도시에서 모든 교회가 일제히 종을 칠 때 펼쳐졌던 광경이 가정, 실내에서 재현되는 것이다. 그런 광경을 상상해 보는 것. 어쩌면 한발 늦게 종을 치고, 반은 늦게 반은 빨리, 그런 모습이 러시아일지도 몰랐다.

그의 모스크바 아파트에 있는 두 개의 시계는 정확히 같은 시간에 종을 쳤다. 이는 우연이 아니었다. 그는 정각이 되기 일이 분쯤 전에 라디오를 켰다. 갈리야는 식당에서 시계 문을 열고 시계추를 한 손가락으로 움직이지 못하게 막았다. 그는 서재에서 책상에 놓인 시계에 똑같이 했다. 정각을 알리는 신호가 들리면 둘은 각각 추를 놓았고, 시계들이 일제히 울렸다. 그는 이러한 질서정연함에서 주기적인 기쁨을 찾았다.

한번은 모스크바 전 영국 대사의 손님으로 영국 케임브리지를 방문한 적이 있었다. 그 가족도 종 치는 시계를 두 개 갖고 있었는데, 시계들은 일이 분쯤 차이를 두고 종을 쳤다. 그는 이것이 몹시 거슬렸다. 그는 갈리야와 고안한 시스템을 이용해 두 시계가 동시에 울리도록 조정해 주겠다고 했다. 대사는 그에게 예의 바르게 감사를 표했지만, 자기는 두 개가 따로 종을 울리는 쪽을 더 좋아한다고 말했다. 첫 번째 종소리를 듣지 못하더라도 곧 다른 시계가 3시인지 4시인지 알려줄 것이다. 그렇다, 물론 그도 이해했지만 그래도 여전히 거슬렸다. 그는 뭐든 똑같이 울리게 하고 싶었다. 그의 타고난 천성이었다.

그는 또한 나뭇가지 모양 촛대도 좋아했다. 전구가 아니라 진짜 양초를 꽂은 샹들리에. 하나씩 흔들리는 불꽃을 피워 올리는 양초들. 그는 그것들을 준비하기를 즐겼다. 양초를 다 똑바로 잘 세우고, 성냥을 미리 심지에 댔다가 불어서 끄면 중요한 순간이 다가올 때 불을 다시 붙이기가 더 쉬워진다. 그의 생일에는 나이만큼의 초를 켰다. 그리고 친구들은 어떤 선물을 가져오면 제일 좋을지 알고 있었다. 언젠가 하차투리안이 멋진 가지 모양 촛대를 그에게 준 적이 있었다. 청동제에 크리스털 펜던트가 달린 것이었다.

그러니까 그는 괘종시계와 샹들리에를 좋아하는 사람이었다. 그는 위대한 조국 전쟁 이전부터 자가용을 갖고 있었다. 운전사와 시골 별장도 있었다. 평생 하인들을 부리고 살았다. 공산당 당원이자 노동 영웅이었다. 그는 네즈다노바 가에 지은 작곡가 협회 건물 7층에 살았다. 러시아 연방 의원이 된 뒤로 그가 쓴 글이라고는 동네 극장의 지배인에게 막심한테 지금 바로 공짜표를 두 장 달라고 부탁하는 쪽지뿐이었다. 그는 노멘클라투라*만 이용할 수 있는 특별 상점을 이용했고, 스탈린의 일흔 살 생일 조직위원회에 참여했다. 문화적 사안에 대

* 착취를 일삼았던 구소련의 특권계급.

한 당의 정책을 승인하는 서류가 그의 이름으로 나오는 일도 잦았다. 그가 정치 엘리트와 허물없이 어울리는 모습이 사진에 찍혔다. 그는 여전히 러시아에서 가장 유명한 작곡가였다.

그를 아는 이들은 그를 알았다. 귀가 있는 이들은 그의 음악을 들을 수 있었다. 그러나 그를 모르는 사람들에게, 세상이 하는 식대로만 이해하려 하는 젊은이들에게 그가 어떻게 비쳤을까? 그런 이들이 어떻게 그를 비판하지 않을 수 있었겠는가? 그리고 이제 겁에 질린 얼굴로 공식 차량을 타고 지나쳐 갈 때, 길가에 서 있는 젊은 시절의 그에게는 그가 어떻게 보일까? 이런 것이 우리를 위해 삶이 구상하는 비극들 중 하나일지 모른다. 늙어서 젊은 시절에는 가장 경멸했을 모습이 되는 것이 우리의 운명이다.

그는 지시받은 대로 당 회의에 참석했다. 연설이 끝없이 이어질 동안 마음은 정처 없이 다른 곳을 헤매고, 남들이 박수를 치면 따라서 쳤다. 한번은 친구가 그에게 흐레니코프가 그를 격렬하게 비난하는 연설을 하는 중인데 왜 박수를 쳤느냐고 물은 적도 있었다. 친구는 그가 비꼬려던 것이거나, 아니면 자기비하를 하는 것이라고 생각했다. 그러나 사실 그는 듣고 있지 않았다.

그를 모르는 사람들, 멀리서 음악만 듣는 사람들이 권력층이 포스펠로프를 앞세워 제안했던 거래를 이행했다고 보는 것도 당연했다. 드미트리 드미트리예비치 쇼스타코비치는 당의 신성한 교회에 받아들여졌으며, 2년이 채 못 되어 그의 오페라—이제는 「카테리나 이즈마일로바」로 개명된—가 승인을 받고 모스크바에서 초연되었다. 《프라우다》는 이 작품이 개인숭배 시절에 부당하게 폄하를 당했다고 엄숙하게 말했다.

다른 작품들도 잇따라 국내외에서 공연되었다. 매번 그는 자기 경력의 일부가 끊어지지 않았더라면 썼을지도 모를 오페라들을 상상했다. 「코」만이 아니라 고골의 작품 전체를 다 만들었을지도 모를 일이었다. 아니면 적어도 그를 오랫동안 매혹하고 사로잡았던 「초상화」만이라도. 그것은 차르트코프라는 재능 있는 젊은 화가의 이야기였다. 그는 루블 금화 자루를 받고 악마에게 영혼을 판다. 성공과 인기를 가져다주는 파우스트적인 계약이다. 그의 경력은 오래전 이탈리아로 공부하고 일하러 떠난 한 동료 학생과 대비된다. 그는 고결하지만 그래서 무명이었다. 그는 드디어 해외에서 돌아와 단 한 점의 그림을 내놓았다. 그러나 그 한 점으로 차르트코프의 작품 전체를 수치로 몰아넣었다. 그리고 차르트코프도 이를 알았다. 그 이야기의 성서적이기까지 한 도덕은 바로 이것이다. "재능을 가진 자는 그 누구보다도 영혼이 순수해야 한다."

「초상화」에는 명확한 두 갈래의 선택이 있었다. 고결함이냐 타락이냐. 고결함은 처녀성과 같아서, 한번 잃으면 절대 되찾을 수가 없다. 그러나 현실 세계, 특히 그가 살아온 극단적인 세계의 경우에는 사정이 달랐다. 세 번째 선택이 있었으니 고결함, 그리고 타락이었다. 차르트코프가 되는 동시에 도덕적으로 수치를 주는 제2의 자아가 될 수도 있었다. 갈릴레오와 동료 과학자 둘 다 될 수 있듯이.

니콜라스 1세 황제 시대에 한 경기병이 장군의 딸을 유괴한 일이 있었다. 더 나쁘다 할지 잘되었다 할지, 그는 진짜로 그녀와 결혼을 했다. 장군이 황제에게 불만을 토로했다. 니콜라스는 우선 결혼이 무효임을 선언하고, 그다음에는 여자의 처녀성이 공식적으로 복원되었다고 선포함으로써 이 문제를 해결했다. 코끼리들의 고향에서는 불가능이란 없었다. 그러나 그렇다 하더라도 그는 자신의 처녀성을 회복시켜 줄 지배자나 기적이 있다고는 생각하지 않았다.

지나고서 보면 비극은 소극처럼 보인다. 그는 늘 그렇게 말했고, 항상 그렇게 믿었다. 그리고 자신의 경우도 다르지 않았다. 그는 가끔씩 그의 삶이 다른 많은 이들의 삶처럼, 자기 나라의 삶처럼 비극이라고 느꼈다. 주인공의 참을 수 없는 딜레마를 해결하는 방법은 자살뿐인 그런 비극. 그는 그렇게 하지 않았다는 점만 제외하면 그렇다. 아니, 그는 셰익스피어와는 달랐다. 그리고 그는 너무 오래 산 나머지, 자신의 삶이 소극으로 보이기 시작했다.

셰익스피어 얘기를 하자면, 돌이켜 생각하면 자신이 부당했다는 생각이 들었다. 그는 셰익스피어의 폭군들이 죄의식과 악몽, 회한에 시달렸다는 점 때문에 셰익스피어가 감상적이라고 생각했다. 좀 더 살아보고, 시대의 소음에 귀가 먹고 보니, 셰익스피어가 옳았다, 그가 진실이었다는 쪽으로 생각이 기울었다. 그러나 셰익스피어의 시대에만 국한된 얘기였다. 세계가 더 젊었던 시절, 마법과 종교가 지배하던 때에는 괴물들에게도 양심이 있을지 모른다는 얘기가 그럴듯하게 들렸다. 이제는 아니었다. 세계는 계속 변해서 점점 더 과학적이 되고 현실적이 되었고, 낡은 미신의 지배를 덜 받게 되었다. 그리고 폭군들도 변했다. 어쩌면 양심은 더는 진화의 기능이 없고, 그래서 이종번식을 하게 되었는지도 몰랐다. 현대 폭군들의 내면으로 뚫고 들어가 겹겹이 파고들어보라. 그러면 결은 바뀌지 않았고, 화강암 위를 화강암이 덮고 있음을 발견하게 될 것이다. 양심을 찾아낼 동굴 따위는 어디에도 없다.

입당한 지 2년이 지나서 그는 재혼을 했다. 이리나 안토노브나였다. 그녀의 아버지는 개인숭배의 희생자였고, 그녀는 국가의 적들이 낳은 자녀들을 위한 고아원에서 자랐다. 지금은 음악 출판 일을 하고 있었다. 약간의 장애는 있었다. 그녀는 갈리야보다 겨우 두 살 많은 스물일곱이었고, 이미 또 다른 연상의 남자와 결혼한 상태였다. 그리고 물론 이 세 번째 결혼은 그의 앞선 두 번의 결혼처럼 충동적으로, 은밀히 치러졌다. 그러나 음악과 가정 둘 다 사랑하는 아내, 사랑스러운 만큼 현실적이고 유능한 아내를 갖게 된 것은 그에게 새로운 경험이었다. 그는 수줍어하면서도 다정한 애처가가 되었다.

그들은 그를 내버려 두겠다고 약속했다. 그들은 결코 그를 내버려두지 않았다. 권력은 계속해서 그에게 말을 걸었지만, 더는 대화가 아니라 일방적이면서 비열하게도 일상적인 것이었다. 살살 구슬리는 감언이설이고 잔소리였다. 요즘은 늦은 밤에 걸려오는 전화는 NKVD*나 KGB, MVD**가 아니라 이튿날 《프라우다》 조간에 실릴 그가 쓴 기사 전문을 세심하게도 가져다준다는 전화였다. 물론 그가 쓴 것이 아니라 그의 서명이 필요한 기사였다. 그는 그것을 훑어보지도 않고 자기 이름 머리글자만 휘갈겨 썼다. 《소베츠카야 무지카》에 그의 이름으로 실리는 더 학문적인 글에도 역시 똑같이 했다.

"하지만 그들이 당신의 글을 모아서 출간하면 그게 무슨 뜻이겠습니까, 드미트리 드미트리예비치?" "읽을 가치가 없다는 뜻이 되겠지요." "하지만 보통 사람들을 호도하는 건데요." "보통 사람들이 이미 얼마나 호도되었는지를 따져본다면, 작곡가가 썼다고는 하지만 실제로는 그렇지 않은 음악학 논문이야 어느 쪽으로든 그리 중요하지 않다고 해도 좋겠지요. 제 생각으로는, 제가 읽고 몇 군데 수정이라도 한다면 그것이야말로 타협하는 행동일 겁니다."

그러나 이보다 더, 훨씬 더 나쁜 것도 있었다. 그는 그 소설가를 존경하고 몇 번이나 되풀이해서 읽었으면서도 솔제니친을 비판하는 더러운 공식 서한에 서명을 했다. 몇 년 뒤, 사하

* 내무인민위원회.

** 내무성.

로프를 비난하는 더러운 서한에도 서명했다. 그의 서명은 하차투리안, 카발렙스키, 그리고 물론 흐레니코프의 서명과 나란히 있었다. 그는 한편으로는 그가 그 서한의 내용에 동의했다고 아무도 믿지 않기를—아무도 믿을 수 없기를—바랐다. 그러나 사람들은 믿었다. 친구와 동료 음악가들은 그와 악수하기를 거부하고 그에게 등을 돌렸다. 아이러니에도 한계가 있다. 편지에 서명을 하면서 마지못해 한다거나 남몰래 행운을 빌어준다 해도, 그들이 당신의 뜻은 그게 아닐 거라 헤아려주리라 믿을 수는 없는 일이다. 그래서 그는 체호프를 배신하고 규탄문에 서명을 했다. 그는 자기 자신을 배신했고, 남들이 여전히 그에 대해 품고 있는 선의를 배신했다. 그는 너무 오래 살았다.

또한 그는 인간 영혼의 파멸에 대해 잘 알고 있었다. 삶은 흔히들 말하듯 들판을 거니는 것이 아니다. 영혼은 셋 중 한 가지 방식으로 파괴될 수 있다. 남들이 당신에게 한 짓으로, 남들이 당신으로 하여금 하게 만든 짓으로, 당신 스스로가 자발적으로 한 짓으로. 셋 중 어느 것이든 한 가지만으로도 충분하다. 세 가지가 다 있다면 그 결과는 거부할 수 없는 것이 되겠지만.

그는 자기 삶에서 12년 주기로 액운이 돌아왔다고 생각했다. 1936년, 1948년, 1960년…… 12년이 더 지나 1972년, 피할 수 없이 또 한 번의 윤년이 왔다. 그러므로 그가 반드시 죽음을 맞게 되리라 생각해 온 해였다. 그는 물론 최선을 다했다. 그는 건강이 항상 좋지 않았지만 이제는 계단을 올라갈 수 없을 정도로 악화되었다. 그는 술과 담배를 금지당했다. 그 자체로도 사람을 죽이기에 충분한 금지였다. 그리고 채식주의자인 권력자도 그에게 이 초연에 참석하고 저 명예를 받으러 나라 끝에서 끝까지 이동하라는 명령을 내림으로써 한몫 거들었다. 그는 결국 그해 말을 신장결석으로 병원에서 보내는 한편 폐에 생긴 낭종으로 방사선 치료를 받게 되었다. 그는 환자로서 잘 견뎠다. 그를 괴롭히는 것은 자신의 상태라기보다는 그에 대한 사람들의 반응이었다. 칭찬 못지않게 동정도 그를 당혹스럽게 했다.

그러나 그가 오해한 듯했다. 1972년이 그를 위해 마련해 놓은 악운은 죽음이 아니라, 그가 계속 사는 것이었다. 그는 최선을 다했으나 삶은 아직 그에게서 할 일을 끝내지 못했다. 삶은 앵무새 꼬리를 잡아 계단을 질질 끌고 내려가는 고양이였다. 계단을 하나씩 내려갈 때마다 그의 머리가 부딪쳐 쿵쿵 튀어 올랐다.

이 시간들이 끝날 때는…… 그럴 때가 오기나 한다면 말이지만, 적어도 2천억 년은 지나야 할 것이다. 카를로-마를로와 그 후계자들은 항상 자본주의의 내적 모순을 맹비난했고, 틀림없이, 논리적으로, 자본주의는 붕괴할 것이었다. 그러나 아직 자본주의는 여전히 건재했다. 눈 달린 사람이면 누구나 공산주의의 내적 모순을 의식했을 것이다. 그러나 그것이 붕괴할 정도일지는 누가 알겠는가. 그가 확신할 수 있는 것은 이런 시절이 끝날 때—끝난다면—사람들은 일어났던 일들을 단순화한 판본을 원하리라는 것이었다. 그것이 그들의 권리였다.

듣는 자, 기억하는 자, 술 마시는 자—속담에서 말하듯이. 그는 의사들이 뭐라고 충고하건 술을 끊을 수 있을 것 같지 않았다. 듣는 것을 그만둘 수도 없었다. 그중에서도 최악은 기억하기를 멈출 수가 없다는 것이었다. 그래서 차를 중립에 놓듯이 기억을 마음대로 떼어낼 수 있으면 좋겠다고 생각했다. 언덕 꼭대기에 올랐을 때나 최대 속도에 이르렀을 때 운전사들이 흔히 그렇게 했다. 그렇게 하면 기름을 쓰지 않고도 관성으로 차가 움직였다. 그러나 기억에는 절대 그렇게 할 수가 없었다. 그의 뇌는 그의 결점, 굴욕, 자기혐오, 나쁜 결정들에 고집스럽게 자리를 내주었다. 그는 음악이나 타냐, 니나, 부모님, 진실되고 믿을 만한 친구들, 돼지와 노는 갈리야, 불가리아 경찰을 흉내내는 막심, 아름다운 목표, 웃음, 기쁨, 젊은 아내의 사랑처럼 자기가 택한 것들만 기억하고 싶었다. 그 모든 것들을 다 기억했지만 그것들은 종종 그가 기억하고 싶지 않은 모든 것들에 덮이고 그것들과 뒤엉켰다. 그리고 기억의 이러한 불순함, 이러한 타락이 그를 괴롭혔다.

해가 갈수록 틱 증상과 버릇이 늘어났다. 이리나와 함께 있으면 차분해지고 조용히 앉아 있을 수 있었지만, 공적인 일로 연단에 서게 되면, 그에게 완전히 동정적인 사람들이 모인 자리에서조차도 가만히 있기가 힘들었다. 머리를 긁고, 턱을 감싸고, 검지와 새끼손가락으로 뺨을 찌르곤 했다. 자기 음악을 들을 때면 가끔씩 마치 이렇게 말하려는 듯이 손으로 입을 가렸다. 내 입에서 나오는 말은 믿지 말고, 귀에 들려오는 것만 믿으시오. 아니면 손끝으로 자기 상체를 잡아당기기도 했다. 마치 꿈을 꾸고 있는지 꼬집어보는 것처럼. 혹은 갑자기 모기에 물린 데를 긁는 것 같기도 했다.

그에게 자기 이름을 본따 이름을 지어주었던 아버지가 자주 마음속에 떠올랐다. 아침마다 얼굴 가득 미소를 띠고 일어났던 부드럽고 유머 넘치던 남자. 그런 게 있다면 말이지만, 그는 '낙천적인 쇼스타코비치'였다. 아들의 기억 속에서 드미트리 볼레슬라보비치는 언제나 손에 게임을 들고 입으로는 노래를 부르는 모습이었다. 코안경 너머로 카드 꾸러미나 지혜의 고리 장난감을 들여다보고, 파이프 담배를 피우고, 자식들이 성장하는 모습을 지켜보고 있었다. 남들을 실망시키거나, 삶이 그를 실망시키기 전에 삶을 마감한 사람.

"정원의 국화는 시든 지 오래라네……." 그러고는—어떻게 이어지더라?—그렇다, "하지만 내 병든 마음속에는 여전히 사랑이 깃들어 있다네." 아들은 미소를 지었지만, 아버지가 짓곤 하던 미소와는 달랐다. 아들이 겪은 상심은 다른 종류의 것이었고, 벌써 두 번이나 공격을 받았다. 이제는 경고신호를 알아볼 수 있었으므로 세 번째 공격이 닥쳐오고 있었다. 보드카를 마셔도 전혀 즐겁지 않을 때였다.

아버지는 그가 타냐를 만나기 전 해에 죽었다. 그게 맞다, 그렇지 않은가? 타타냐 글리벤코, 그가 순수하기 때문에 사랑한다고 했던 그의 첫사랑. 그들은 계속 연락을 했고, 나중에 그녀는 그들이 요양원에서 몇 주만 일찍 만났더라도 그들의 삶 전체가 달라졌을 거라고 말하곤 했다. 그들의 사랑은 그들이 헤어지게 되었을 무렵에는 너무나도 깊어져서 그 무엇으로도 지워지지 않을 정도였다. 그것이 그들의 운명이었다. 그들은 그 운명을 그리워했고, 세월의 장난으로 그 운명을 빼앗겼다. 그럴지도 모른다. 하지만 그는 사람들이 자기들의 젊은 시절을 멜로드라마처럼 만들기를 좋아하고, 그때는 별 생각 없이 했던 선택과 결정을 돌이켜보며 집착하기를 좋아한다는 것을 알고 있었다. 또한 운명이 그래서라는 말뿐임을 알고 있었다.

그러나 그들은 서로의 첫사랑이었고 그는 아나파에서의 그 몇 주를 계속 목가 시로 생각했다. 일단 끝나면 목가 시는 목가 시가 될 뿐이라 해도. 주코바의 별장에는 그가 복도에서 곧장 그의 방으로 갈 수 있도록 승강기가 설치되어 있었다. 그러나 여기는 소련이니까 법과 규제 탓에 승강기는 개인 주택에 있는 것이라도 제대로 자격을 갖춘 승무원이 있어야 이용할 수 있었다. 그를 그토록 훌륭하게 잘 돌보아주던 이리나 안토노브나가 이를 어떻게 했을까? 그녀는 적당한 학교에 등록하고 공부를 해서 결국 마지막 자격증을 따냈다. 자격증이 있는 승강기 기사와 결혼하게 되는 것이 그의 운명일 줄 누가 생각이나 했겠는가?

그는 타냐와 이리나, 첫 번째 아내와 마지막 아내를 비교하지는 않았다. 그것은 중요하지 않았다. 그는 이리나에게 헌신적이었다. 그녀는 그를 위해 자신이 할 수 있는 한 모든 것을 견딜 만하고 즐길 만하게 만들어주었다. 이제는 그 삶이 지닌 가능성들이 많이 축소되었을 따름이었다. 캅카스 산맥에서는 그의 삶이 지닌 가능성이 무한했지만. 그러나 다 시간이 한 일일 뿐이었다.

아나파에서 타냐와 합류하기 전, 하르키우의 공원에서 그의 교향곡 1번 공연이 있었다. 어떤 객관적인 기준으로 보아도 대실패였다. 현악기 소리가 너무 작았고 피아노 소리는 들리지도 않았다. 팀파니 소리가 모든 것을 다 삼켜버렸다. 제1 바순은 창피할 정도로 엉망이었고 지휘자는 자기 혼자 만족했다. 초장부터 온 도시의 개들이 합세했고, 청중은 정신을 못 차리고 웃어댔다. 그렇지만 대성공이라고들 했다. 무지한 관중은 오래, 요란하게 박수갈채를 보냈고, 자기만족에 빠진 지휘자는 찬사를 받아들였다. 오케스트라는 자기네 실력이 좋다는 착각에 빠졌다. 작곡가는 무대에 올라 모든 이들에게 수차례 감사의 인사를 하도록 요청을 받자 짜증이 머리끝까지 치솟았다. 그러면서도 그는 아직 젊었던 만큼 그 아이러니를 즐길 수 있었다.

"불가리아 경찰이 구두끈을 묶고 있어요!" 막심이 아버지의 친구들에게 외치곤 했다. 소년은 항상 장난치고 농담하고, 새총과 공기총을 가지고 놀기를 좋아했다. 몇 년 동안이나 그는 이런 웃기는 흉내내기를 완벽하게 다듬는 데 몰두했다. 그는 구두끈을 다 풀고서 인상을 쓰며 의자를 방 한가운데로 가지고 와서 제일 좋은 위치로 천천히 옮겨놓곤 했다. 그러고는 점잔 빼는 표정으로 두 손으로 오른발을 들어 의자 위로 올렸다. 그는 이 단순한 승리에 아주 신이 나서 주위를 둘러보았다. 그런 다음 구경꾼들이 처음에는 이해하지 못할 어색한 동작으로 허리를 굽혀 의자 위의 발은 무시한 채 바닥에 놓인 다른 쪽 발의 구두끈을 묶었다. 결과에 크게 만족하면서 발을 바꾸어 이번에는 왼쪽 발을 의자에 올린 다음 허리를 굽혀 오른쪽 신발 구두끈을 묶었다. 다 끝나고 관객이 즐거워하며 소리를 지르면, 그는 거의 차려 자세로 몸을 쭉 펴고 구두끈이 잘 묶인 두 발을 꼼꼼히 확인하고서 고개를 끄덕이고 의자를 제자리에 갖다놓았다.

그는 사람들이 재미있어하는 것이 막심이 타고난 희극배우라서가 아니라, 그들이 불가리아식 농담을 좋아해서가 아니라, 다른, 더 심오한 이유가 있는 것은 아닐까 의심했다. 바로 그 사소한 흉내내기가 너무나 완벽하게 암시적이기 때문일지도 몰랐다. 아주 단순한 목적을 달성하기 위한 과장스럽게 복잡한 동작, 아둔함, 자기만족, 외부 의견과의 불통, 같은 실수의 반복. 이 모든 것을 수백만의 삶으로 확대해 본다면, 스탈린 체제의 태양 아래에서 상황이 어떠했던가를 반영하는 것이 아닌가? 쌓이고 쌓여 거대한 비극을 이룬 조그만 소극들의 방대한 목록이 아닌가?

또는, 그 자신의 어린 시절로부터 다른 이미지를 가져올 수도 있다. 토탄으로 부유해진 그 영지의 이리노브카에 있던 여름 별장. 꿈이나 악몽에서 나온 듯한, 창이 작고 넓은 방들에서 어른들은 웃고 아이들은 두려움에 떨었던 그 집. 이제 그는 자신이 그렇게 오래 살았던 그 시골도 그와 같았음을 깨달았다. 마치 소비에트 러시아에 대한 계획을 구상하면서, 건축가들이 신중하고 꼼꼼하며 선의를 가지고 있었지만 아주 기초적인 단계에서부터 실패한 것과도 같았다. 그들은 센티미터를 미터로 착각하고, 때로는 그 반대로 하는 실수를 저질렀던 것이다. 그 결과 공산주의라는 집은 비율이 전혀 맞지 않고 인간의 척도를 결여한 모습으로 지어졌다. 그것은 사람들에게 꿈이 되고, 악몽이 되고, 모든 이들 ― 어른 아이 할 것 없이 ― 을 공포로 몰아넣었다.

그의 교향곡 5번을 검토한 관료와 음악학자들이 그렇게나 공들여 붙인 그 표현은 혁명 자체에, 그 혁명에서 나온 러시아에 더 어울렸을 것이다. 그것은 바로 낙관적인 비극이었다.

그는 자신의 마음이 떠올리는 기억들을 통제할 수 없듯이, 마음이 끊임없이 던지는 헛된 질문들도 막을 수가 없었다. 한 사람의 생에서 마지막 질문에는 어떤 답도 없다. 그게 그 질문들의 본질이다. 올림 바 음의 공장 사이렌처럼, 머릿속에서 울려댈 뿐이다.

그러니까, 당신의 재능은 토탄 밭처럼 당신 밑에 숨어 있다. 얼마만큼이나 파냈나? 파내지 않고 남겨둔 것은 또 얼마만큼인가? 제일 좋은 부분만 골라서 파내는 예술가는 거의 없다. 심지어 알아보는 이들도 흔치 않다. 그리고 그의 경우에는 30년도 더 전에 그들이 가시철조망으로 울타리를 치고 경고판을 세워두었다. 들어가지 마시오. 그 철조망 너머 무엇이 있었는지—무엇이 있었을지도 모를지—누가 알겠는가?

관련된 질문 하나. 훌륭한 작곡가의 나쁜 음악이 어디까지 허용될까? 한때는 그 답을 안다고 생각했지만 이제는 알 수가 없었다. 그는 정말 형편없는 수많은 영화들에 삽입될 많은 나쁜 음악을 작곡했다. 그의 음악 탓에 그 영화들이 훨씬 더 나

빠졌고, 그렇게 진실과 예술에 봉사했다고 말할 수 있을지도 모르지만. 아니면 그건 그저 궤변에 불과한가?

머릿속에서 들리는 마지막 울부짖음은 그의 예술뿐 아니라 그의 삶에 관한 것이었다. 바로 이것이다. 어느 지점에서 비관주의가 적막함이 되었을까? 그의 마지막 실내악 작품은 그 질문을 표현한 것이었다. 그는 비올라 연주자 표도르 드루지닌에게 15번 사중주의 첫 악장은 '파리들이 허공에서 죽어 떨어지고, 청중은 지루함을 견디지 못하고 홀을 뜰 정도로' 연주해야 한다고 일렀다.

그는 평생을 아이러니에 의지했다. 그는 아이러니가 일상적인 장소에서 태어났다고 상상했다. 우리가 삶이 이러할 것이라고 상상하거나 가정하거나 바라는 것과 실제 삶 사이의 간격에서. 그래서 아이러니는 자아와 영혼을 지켜주는 수단이 되고, 우리가 매일 숨 쉴 수 있게 해준다. 어떤 사람이 '감탄할 만한 인물'이라고 편지에 쓴다 치자. 수신인은 정반대의 결론임을 알고 있다. 아이러니 덕분에 권력층이 쓰는 용어들을 앵무새처럼 되풀이하고, 자기 이름이 들어간 무의미한 연설문을 낭독하고, 반쯤 열린 문 뒤에서 아내가 웃음을 꾹 참고 있는 와중에도 서재에 스탈린의 초상화가 없다고 엄숙하게 탄식할 수 있는 것이다. 당신은 진보적인 음악계에 특히 큰 기쁨이 될 것이며, 그들에게는 항상 그가 가장 큰 희망이었다는 말로 새로운 문화부 장관의 임명을 환영했다. 당신은 교향곡 5번의 마지막 악장을 쓴다. 시체에 광대의 웃음을 그려 넣는 것이나 마찬가지 짓이다. 그러고는 권력층의 반응에 굳은 얼굴로 귀를 기울인다. "자, 그가 정당하고도 필연적인 혁명의 승리를 확신하며 행복한 죽음을 맞았다는 것을 알 수 있겠지요." 그리고 당신은 한편으로는 아이러니에 기댈 수 있는 한, 살아남을 수 있으리라 믿는다.

예를 들어 그는 입당하던 해에 사중주 8번을 작곡했다. 그는 친구들에게 그 작품은 그의 마음속에서는 '작곡가를 추모'하기 위한 것이라고 말했다. 보나마나 음악 당국은 용납할 수 없을 만큼 자기중심적이고 비관적이라고 여길 것이다. 그래서 출판된 원고에는 결국 이러한 헌사가 붙었다. "파시즘과 전쟁의 희생자들에게." 이는 틀림없이 위대한 진보로 보였을 것이다. 그러나 그가 정말로 한 일은 결국 하나를 여럿으로 바꾼 것에 지나지 않았다.

그러나 그는 더는 그렇게 확신할 수가 없었다. 항의에 자기만족이 있을 수 있듯이, 아이러니에도 우쭐함이 있을 수 있다. 농장 소년이 운전사가 몰고 지나가는 차에 사과 속을 던진다. 술 취한 거지가 바지를 내리고 점잖으신 분들에게 제 엉덩이를 내보인다. 저명한 소비에트 작곡가가 교향곡이나 현악 사중주에 살짝 조롱을 집어넣는다. 동기든 결과든 차이가 있을까?

그는 아이러니가 다른 여느 의미들이나 마찬가지로 삶의 우연과 시간에 취약하다는 사실을 깨닫게 되었다. 어느 날 아침 일어나보니 대수롭지 않게 농담으로 한 말인지 아닌지 알 수가 없게 되었다. 농담으로 한 말이라 하더라도 이제 그 문제가 중요하기는 한지, 알아차린 사람이 있기는 할지. 당신은 당신의 몸에서 자외선을 내뿜고 있다고 상상했지만, 다른 이들이 알고 있는 스펙트럼에는 자외선이 빠져 있어서 티도 나지 않는다면 어쩔 것인가? 그는 자신의 첫 번째 첼로 콘체르토에 스탈린이 가장 좋아하는 곡인 '술리코'에 대한 암시를 넣었다. 그러나 로스트로포비치는 그것을 알아차리지 못하고 그대로 죽 연주했다. 슬라바에게도 그 암시를 콕 집어 말해주어야 한다면, 세상에서 그 누가 그것을 알아보겠는가?

그리고 아이러니에는 나름의 한계가 있었다. 예를 들어 아이러니한 고문자가 될 수는 없다. 고문의 아이러니한 희생자도 역시 그렇다. 마찬가지로, 아이러니하게 입당할 수는 없다. 진짜로 입당하든가, 냉소적으로 입당할 수 있을 뿐이다. 그것이 단 두 가지의 가능성이었다. 그리고 외부인에게는 어느 쪽인가가 중요하지 않을 수도 있었다. 둘 다 경멸스러워 보이기는 마찬가지일 테니까. 그의 젊은 시절의 자아는 길가를 지나는 차의 뒷좌석에서 늙고 시든 해바라기, 이제 더는 스탈린 체제의 태양을 향해 고개를 돌리지 않지만 여전히 굴광성이어서 권력층이라는 광원으로 이끌리는 해바라기를 보았다.

아이러니에 등을 돌리면 그것은 냉소주의로 굳어진다. 그렇게 되면 그것을 어디에 쓰겠는가? 냉소주의는 영혼을 잃은 아이러니였다.

주코바의 별장에 있는 책상 유리 밑에는 곰 같은 생김새에 뭔가 못마땅해 보이는 무소륵스키의 큼직한 사진이 끼워져 있었다. 그 사진은 그에게 질 낮은 작품은 버리라고 채근했다. 모스크바의 아파트에 있는 책상 유리 밑에는 금세기 가장 위대한 작곡가인 스트라빈스키의 큼직한 사진이 있었다. 그것은 그에게 할 수 있는 한 최고의 음악을 만들라고 채근했다. 그리고 그의 침대 옆 협탁에는 항상 그가 드레스덴에서 돌려받은 엽서가 있었다. 티치아노의 「세금」이었다.

바리새인들은 예수에게 그가 카이사르에게 세금을 내야 하는지 물어서 골리려고 했다. 유사 이래로 권력층이 항상 위협이 된다고 느끼는 자들을 속여서 뒤집으려 했듯이. 권력층의 속임수에 넘어가지 않으려 애썼지만 그는 예수 그리스도가 아니라 드미트리 드미트리예비치 쇼스타코비치일 뿐이었다. 금화에 새겨진 카이사르의 모습을 그에게 보여준 바리새인들에게 예수의 대답은 실은 편리하게 애매모호했지만—예수는 정확히 무엇이 신에게 속한 것이고 무엇이 카이사르의 것인지 짚어 말하지 않았다—이는 그가 되풀이할 수 있는 대사는 아니었다. "예술의 것은 예술에게 돌리라고?" 그것이 바로 예술을 위한 예술, 형식주의, 자기중심적 비관주의, 수정주의, 그 세월 동안 내내 그를 공격했던 그 모든 다른 주의들의 신조였다. 그리고 권력층의 대답은 늘 한결같을 것이다. "나를 따라해 보시오. 예술은 인민의 것이다—V. I. 레닌. 예술은 인민의 것이다—V. I. 레닌."

그러니까 다음 윤년에 아마도 그는 죽을 것이다. 그리고 그들도 모두 하나씩 죽을 것이다. 그의 친구와 적들. 독재 치하에서 삶의 복잡성을 이해한 사람들과, 그가 순교자가 되는 쪽을 더 좋아했을 사람들. 그의 음악을 알고 사랑하는 사람들과, 누가 만들었는지도 모르면서 여전히 「대안의 노래」에 맞추어 휘파람을 부는 몇 안 되는 노인들. 모두 죽을 것이다—아마 흐레니코프만 제외하고.

말년에 그는 현악 사중주에 모렌도*를 점점 더 많이 썼다. '사라지듯이', '마치 죽어가듯이'. 그가 자기 삶에 붙인 표시도 이것이었다. 포르티시모에 장조로 끝나는 삶은 거의 없었다. 제때 죽는 사람도 아무도 없다. 무소륵스키, 푸시킨, 레르몬토프**—모두 너무 일찍 죽었다. 차이콥스키, 로시니, 고골—이들은 더 일찍 죽었으면 좋았을 것이다. 베토벤도 그럴지도 몰랐다. 물론 유명한 작곡가와 작가들에게만 문제인 것이 아니라 보통 사람들에게도 그렇다. 적절한 수명을 넘어서까지, 삶이 더는 기쁨을 가져다주지 못하고 실망과 무시무시한 일들만 일어나게 될 때까지 살게 되는 문제.

그래서 그는 너무 오래 살아서 스스로에게 큰 실망을 겪었다. 예술가들에게 종종 있는 일이었다. 그들은 허영에 빠져 자기가 실제보다 더 위대하다고 생각하거나, 그러지 않으면 실의에 빠졌다. 요즘 그는 종종 자신을 우둔하고 평범한 작곡가로 생각하게 되었다. 젊은이의 자기 회의는 노인의 것에는 댈

* '점점 느리게 사라지듯이'를 뜻하는 음악 용어.

** 1814~1841. 러시아의 시인, 소설가.

것이 아니다. 그리고 이는 어쩌면 그에 대해 그들이 최종적으로 거둔 승리였다. 그들은 그를 죽이는 대신 살려놓고, 살려둠으로써 그를 죽였다. 이는 그의 삶에서 최후의, 대답할 수 없는 아이러니였다. 그들이 그가 살도록 허락함으로써 그를 죽였다는 사실.

그러면 죽음 너머에는? 그는 침묵의 잔을 들어 건배를 하고 싶었다. "이보다 더 나을 수 없기를!" 죽음이 모피를 두른 굴욕과 함께 삶으로부터 안식처럼 온다 해도, 상황이 덜 복잡해질 거라고는 기대하지 않았다. 가엾은 프로코피예프가 어떻게 되었는지 보라. 그가 죽은 지 5년이 지나서 그를 추모하는 명판이 모스크바 전역에 설치되었을 때, 그의 첫 아내는 그의 두 번째 결혼을 무효화하도록 변호사들에게 지시하고 있었다. 무슨 근거로! 세르게이 세르게예비치가 1936년 러시아로 돌아온 뒤로 죽 성적 능력이 없었다는 것이 근거였다. 그러니까 두 번째 결혼은 성사될 수가 없었을 것이다. 그러므로 첫 아내인 그녀가 그의 유일한 법적 아내이며, 유일한 법적 상속인이다. 그녀는 세르게이 세르게예비치를 20년 전 진료한 의사로부터 그의 무능을 반박할 수 없는 사실로 입증한 진술을 요구하기까지 했다.

그러나 실제 상황이 그러했다. 그들이 와서 이불 속까지 뒤졌다. 자, 쇼스티, 금발이랑 갈색머리 중에서 어느 쪽이 더 좋습니까? 그들은 찾을 수 있는 것이라면 뭐든지 약점 하나, 얼룩 한 점까지 다 뒤졌다. 그리고 그들은 항상 뭔가를 찾아냈다. 가십과 신화를 퍼뜨리는 이들에게는 세르게이 세르게예비치 프로코피예프가 정의한 대로 자기네 나름의 형식주의가 있다. 처음 들어서 이해할 수 없는 것은 뭐든지 다 아마도 부도덕하고 혐오스러울 것이다—그것이 그들의 태도였다. 그리고 그들은 그의 아내를 상대로도 하고 싶은 대로 할 것이다.

그의 음악으로 말하자면, 그는 시간이 지나면 좋은 것과 나쁜 것이 가려지리라는 환상으로 괴로워하지는 않았다. 어째서 후세가 음악이 만들어진 시대의 사람들보다 더 나은 평가 자격을 가질 수 있어야 하는지 이해할 수 없었다. 또한 그런 데 환멸을 느꼈다. 후세는 그들이 승인할 것을 승인할 것이다. 그는 작곡가들의 평판이 높아졌다가 가라앉는 법이며, 부당하게 잊히는 이들도 있고 기이하게 불멸의 명성을 누리는 이들도 있음을 너무나도 잘 알고 있었다. 미래에 대해 겸허하게 바라는 것이 있다면, 「정원의 국화는 시든 지 오래라네」가 싸구려 카페에서 금이 간 앰프를 통해 아무리 나쁜 음질로 흘러나온다 해도, 계속해서 사람들을 눈물짓게 하기를 바랄 뿐이었다.

그리고 길 저편 멀리에서는 청중이 말없이 그의 현악 사중주에 감동하고 있을 수도 있었다. 어쩌면 언젠가 머지않은 훗날, 두 청중이 겹쳐지고 뒤섞이게 될지도 모른다.

그는 가족에게 자신의 '불멸성'에 관심을 두지 말라고 일렀다. 그의 음악은 사후에 무슨 캠페인을 벌여서가 아니라, 그 진가에 따라 연주되어야 한다. 최근에 그를 에워싼 많은 청원자들 가운데에는 유명한 작곡가의 미망인도 있었다. "남편이 죽고 저에게는 아무도 없어요"—이것이 그녀가 끊임없이 되풀이하는 후렴구였다. 그녀는 항상 그에게 '수화기를 들고' 이런저런 인물에게 작고한 남편의 음악을 연주하라고 지시만 내려주면 된다고 말했다. 그는 처음에는 딱하기도 하고 예의를 차리느라, 나중에는 그저 그녀를 쫓아버리기 위해 여러 번 그렇게 해주었다. 그러나 그것으로는 충분치가 않았다. "남편이 죽고 저에게는 아무도 없어요." 그래서 그는 다시 한번 수화기를 들곤 했다.

그러나 어느 날 그 익숙한 말이 익숙한 분노 이상의 것을 자극했다. 그래서 그가 엄숙하게 대답했다. "예…… 예…… 그렇다면 요한 제바스티안 바흐에게는 스무 명의 자식이 있었고 그들 모두가 그의 음악을 홍보했지요."

미망인이 맞장구를 쳤다. "맞아요. 그러니까 그의 음악이 오늘날까지도 여전히 연주되고 있는 거라고요!"

그가 바랐던 것은 죽음이 그의 음악을 해방시켜주는 것, 그의 삶으로부터 해방시켜주는 것이었다. 시간이 흐를 것이고, 음악학자들이 논쟁을 계속한다 해도 그의 음악은 자기 힘으로 서기 시작할 것이다. 전기뿐 아니라 역사도 희미해져 갈 것이다. 어쩌면 언젠가는 파시즘과 공산주의가 교과서 속의 말에 불과하게 될지도 모른다. 그때에도 여전히 가치가 있다면—여전히 들어줄 귀가 있다면—그의 음악은…… 그냥 음악이 될 것이다. 작곡가가 바랄 수 있는 것은 그것이 전부였다. 그는 떨고 있는 학생에게 음악이 누구의 것이냐고 물었다. 그 답이 질문자의 머리 뒤 깃발에 대문자로 쓰여 있었어도 여학생은 대답을 하지 못했다. 대답할 수 없는 것이 올바른 답이다. 음악은 결국 음악의 것이니까. 당신이 할 수 있는 말, 바랄 수 있는 것은 그게 다였다.

거지는 이제 죽은 지 오래일 것이다. 드미트리 드미트리예비치는 그가 한 말을 거의 즉시 잊어버렸다. 그러나 역사 속에 사라진 이름을 지닌 그 인물은 기억했다. 그는 그것을 알아들은, 이해한 사람이었다. 그들은 러시아의 한가운데, 전쟁 한복판에, 그 전쟁 속에서 고통받는 모든 것들 한가운데 있었다. 긴 기차 승강장이 있었고, 막 동이 튼 뒤였다. 바지 위쪽에 묶은 끈으로 수레에 반 토막의 몸을 동여매고 바퀴를 굴려 움직이는 사람이 있었다. 두 승객에게 보드카 한 병이 있었다. 그들은 열차에서 내렸다. 거지가 음란한 노래를 부르다가 멈추었다. 드미트리 드미트리예비치는 병을 들고, 그는 잔을 들었다. 드미트리 드미트리예비치가 두 잔에 보드카를 따랐다. 술을 따르느라고 팔에 건 마늘이 흘러내려 드러났다. 그는 바텐더가 아니어서 잔에 따른 보드카의 높이가 약간씩 달랐다. 거지는 기질상 자기 스스로 뭔가를 할 수 없었지만, 미트야가 항상 다른 이들을 돕고 싶어 한다고 생각하면서 병에서 나오는 것만 보고 있었다. 그러나 드미트리 드미트리예비치는 듣고 있었다. 늘 그렇듯이 듣고 있었다. 그래서 술 양이 각각 다르게 담긴 세 개의 잔이 한데 모여 맞부딪쳤을 때 그가 미소를 짓고 고개를 한쪽으로 숙이자 햇빛이 안경에서 잠깐 반짝였다. 그는 이렇게 중얼거렸다.

"삼화음이로군요."

기억하는 사람이 기억한 것은 그것이었다. 전쟁, 공포, 가난, 발진티푸스, 더러움, 그러나 그 한복판에서, 그 위와 그 아래에서, 그 모든 것 속에서, 드미트리 드미트리예비치는 완벽한 삼화음을 들었다. 틀림없이 전쟁은 끝날 것이다—절대 끝나지 않는 것이 아니라면. 공포는 계속될 것이고, 부당한 죽음과 가난, 더러움—아마 그것들도 영원히 계속될 것이다, 누가 알겠는가. 그러나 그리 깨끗하지 않은 보드카 잔 세 개와 그 속의 내용물이 만나 빚어진 삼화음은 시대의 소음으로부터 맑게 울리는 소리였다. 그 소리는 모든 이들과 모든 것보다 오래 살아남을 것이다. 그리고 어쩌면 결국 중요한 것은 그뿐일지도 모른다.

작가의 말

쇼스타코비치는 1975년 8월 9일, 다음 윤년이 시작되기 다섯 달 전에 죽었다.

뉴욕 평화 회의에서 그를 괴롭혔던 니콜라스 나보코프는 실제로 CIA의 원조를 받은 인물이었다. 스트라빈스키가 회의에 냉담한 태도를 보였던 것은 그의 전보에서 주장하듯 '윤리적이고 미학적인' 것만이 아니라 정치적인 것이기도 했다. 그의 전기 작가인 스티븐 월시는 이렇게 적었다. "전후 미국의 모든 벨라루스 사람들과 마찬가지로, 스트라빈스키는…… 당연히 손톱만큼이라도 친공산주의 선전 공작을 지원하는 모습으로 비쳐서 힘들게 얻은 충실한 미국인으로서의 지위를 위태롭게 할 뜻이 없었다."

티혼 흐레니코프는 쇼스타코비치가 (소설 속에서) 우려했듯이 불사의 존재는 아니었다. 그러나 그는 1948년 재설립되어 1991년 결국 사라지기까지 내내 소비에트 작곡가 연합을 이끌었다. 1948년부터 48년간 그는 번드르르하지만 알맹이 없는 인터뷰에서 쇼스타코비치가 아무것도 두려워할 것이 없는 명랑한 사람이라고 주장했다. (작곡가 블라디미르 루빈은 이렇게 말했다. "늑대는 양의 공포에 대해 말할 수 없다.") 흐레니코프는 절대 사람들의 눈앞에서 사라지지 않았고, 권력에 대한 사랑을 잃지도 않았다. 그는 2003년에 블라디미르 푸틴에게서 훈장을 받았고, 2007년 아흔네 살에 숨을 거두었다.

쇼스타코비치는 자신의 삶에 대해 복합적인 내레이터였다. 어떤 이야기들은 수년에 걸쳐 꾸며지고 '개선된' 여러 버전으로 전해진다. 다른 이야기들, 예를 들어 레닌그라드의 빅 하우스에서 있었던 일과 같은 것들은 작곡가의 사후 오랜 시간이 지나서, 하나의 근원에서 나오는 한 가지 버전으로만 존재한다. 대체로 스탈린의 러시아에서 진실은 유지하기는 고사하고 찾아내기도 어려운 것이었다. 이름들조차 불확실하게 변형된다. 그래서 쇼스타코비치를 빅 하우스에서 심문한 사람은 잔첩스키, 자크렙스키, 자쿱스키 등 여러 이름으로 전해진다. 이 모든 것이 전기 작가들에게는 큰 좌절을 안겨주지만, 소설가에게는 대단히 환영할 만한 일이다.

쇼스타코비치 전기는 방대하며, 음악학자들은 내가 주로 참조한 자료 두 가지를 알아볼 것이다. 엘리자베스 윌슨Elizabeth Wilson의 본보기가 될 만한 다면적인 『쇼스타코비치: 기억되는 삶A life Remembered』(1994년, 2006년 개정판)과 솔로몬 볼코프가 엮은 『증언: 쇼스타코비치 회상록』이다. 볼코프의 책이 출간되었을 때 동서 양쪽에서 소란이 일어났고, 수십 년 동안 소위 '쇼스타코비치 전쟁'으로 시끄러웠다. 나는 이를 개인적인 일기와 같은 식으로 다루었다. 모든 진실을 알려주는 것 같지만, 보통 하루의 같은 시간에, 같은 기분에 싸여, 같은 편견과 망각 속에서 집필되는 것이다. 다른 유용한 자료는 아이작 글리크만Issak Glikman의 『우정의 이야기Story of a Friendship』(2001), 미카엘 아르도프Michael Ardov가 작곡가의 자녀들과 인터뷰한 『쇼스타코비치의 기억들Memories of Shostakovich』(2004)이 있다.

엘리자베스 윌슨은 이 소설의 집필을 도와준 사람들 중에서 가장 중요한 인물이다. 그녀는 그녀가 아니었더라면 찾지 못했을 자료를 제공해 주고, 많은 오해를 바로잡아 주고, 원고를 읽어주었다. 그러나 이것은 내 책이지 그녀의 책이 아니다. 내 책이 마음에 들지 않았다면 그녀의 책을 읽어주기 바란다.

2015년 5월

줄리언 반스

옮긴이의 말

시대의 소음 속, 한 예술가의 초상

『시대의 소음』은 20세기의 대표적인 작곡가 드미트리 쇼스타코비치의 생애를 재구성한 소설이다. 실존 인물을 소설로 되살리는 데에는 항상 실제의 역사적 진실을 왜곡할 수도 있다는 위험과 한계가 따른다. 쇼스타코비치와 같은 복잡한 인물이라면 이는 더 어려운 시도가 될 수도 있다. 그럼에도 불구하고 줄리언 반스는 소련의 스탈린 독재 체제와 제2차 세계대전, 흐루쇼프 체제 등 역사적 격동 속에서 예술가로서의 양심과 개인의 양심 사이에서 고뇌하면서도 창작 활동에 매진했던 쇼스타코비치의 삶이야말로 정치와 역사의 관계 속에서 예술의 가치를 되짚어보기에 가장 적절한 소재라 생각했을지도 모른다.

1906년 페테르부르크에서 출생한 쇼스타코비치는 열아홉에 제1교향곡을 작곡했는데, 이는 레닌그라드 교향악단에 의해 초연되면서 곧바로 세계의 주목을 끌었고, 그는 음악 신동으로 명성을 얻었다. 그는 평생 동안 소련을 대표하는 음악가로서 최고의 명예를 누렸지만, 그가 정치권력과 맺었던 관계는 겉보기보다 훨씬 복잡하다.

소설 속에도 등장하듯이, 1936년 그의 오페라 「므첸스크의 맥베스 부인」은 당시 소련의 문화예술계에서 일어난 형식주의 비판 운동의 공격 대상이 된다. 음악가로서 승승장구하던 쇼스타코비치는《프라우다》에서 두 차례나 혹독한 비판을 받으면서 '인민의 적'으로 몰렸다. 그러나 1936년부터 1939년 사이에 600여 명 이상의 작가, 예술가, 시인들이 수용소로 쫓겨난 것을 생각하면 피의 숙청을 면했으니 그나마 운이 좋았다고 해야 할 것이다.

그 후로 쇼스타코비치는 스스로도 "공포의 노예가 되었다"고 말했고, 이듬해 므라빈스키의 지휘로 레닌그라드 교향악단이 연주한 제5번 교향곡 「혁명」은 사회주의 리얼리즘의 소산이라는 호평을 받았다. 그는 당의 비판을 수용하고 잘못된 태도를 교정했다고 인정받았다. 그는 스탈린이 사망한 1953년까지 예술가들에 대한 탄압이 계속되는 가운데 중앙당이 원하는 대로 선전용 작품을 작곡했다. 특히 1948년부터 1949년까지 즈다노프의 숙청으로 사회 분위기가 더욱 경직되면서 프로코피예프와 더불어 집중적인 공격 대상이 되었고, 쇼스타코비치는 스탈린에게 헌정한 것으로 보이는 「숲의 노래」를 작곡하기까지 하는 등 이러한 분위기에 순응하는 자세를 보였다. 또한 1949년 뉴욕에서 열린 회의를 비롯하여 많은 국제회의에 소련 대표로 참석해 공산당의 입장을 대변하고 서방세계의 음악과 정치를 비난하는 발언을 서슴지 않았다.

쇼스타코비치는 스탈린을 증오했지만 스탈린 치하에서는 당연히 그런 속내를 드러내지 않았다. 스탈린 사후 좀 더 자유로운 분위기의 흐루쇼프 시대가 되어서야 스탈린의 공포정치에 대해 비판적 발언을 내놓았다. 그는 "우리가 빨리 균일화를 탈피하면 할수록 소련의 예술 발전에 도움이 될 것이다"라는 말로 자신의 솔직한 심경을 드러냈다.

1953년에 완성한 교향곡 10번은 스탈린의 무차별한 학살에서 살아남은 생존자들의 기쁨과 죄스러움의 감정이 복합적으로 녹아 있다는 평가를 받는다. 이 작품은 교향곡 5번과 함께 서방 오케스트라들의 단골 연주 목록이 되었고, 그는 라흐마니노프를 제외한다면 20세기 생존 작곡가로서 전례가 없을 정도의 높은 인기를 누렸다.

냉전 시대를 완화하는 데 기여한 인물로 평가한 흐루쇼프 시대에 그는 이러한 시대 분위기에 힘입어 가장 안정적이고 생산적인 창작 활동을 펼칠 수 있었다. 이후에도 그의 활동에 부침이 없지는 않아서, 소련 생활에 대한 신랄한 비판을 담은 교향곡 13번은 단 2회 공연된 이후 금지되는 시련을 겪기도 했다. 하지만 이미 그의 명성은 탄탄한 지위에 올라 있어 소련 체제에서 드물게 면책 특권을 부여받은 존재가 되었으므로 공개적인 비난을 받지는 않았다.

쇼스타코비치는 소련의 국가정책을 적어도 겉으로는 반대하지 않고 수용하는 모습을 보였고, 나아가 이를 외부에 선전하고 홍보하는 모습까지 보였기 때문에 체제의 요구에 순응한 예술가, 혹은 기회주의자라는 평가를 받기도 했다. 그러나 그의 음악의 복잡성과 난해성이 그의 비판적 성향을 감추기 위한 것이었으며, 그가 엄혹한 체제 아래서 자신과 주변 사람들을 보호하고 최소한의 창작 활동의 자유를 보장받기 위해 가면을 썼다는 새로운 평가가 이후 그에 대해 지배적인 해석이 되었다. 줄리언 반스의 소설 또한 그러한 관점을 취하면서 자유와 속박, 영광과 치욕, 예술과 정치 사이에서 줄타기 하는 예술가의 내면을 소설적으로 복원하는 데 초점을 맞추고 있다.

쇼스타코비치는 선명한 주제를 내걸고 혁명의 대의에 복무할 수 있는 표제음악을 선호하는 당의 태도에 순응하는 듯하면서도 암시적으로 해석될 수 있는 특징을 최대한 이용하여 자신만의 음악 세계를 구축하였다. 그의 많은 작품에서 드러나는 모호함과 난해함은 '유로디비'적 태도로 평가받기도 하는데, 유로디비란 러시아어로 마을의 바보나 궁중곡예사처럼 바보인 척하지만 실은 지적이고 아이러니를 즐겨 쓰던 사람을 의미한다. 반스가 잘 묘사하고 있듯이 쇼스타코비치는 부조리한 체제에 직설적으로 반항하기에는 소극적이고 소심한 인물이었으나 그렇다고 눈감고 투항하기에는 너무나 예민하고 섬세했다. 직접적으로 저항할 수 없는 쇼스타코비치가 그 나름의 소심한 저항의 방법으로 선택한 것이 바로 이러한 유로디비적 태도에서 나온 아이러니다. 그에게는 아이러니가 숨

겨진 어두운 진실을 간접적으로 드러내고 체제를 우회적으로 조롱하고 비판하는 무기였다. 반스는 쇼스타코비치를 일신의 영광이나 안전을 위해 체제와 타협한 기회주의자로서가 아니라, 치열한 내적 갈등 속에서 자신의 예술을 끝까지 추구한 인물로 그린다. 쇼스타코비치의 저항이 소극적인 것이었다 해도, 그 시대를 살아보지 않은 사람들로서 그에게 순교자가 되지 못했다고 비판할 수는 없을 것이다. 그에게 무엇보다도 중요한 것은 자신과 주변 사람들의 안전이었고, 예술가로서 창작을 계속하기 위해 일단은 생존을 보장받아야 했다. 반스가 보기에 쇼스타코비치는 생존에 필요한 최소한의 타협을 하면서도 자신의 예술적 신념은 포기하지 않는 지극히 어렵고도 험난한 길을 간 인물이고, 그를 위해 화려한 성공과 갈채에도 불구하고 평생을 인간적 갈등과 번민에 시달려야 했다.

쇼스타코비치는 제자였던 로스트로포비치에게 이렇게 말했다. "우리는 모두 음악의 전사들일세. 어떠한 바람에도 꿋꿋이 살아남아 인간을 옹호해야 하는 전사들……." 어쩌면 쇼스타코비치의 삶은 바로 음악의 가치를 통해 인간을 옹호하는, 평생에 걸친 투쟁이었을 것이다. 그것이 어느 시대에나 존재할 수밖에 없는 폭력과 부조리, 가난과 고통이라는 '시대의 소음'에 대한 예술가의 응답일 것이다. 스탈린의 압제도, 전쟁도 그가 시대의 소음을 넘어 전하고자 한 소리를 침묵시키지는 못한 셈이다. 그런 점에서 이 소설은 위대한 예술가의 내적 투쟁에 바치는 헌사가 될 것이다.

2023년 10월

송은주

참고문헌

· 김수진, 「20세기 러시아 음악의 변천과 배경 속에서 바라본 쇼스타코비치」, 『음악과 비평』 3권 1호(2001)

· 이득재, 「역사와 인물: 스탈린과 쇼스타코비치」, 『월간 사회평론』 92권 4호(1992)

추천의 말

"겁쟁이가 되기도 쉽지 않았다. 겁쟁이가 되기보다는 영웅이 되기가 훨씬 더 쉬웠다." 소비에트 연방 시절의 러시아에서 살아남은 작곡가를 주인공으로 한 소설에서 이런 문장을 발견한다면 가슴이 서늘해지지 않을 수 없다.

『시대의 소음』에서 줄리언 반스는 드미트리 쇼스타코비치의 삶에 찾아온(그것도 윤년마다!) 세 번의 결정적 순간을 세밀하게 파고들며 예술과 사회, 예술과 정치 사이의 관계에 대해 독자들에게 묻는다. "자, 예술은 누구의 것이지?"

쇼스타코비치의 인생과 음악에 익숙하다면 이 소설을 읽기에 더할 나위 없이 좋겠지만, 그렇지 않더라도 시간이 흐를수록 삶의 아이러니 속으로 빠져드는 한 예술가의 일생을 냉정하게 묘사한 대가의 출중한 솜씨를 충분히 즐길 수 있다.

예술이 그 누구의 것도 아닌, 예술의 것이라면, 인생도 마찬가지가 아닐까? 연주자가 떠난 무대의 정적처럼, 소설을 다 읽고 나면 오직 인생의 것일 뿐인 인생을 이해한다는 것은 당사자에게도 힘든 일이라는 사실이 여운처럼 펼쳐진다. **김연수(소설가)**

위대한 소설이자 반스의 걸작. 삶의 특별하고도 내밀한 세부까지 포착해 낸 이 작품은 예술을 뛰어넘는 권력의 움직임, 용기와 인내의 한계, 진실과 양심을 위협하는 참을 수 없는 요구를 탁월하게 그려내며 중요한 질문을 던진다. 이 소설은 우리 삶 전체 속에서 한 줄기 숨이 되어준다. **가디언**

반스는 내러티브를 옆으로 비켜 가게 하는 데 선수다. 그래서 이 소설은 음악에 대한 소설일 뿐 아니라, 음악 소설 이상의 것이 된다. **타임스**

『시대의 소음』은 자신을 침묵시키려 했던 국가보다 자기 음악이 더 오래 살아남은 복잡하고 불안했던 남자의 목소리를 놀랍도록 우아하고 힘 있게 그려냈다. **퍼블리셔스 위클리**

의심할 여지없이 반스 최고의 소설. **선데이 타임스**

이토록 다면적인 관점으로 혁명적 규율과 예술적 자유를 그려낸 작품은 없었다. **보스턴 글로브**

『시대의 소음』은 평생 소비에트 국가에 환대와 비난을 동시에 받았던 러시아 작곡가 드미트리 쇼스타코비치의 이야기를 전한다. 그러나 무미건조하게 '사실에 충실한' 식이 아니라, 역사와 정치의 교차는 고사하고 인간 경험의 본질을 결정하는 사실이 얼마나 쓸모없는가를 충분히 알고서, 기쁜 마음으로 전하는 것이다. 권력, 한계, 예술의 인내에 대한 복잡한 숙고다. **옵서버**

전체주의적 사회에서 처하는 예술가의 곤경, 야심 찬 오웰식의 알레고리 체제와의 공모에 의문을 던질 때조차 초현실적인 현실과 씨름하려는 두려움에 찬 인간의 노력을 그린 카프카적 우화…… 반스의 책은 이러한 논쟁을 내면화하고, 쇼스타코비치 자신의 머릿속에서 일어나는 대화로 바꾸어놓는다. 한편으로는 살아남고 가족을 지키려는 그를 옹호하면서 다른 한편으로는 그를 비겁한 벌레로 비난한다. **뉴욕 타임스**

옮긴이 송은주

이화여자대학교 영어영문학과를 졸업하고 동 대학원에서 영문학 박사 학위를 받은 후 런던대학교 SOAS에서 번역학을 공부했다. 현재 이화인문과학원 학술 연구 교수로 재직 중이다. 지은 책으로 『인류세 시나리오』 『포스트휴먼이 몰려온다』(공저) 『당신은 왜 인간입니까』가 있고, 옮긴 책으로 『포스트휴먼 지식』 『바디 멀티플』(공역) 『웃어넘기지 않는다』 『우리가 날씨다』 『위키드』 『동물을 먹는다는 것에 대하여』 『클라우드 아틀라스』(1, 2) 등이 있다. 『선셋 파크』로 제8회 유영 번역상을 수상했다.

시대의 소음

초판 1쇄 발행 2017년 9월 25일
초판 10쇄 발행 2022년 10월 19일
개정판 1쇄 발행 2023년 10월 25일
개정판 2쇄 발행 2026년 3월 9일

지은이 줄리언 반스
옮긴이 송은주
펴낸이 김선식

부사장 김은영
콘텐츠사업본부장 임보윤
콘텐츠사업2팀장 김보람 **콘텐츠사업2팀** 박하빈, 채윤지, 김영훈, 박영롱
마케팅사업1팀 이고은, 지석배, 최민경, 김은지 **홍보1팀** 김민정, 홍수경, 변승주
브랜드사업본부장 정명찬
브랜드홍보팀 오수미, 서가을, 박장미, 박주현 **영상홍보팀** 이수인, 염아라, 이지연, 노경은
저작권팀 성민경, 이슬 **편집관리팀** 조세현, 김호주, 백설희
재무관리팀 하미선, 임혜정, 이슬기, 김주영, 오지수
인사관리팀 강미숙, 김재경, 김혜진, 김주림, 황종원
제작관리팀 이소현, 김소영, 유미애, 이지우, 이승협
물류관리팀 김형기, 김선진, 주정훈, 양문현, 채원석, 박재연, 이준희, 최대식

펴낸곳 다산북스 **출판등록** 2005년 12월 23일 제313-2005-00277호
주소 경기도 파주시 회동길 490
대표전화 02-704-1724 **팩스** 02-703-2219 **이메일** dasanbooks@dasanbooks.com
홈페이지 www.dasanbooks.com **블로그** blog.naver.com/dasan_books
종이 스마일몬스터 **인쇄** 한영문화사 **코팅 및 후가공** 평창피엔지 **제본** 국일문화사

ISBN 979-11-306-1248-5 03840

- 책값은 뒤표지에 있습니다.
- 파본은 구입하신 서점에서 교환해 드립니다.